有人必须死

李非

著

作家出版社

目 录

睡在棺材里的人

古代高手，为了让自己铸的剑更快，并且有人的灵气，铁在炉里的时候，洒一道人血。

——周阿铁

CHAPTER 1

1

十年前，我刚生下来，我爹就把我送回了老家。

爷爷把我养大。

我爷爷是个打棺材的木匠，北门镇每个死掉的人，都躺进他打的棺材，埋进土里。

我爷爷屋子里放着两口棺材，里面铺上褥子，这两口棺材成了我们两个的床。爷爷躺一口，我躺一口。

现在我爷爷要死了。

他躺在他的棺材里面，脸像屋外天上的月亮，又白又亮。

他对我说："我今天晚上就要死了，明天你找你爹去吧。"

我说："我不知道去哪里找他。"

爷爷说："你爹的名字叫周阿铁，他给你起名叫周小铁。你去边城，找到大元帅万喜年的帅府，就说你要找你爹周阿铁。"

爷爷使劲儿从他的棺材里面坐起来，在脚底下的棺材角里摸了半天。把三锭银子和一块白布递到我的鼻子底下，他说："这三锭银子，是你爷爷这辈子的积蓄。明天早上，我死了，你不要掉眼泪。你拿一锭银子，用这块白布包着脑袋，去镇上每一家门口磕三个头。你和他们说，你爷爷死了，请他们来给我把棺材盖上，钉好，抬到山里埋了。谁来帮忙，就把这锭银子给谁。"

我接过银子，放到我的棺材角里。

爷爷躺了下去，他又说："剩下两锭银子，你拿出一锭去镇上的典当铺换成碎银子和铜钱，够你去边城找你爹了。最后一锭，你藏在身上。非用不可的时候，再用。"

我爷爷躺在棺材里，他的脸没有刚才亮了。他看着我说："小铁，见了你爹，告诉他，他爹死了。等他回来，给我烧张纸，和我说一声。你睡去吧。"

我答应着，脱了鞋，钻进了我的棺材里面。

月亮从窗户照进来，我的棺材里面亮堂堂的。我裹紧被子，还是有点冷。我大声说："爷爷，我听不见你的呼噜，我睡不着。"

爷爷咳嗽几声，打起了呼噜。一小会儿，我就睡着了。

2

第二天早上，听见鸡和狗叫，我坐起来，爬出了棺材。

我趴到爷爷的棺材边上。我叫他，他不说话。他的眼睛睁着，脸和他的胡子一样白。我伸手摇他，他也不动。他的身子变得很硬。我想起来，他说他要死了。

我想掉眼泪，想起爷爷的话，就没掉。

我从我的棺材里面拿出一锭银子，用那块白布包住我的脑袋，走出门去。

镇上的人看见我头上的白布，都问："周小铁，你怎么了？"

我不说话。走到一家的门口，我就跪下来，磕三个头。有人出来，我说："我爷爷死了。请你们去把他的棺材盖上，钉好，抬到山里埋了。这锭银子给你们。"

每一家的男人都到了我家。他们从屋角把棺材盖抬过来，盖在我爷爷的棺材上。他们拿来大铁锤，用比我的手还长的铁钉子把我爷爷钉在了里面。

他们边钉边说："周木匠给别人打了一辈子棺材，自己的棺材都没后人盖。"

他们把我爷爷抬起来，走向镇子外面，一直抬到山坡上。

好几个人挥着铁锹，在山坡上挖出一个大洞。他们把棺材放进去，用土埋了，埋成一个大土包。他们说："周小铁，你爷爷埋好了，你跪这儿，给他磕三个头吧。"

我跪下来磕头。

他们说："周小铁，你不要哭了。你爷爷是个好人，他活了六十多岁，不错。他死了，你怎么办？"

我把脸上的眼泪擦了，说："我要去边城找我爹。"

我把我的银子给他们，他们说："不用了，怪可怜的。你留着吧。"

我说："我爷爷让给的。"他们收下了。

回到家里，看见地上原来放我爷爷棺材的地方留下长长的一块白。我的眼泪又掉了下来。

我躺在棺材里，怎么也睡不着。看着外面的月亮不见，天慢慢地亮，鸡叫起来。我爬出棺材，把银子装在包袱里，走出了门。

3

我来到镇上的典当铺。拿出一锭银子，换成二十颗碎银子和一串铜钱，到镇上王家的烧饼铺买了三个烧饼，站在路边吃了一个，剩下两个装在包袱里。

我一直往镇子外面走，只要见到人，我就问："去边城怎么走？"他们用手给我指路。

有人问我："你这个小孩子去边城做什么？"我说："我爷爷死了，我去边城找我爹。"

我白天走路，晚上找地方睡觉。我发现，每个镇子，每个村子都有一个小庙，我就睡在庙里，把我的包袱放在脑袋下面当枕头。没有庙，我就睡在大树底下。夏天热，蚊子多。我的身上都是红疙瘩。

后来，有人看见我就问："孩子，你从哪里来啊，你家里的大人呢？怎会让你出来要饭啊。"

我就说："我是周小铁，从北门镇来。我爷爷死了，我去边城找我爹。我不是要饭的。"

好多大娘对我说："孩子，你到我们家来吃顿饭，睡一晚上吧。"

我说："不用了。我买烧饼吃，在庙里面睡。"

有一次，刚下过大雨，我过一条河，河水一下子变得好大，差一点把我冲走。

还有一次，太阳晒得肩膀疼。我走着走着，就摔倒在地上，什么都不知道了。等我醒过来，太阳已经落山了。

又有一次，太阳刚出来，我走到一座山里面。前面来了两个人，都骑着马，一个人手里拿着一把刀。他们对我说："小叫花子，我们是劫道的土匪。"

我说："我不是小叫花子，我是周小铁，打北门镇来，我爷爷死了，我去边城找我爹。"

他们问我："去边城，你有银子吗？"

我说："我有，我爷爷给了我三锭银子，埋我爷爷用了一锭，一锭我买烧饼都快要用完了，还剩一锭，我爷爷让我非用不可时再用。"

那两个人看了看我，又互相看了看。前面一个对我说："你过来，上马，我送你一程。"

我说："不用了。我自己走。"

那个人从马上跳下来，抱着我把我摁在马上，他也上了马。他冲着马喊了一声，马驮着我们两个跑起来，风在我的耳朵两边呼呼地响，吹得我眼睛睁不开。

那个人骑着马一直跑到太阳落进了山里，马站住了。那个人下了马，把我放在地上。

他说："我只能送你到这儿，前面是个镇子，再往前走，我怕碰上官府的人。"

他伸出指头指着前面的大路，说："顺着这条路往前走，以你的脚力，再走半个月，能到边城。"

我打开包袱，拿出六个铜钱，伸出手说："谢谢你。你骑马带着我跑，我少吃三个烧饼。这三个烧饼的钱给你吧。"

那个人没要我的铜钱，上了马，大声说："小子，我叫曹云鹏，再路过这里，你就报我的名字。"说完，他拽了拽马嘴上的绳子，马驮着他了回去，土扬了一道，越跑越小，看不见了。

4

我吃了一百个烧饼的时候，走到一个大城门下面。

很多人从城门走进走出，我走过去问："去边城怎么走？"

他们说："小叫花子，进了这个城门，里面就是边城了。"

我进了城门，走在大街上。我想买烧饼吃，可是找不到烧饼铺。

我看到一个包子铺，蒸笼里面冒着热气，我的口水流了出来。我走过去问："包子怎么卖？"

伙计看了看我，说："小叫花子，快滚开。"

我看着他说："我不是小叫花子。我要买你的包子。"

伙计说："你买得起吗？别站在这里，影响我的生意。"

我把我的银子拿出来让他看，我说："你的包子怎么卖？"

伙计看见了我的银子，又看看我，说："你的这颗银子，能买二十个肉包子。你要几个？"

我说："我要三个。"

伙计接过银子，给了我三个包子，还有十五个铜钱。

我咬了一大口包子，油从嘴巴里挤出来，我伸出舌头舔了回去。我问伙计："你知道大元帅万喜年的帅府在哪里？"

伙计说："你一直往前走，路南边，最大的门楼就是。"

我把剩下的两个包子放进我的包袱，往前走。走了好久，我看到路边有一座门楼，比旁边的门大很多。门两边有两头石头狮子，蹲在石头座上，石头座比我还高。大门是红颜色的，两边各有一只金环。

我走过去，踮起脚，够不着大环。我就用拳头使劲砸门。门开了，开门的声音扎得我耳朵疼。一个男人走出来，看了看我说："小叫花子，你找死啊。"

我说："我不是小叫花子，我是周小铁。我来找我爹。"

那人说："找你爹？快滚，你知不知道这是什么地方？"

我问他："这是大元帅万喜年的帅府吗？"

那个人抬腿踢了我一脚，我滚到了台阶下面。我爬起来，摸了摸脑袋，手上都是血。

那个人大声说："大帅的名字是你叫的吗？"

我走过去说："原来这就是大元帅万喜年的帅府。"

那个人又踢了我一脚，我又滚到了台阶下面。我爬起来，摸了摸脑袋，手上的血更多了。

这时，一个人走出来，白胡子，像我爷爷。看见他，我便想起爷爷，脑袋疼，眼泪掉了下来。

这个人问踢我的那个人："郭老四，怎么回事？"

郭老四说："李三爷，这小叫花子砸门，说要找他爹。"

李三爷走到我的面前，扶起我来，说："小孩，你不要哭。有什么事情，你和我说。"

我擦了眼泪，说："我来找我爹。"

李三爷说："这是大帅府。你怎么来这里找爹？"

我说："我爷爷说，我爹叫周阿铁，他在边城大元帅万喜年的帅府。"

这时，郭老四站在那里冲我大声吼："怪不得，原来是那个疯子的种！"

李三爷扭头看了看郭老四，对他说："你先进去。"郭老四进了门。

李三爷拉着我走到大门的边上，问："孩子，你是周阿铁的儿子啊？"

我说："我叫周小铁。"

李三爷摸了摸我的脑袋，说："跟我来。"

我说："我不走，我要进去找我爹。"

李三爷说："你爹十年前就不在这儿了。孩子，你饿不饿？"

我拍了拍我的包袱，说："我不饿，我刚吃了一个包子，还有两个包子。"

李三爷说:"孩子,我和你说。你爹不在这儿了。你要想找他,你去边城里的酒馆、妓院、赌场里面,你就说,你要找独臂阿铁。"

我说:"我找不到酒馆、妓院、赌场。"

李三爷看了看我,长出了一口气,说:"你从哪里来的?"

我说:"我从北门镇来。"

李三爷说:"北门镇到这里三百里路,你能找来,你这个孩子可以。大街上到处都是酒馆、妓院和赌场。你边走边问,找到一家你就问一家。你能找到的。你就记着,你要找独臂阿铁,他就是你爹。"

我说:"我这就去找。"

李三爷拉着我说:"孩子,你有银子吗?"

我打开包袱,拿出一锭大银子,七颗小银子,还有十五个铜钱。递给李三爷,说:"我就有这些了。"

李三爷推开我的手,又摸了摸我的脑袋,说:"我不是要你的银子,你要是没银子,我就给你一些。要是有什么难处,你还回来这里,你就说,找李三爷。"

5

我的脑袋一直流血,擦完了还流。弄得我眼睛睁不开。

我在大街上走,见人就问:"你知道哪里有酒馆、妓院和赌场吗?"

没人理我。

我看见一个大娘和一个姑娘走过来,我站在她们面前问:"你们知道哪里有酒馆、妓院和赌场吗?"

那个姑娘叫了一声,大娘抬起手来要打我,但没有打。她们扭头走了。

太阳下山了，我的脑袋不再流血，血在我的脸上干了。我一皱眉一咧嘴，脑袋和脸都疼。我不敢皱眉也不敢咧嘴。

天黑下来的时候，有一个人对我说："孩子，酒馆、妓院和赌场门口都挂着写着字的招牌，你看不见吗？"

我说："我不认识字。"

他说："你记住了，门口挂着长白布，上面写着'太白遗风'的，你不认识，就数一数，有四个字的，那就是酒馆。门口挂着红灯笼的，那就是妓院，挂的灯笼越多，妓院就越大。门口挂着方块白布，上面一个'赌'字，那就是赌场了。"

我听了他的话，找到了好多家酒馆、妓院和赌场。

我要进去，门口的人不让我进去。我站在门口，大声冲着里面喊："我找独臂阿铁。"

酒馆、妓院和赌场里人很多，声音很吵。我的声音他们听不见。门口站着的人不让我喊，他们说，我要再喊，就让我脸上的血更多一些。

我只好远远地站在门口，看见有人进出，我就过去问："你认识独臂阿铁吗？"

不知走过几条街，问过多少人。除了骂我的，没有一个人理我。

那一天，天很黑，黑得像我爷爷的棺材。我在街上转来转去，突然看到一个大门楼。门楼上挂着好多红灯笼，蜡烛在灯笼里面，光在灯笼外面，红彤彤的真好看。我站在灯笼下面，伸出指头点着数灯笼。有个人大声喊："小叫花子，你做什么？"吓了我一跳，忘记数到了多少。

我说："你认识独臂阿铁吗？"

那个人说："你找独臂阿铁做什么？"

我说："他是我爹。"

那个人说："他是个只有一条胳膊的疯子！"

我说："你认识他？"

那个人看了看我，说："小子，你等着。"说完他就走进门楼里去。一会儿出来，冲我大声喊："小子，你进来。"

我跟着那个人走进了门楼，里面比外面还亮。好几层楼，每一层都有好多窗户，每一扇窗户都亮堂堂的，里面一定点着好多蜡烛。

我跟着那个人上了楼。木头楼板整整齐齐，踩上去吱吱响，像我爷爷打棺材时候用的木头板。

那个人打开两扇门，对里面说："花姐，带来了。"说完，他扭头过来对我说："进去吧。"等我进去，他关门走了。

屋子里好亮，里面的味道，比我吃过最甜的糖还甜，比我闻过最香的花还香。闻到这个味道，我想睡觉。

屋子的角上放着一张床，木头床腿上刻着小人儿。一个女人从床上坐起，走到我身边。

我问她："你认识独臂阿铁吗？"

她说："孩子，你是谁？周阿铁是你什么人？"

我说："我是周小铁，他是我爹。"

她说："你多大了？从哪里来？"

我说："我今年十岁，我家在北门镇。我爷爷死了，死在他的棺材里。他让我来边城的大帅府找我爹。我来了，找不到。"

她伸手过来摸摸我的脑袋，她的手很香。她问："你怎么流这么多血？"

我说："我摔倒了，脑袋流血了。"

她又问我："那么远，你怎么过来的，怎么吃？怎么睡？"

我说："我有三锭银子，埋我爷爷花了一锭，吃饭花了一锭，还有一锭呢。我原来一天吃三个烧饼，后来一天吃三个包子。我走到哪里，就睡到哪里。"

她叹了口气，摸着我的脑袋说："小铁，我是你爹的朋友，你以后管我叫花姨。你今晚睡在我这里。明天，我带你去找你爹。"

花姨拉着我坐在一把椅子上，椅子上铺着红色的垫子，摸上去像河水一样滑。她说："你坐在这里等一下。"

我坐在椅子上，睡着了。花姨晃着我的脑袋叫我，我还以为是在做梦。

花姨领我到了另一个屋子，屋子中间有一个大木桶，木桶里面冒着热气。花姨说："小铁，你把衣裳脱了，进去洗个澡。"

我脱光衣裳。花姨把我抱进大木桶，里面的水又热又香，水上漂着红色花瓣。我站在水里，全身都要化了。

花姨说："你把脑袋和身子都洗一洗。"

我站在桶里，说："我没有在桶里洗过，我不会洗。"

花姨说："你在哪里洗过？"

我说："我和我爷爷在河里洗。"

花姨笑了，笑起来真好看。她说："你在河里怎么洗，在桶里就怎么洗。"说完，她就抱着我的衣裳出去了。

我捏着鼻子钻进水里。脑袋上流血的地方疼，泡了一会儿，便不疼了。

花姨回来，问我："洗完了吗？"我说："洗完了。"她把我从桶里抱出去，用一块大花布把我包起来。

花姨把我抱上床，让我躺在床的里面。她摸着我的脑袋说："闭上眼睛，好好睡一觉。"

我闭上眼睛，迷迷糊糊听见花姨说："洗干净了看你，长得真像你娘。"

6

第二天，醒来。我一下子记不起自己是在哪里。

花姨坐在床边，笑眯眯地看着我说："都午时了，快起来吃饭，吃了饭，花姨带你去找你爹。"

我从床上蹦起来。花姨给我穿衣裳，衣裳洗得干干净净，破洞也补了。认不出这是我的衣裳。

吃完饭，花姨把包袱给我，说："我们走吧。"

走到大门外的时候，花姨带我站住。她指着大门对我说："你记住了，这个地方名叫弥香楼。以后要有什么事，就到这里来找花姨。"

门口有一匹马，马拉着一辆车，车上有一个小房子。花姨把我抱上了车，她也钻进来，放下帘子，说："走吧。"

马车跑了起来，我听见风在外面呼呼地响。我看看花姨，花姨说："一会儿就到。"

不知道跑了多长时间，马车停了。

花姨拉着我下了车，她和牵马的人说："你在这里等着。"

花姨拉着我的手，走进一道山谷。山谷中间有一条河，我们沿着河边走。拐了几道弯，我看见半山腰上有一个小石头房子。走到房子门前，花姨敲着门喊："周阿铁，你出来。"

门开了，一个人站在门口，满脸胡子，看不清楚他的样子。我看见他只有一只左手。

花姨对那个人说："周阿铁，你的儿子来找你了。"

那个人不说话。

花姨对我说："小铁，他就是你爹。"

那个人不说话，走进屋子，关上了门。

花姨抱着我，冲着屋子大声喊："周阿铁，如今你爹死了，你的儿子十岁了，从小没爹没娘，他一天吃三个烧饼，走到哪儿就睡到哪儿，走了很远来找你。要不是我遇见他，他就会和别的小叫花子一样饿死冻死在大街上。你要还是我认识的那个周阿铁，你要心里还有孩子他娘，你就像个男人一样，把儿子养大。"

她的声音小了一些："我知道你心里苦，我知道你装疯卖傻是为了什么。十年了，你过着什么日子，我知道。你要是一个人，只给自己活，你活着死了都没关系。可现在，你儿子来了。你不能只给自己活着了。你不认他，等你死了，你怎么去见孩子他娘？等你死了，没有人会再为你掉一滴泪。"

花姨哭了，她的眼泪掉在我的脸上。

门开了，那个人又走了出来。

花姨伸出手，擦了我脸上的泪。她对那个人说："这个孩子，我就放这儿了。你要怎么做你自己看。"

花姨蹲下来，拉着我的手说："小铁，你跟着你爹在这里。花姨先走了。你要是不好过，就去弥香楼找花姨。"

说完，花姨起身离开。

那个人走过来，用一只胳膊抱着我，不说话，眼泪流在胡子上。

我双手抱住他，说："爹，我爷爷死了。你要我吧。我会做饭，会洗衣裳，我还有银子呢。"

我蹲在地上，打开我的包袱，我看见我的一锭银子又变成了三锭。

我说："爹，我只有一锭银子了，怎么又变成了三锭？"

那个人把我抱住，他哭得很大声，山谷里都是回音。

7

我跟着爹过了一年。一年里，他没说过一句话。

爹每天早上出去，晚上回来，有的时候回来带着好多吃的，有的时候什么都没有。

我给爹做饭，蹲在河边给他洗衣裳。

那年冬天，花姨来过一次，送给我一身棉袄和一双棉鞋。

第二年夏天，花姨又来过一次，她带着剪子，给我剪短了头发。

秋后的一天，爹一直没回来。我在屋子里坐一会儿，再出去站一会儿。我把蜡烛点上，山谷里显得更黑了。终于，我看见一个人影走了过来，我大声喊："爹，是你吗？"

果然是我爹，他走到我的面前，手里提着一个小篮子。

回到屋子，爹从篮子里面拿出一只烧鸡，一铁壶酒，还有一个小木头马。他把小马放在桌上，用手拽马的尾巴，小马的脑袋扬起来，腿子也一弯一曲，像是要跑起来。

我睁大眼睛说："爹，这是给我的吗？"

他看着我点点头，把小马放在我的手里。

我高兴得快要喊出来。我左看看右看看，拽一拽尾巴，又拽一拽脑袋。我说："爹，这个小马真好看。"

爹拿出一个黑乎乎的铁杯子，倒了一杯酒，咕咚喝了下去。

他看着我说："小铁，今天是你的生日。"

我看着他说："爹，你会说话？"

他说："你属马，爹给你买了一个小马，给你过生日。"

我说："爹，我不知道我的生日，从来没过过生日。"

爹的眼泪掉了下来。他说："爹不是不会说话，爹是不能说话。今

火凤燎原

×

两只老虎 TWO TIGERS

天是你的生日，爹不能不说话。"

我说："爹，你不要哭。我的生日，我好高兴。"

我爹喝完了一壶酒，睡了。我抱着我的小马也睡了。

8

我的生日以后，爹又不说话了。

有一天，爹要出门的时候。我对他说："爹，我想要一条狗。你不在，我就一个人。"

我爹看了看我，扭头走了。

晚上，我熬好了粥，馏好了窝头，在屋子里面等我爹。听见外面有狗叫，我跑出门，看见我爹拉着一条小狗走了过来。

小狗看见我汪汪叫。我说："爹，这只小狗是给我的吗？"

我爹点点头。

进门一看，是一条小黑狗，眼睛圆溜溜，尾巴一会儿左右摇，一会儿上下摇。它钻在我爹的身后面，不肯和我玩。我拿过一个窝头来，问爹："我喂它一小块窝头吧？"

爹点点头。

我喂了小黑狗窝头以后，它就过来和我玩了。我摸它的脑袋，它就舔我的手。

我和爹说："我早就给它想好名字了，就叫它铁蛋吧。"

爹笑着点点头。

从那以后，我走在前面，铁蛋就跟在后面。

冬天，下了一场大雪，山上一大片白，我和铁蛋在雪里面跑来跑去，一座山上，只有我们两个的脚印。我们俩跑了很远很远，再沿着自己的脚印走回去。

第三天，太阳出来，大大的暖洋洋的。我和铁蛋在山里跑，跑到山的另一头。太阳就要落山，要回去时，山上的雪全化了，一个脚印也找不着。天越来越黑，我看见山和天慢慢煳到了一起，走来走去，也看不到我的家。我不知道该怎么办，就边跑边大声喊："爹！你在哪里啊？"铁蛋跟着我，大声叫着，边叫边跑。

不知道跑了多长时间，我看见远远的一团火光，我听见有人在喊："小铁！周小铁！"火光越来越大，声音越来越近。是我爹的声音。我也大声喊："爹！我在这里！我和铁蛋在这里！"

我爹举着一个火把，摇摇晃晃跑到我的面前。他把火把插到地上，在我的脑袋上狠狠地打了一巴掌。他说："你瞎跑什么！"

我说："我和铁蛋的脚印全化了，我俩找不到家。"

爹说："以后要往远处跑，先把回去的路记住。"

爹摸了摸我的脑袋，说："跟我回去吧。"

爹举着火把，我跟着爹，铁蛋跟着我，走在大山上。

那是我爹第二次和我说话。

9

铁蛋越来越壮。

快要过年的时候，花姨来过一次，说我长高了。她给我量了量身子，过了几天，她又来了，来给我送一身新衣裳，给我爹也做了一件。

她走的时候，爹一直把她送到山谷外。

除夕那天晚上，我在屋里等我爹。一个人推门，走了进来。

我站起来，看着这个人，他和我爹一样高，也只有一只左手，左手上提着一只小篮子。可他的脸我不认识，没有胡子，干干净净，比我爹年轻，比我爹好看。

那个人说："周小铁，你怎么不叫爹？"

我张大嘴巴说："你是我爹？你变了，我不认识你了。"

我爹笑眯眯地看着我，把小篮子放在桌子上，坐在桌子旁边的板凳上。我走过去，摸着我爹的脸说："爹，你没有了胡子原来是这个样子。你以后不要有胡子了。"

我爹摸着我的脑袋说："好，从今天起，爹不要胡子了。"

"你看爹带了什么东西。"我爹指着小篮子说。

我看见篮子里面有一只烧鸡，一块肉，一大铁壶酒，还有一挂鞭炮，几个二踢脚。

我没有说话。

爹说："小铁，你怎么不高兴？"

我说："这些我都不要。"

爹说："那你跟爹说，你想要什么？"

我说："我就想要你每天都能和我说话。"

爹看着我，过了一会儿说："今天过年，过了年，你就十三岁了。今晚，爹有话要对你说。"

爹说："我们俩都换上新衣裳，出门放炮去。"

我和爹换上了花姨给做的新衣裳，换完以后，我看看他，他看看我，我们俩还没有这样过。我们哈哈笑个不停。

这时候，外面远远地有人放炮，一声接着一声。我俩走出门，只见一道道光飞到天上，炸成一团团的光。

爹说："咱也放！"他进屋点了一根香，递给我，他用他的左手捏着二踢脚，说："点！"

我把香凑近二踢脚的火捻子，凑了几次点不着。

爹说："不要害怕，你一点着，它就飞走了，炸不着你。"

我终于点着了，火捻子嗞嗞冒着火星烧完，二踢脚一动不动，我不敢出气。二踢脚突然在我爹的手里"咚"的一声飞了起来，在黑漆漆的天上炸开。

放完二踢脚，还有一挂鞭炮。我爹说："小铁，这个你来。"

我说："爹，我不敢放。"

我爹说："你拿着，爹给你点着。不管多害怕，不要松手。"

我听爹的，用手捏着鞭炮这头，我爹点着了那头，鞭炮像一条毒蛇噼噼啪啪一节一节炸开要上来咬我的手，我闭上眼睛，不松手。等我睁开眼，鞭炮已经变成地上的一道灰。

放完炮，我和爹进了屋子。我爹倒了两杯酒，对我说："跟爹喝酒。"

我说："爹，我不会喝酒。"

我爹说："爹让你喝，你就喝。"

我端起杯，爹拿铁杯子碰了我的铁杯子，"叮"的一声响。爹一抬头，喝光了。我喝了一大口，像有一条火捻子嗞嗞冒着火星钻到我的肚子里。我说："我的肚子要炸了。"

爹说："吃肉。"

我说："我高兴得什么都不想吃了。"

爹说："那好，你就好好地听爹说话。"

他咕咚咕咚地喝了两大杯酒，眼睛红了。他说："小铁，过了这个年，你十三岁。爹今天说的话，你能明白的就明白，不能明白的就先记住。爹不会再和你说第二遍。"

我点点头，说："我都能记住。"

那天夜里，我爹和我说完了一辈子的话。很多年以后，我都能记起他说的每一个字。

他说："爹是一个铁匠。咱们家祖辈世代单传，都是手艺人。我爷爷，我爷爷的爷爷，到你爷爷，都是木匠。我九岁起，跟着你爷爷学木匠，十三岁时，我对你爷爷说，我不想干这个了。你爷爷打我骂我，我也不干。你爷爷问我想做什么，我说我的名字叫周阿铁，我想做个铁匠。你爷爷说，金木水火土，金在木前头，就由了我。我十三岁学徒做铁匠，十六岁出徒，自己开铁匠铺。十八岁时，北门镇上的铁器都是我打的。可我不喜欢打锄头锹头犁头，也不喜欢打铁锅铁壶铁碗，我喜欢打刀。给别人打铁器是为了挣银子，有了时间，我就琢磨着怎么打刀。大王有令，民间不得打刀打剑。我就打菜刀，我打的菜刀越来越快，方圆两百里的人都找到我打菜刀。他们说我打的菜刀只一点不好——不好找砧板。一般的砧板，一刀下去，菜肉破了，砧板也裂了。因为我的刀，做铁力木砧板的人也挣了银子。他们喜欢用我打的菜刀。

"我打菜刀打得入了迷。不说话，更不说亲，满脑袋一个字：刀。就想着一件事：怎样让我打出来的刀一把比一把快。我听说，古代高手，为了让自己铸的剑更快，并且有人的灵气，铁在炉里的时候，洒一道人血。我也学着古人的方法打我的菜刀。"

这时候，我爹伸出手给我，说："你把爹的袖子推上来。"

我抓着他的手，把衣袖推上去。胳膊上一道道疤，整整齐齐，从下到上，密密麻麻，数不清有多少道。

我爹说："我打一把菜刀，洒一道血，要的是新鲜的血。我的菜刀确实一把比一把快。打最后一把菜刀的那天夜里，我疯了。我在左胳膊上拉开一道大口子，我想把全身的血都流在那块烧红的菜刀上，我一边流着血，一边想，这把刀打成了，不会再有比它更利更快的刀了。

"那晚，你爷爷去了我的铁铺，看见我站在炉前，血从胳膊流进炉里。血流着，我一头倒在了地上。他背着我连夜跑到三十里外的南门镇，找到最好的郎中，救了我一命。

"那次，我在床上躺了二十天。刚好一些，我跳下床去找我的那把菜刀，到处找也找不到。你爷爷说，阿铁，你醒一醒，手艺就是为了吃饭，你不要拿命去拼。我说，爹，我半条命换的刀，你让我看一眼，不然我没力气活。你爷爷看着我叹了口气，把刀给了我。

"那把菜刀乌黑，我一见它，就要了命。我求着你爷爷，偷了半块给富人家做棺材的上等金丝楠木做了刀把。我还找到北门镇慕容皮匠，用头层小黄牛皮做了刀鞘，皮匠边做边说，从来没给菜刀配过刀鞘。我夜夜枕着这把菜刀睡觉，半夜醒来，还要抽出来，借着月亮的光左看右看。"

爹伸手从怀里抽出一把菜刀放在了桌上，说："就是这把菜刀，让你爹到了今天。

"那年，鱼南国打了过来，大王起兵反击。北门镇隶属大罗国孤远郡，孤远郡太守万喜年兵强马壮，奉命去边城抗敌。临走前，他嫌将士们的刀剑不够锋利，打发人四处打听有没有好铁匠。有人找到我，说，周阿铁，听说你的菜刀锋利无比，去让万太守看看。我不去，他们说，你不去，要你的命。我就提着刀去了。

"到了太守府，直接上了大堂。万喜年坐在上面，两排侍卫分列左右，我不敢抬头。万喜年说，周阿铁，你的刀带了吗？我拿出菜刀。万喜年把他的腰刀连刀带鞘扔到我脚下，说，比一比。我说，小民的刀切菜做饭，老爷的刀杀敌立功，不能比。他说，都是刀，能比。我抬头看了他一眼，说，那小民比了，伤了老爷的刀，莫怪。万喜年说，伤了我的刀算我的，伤了你的刀，也算我的。

"我当时真是年轻气盛。从怀里抽出了我的菜刀，再把万喜年的腰刀抽了出来。万喜年的刀寒光闪闪，我知道这也是把难得一见的好刀。我又说一遍，万一伤了老爷的刀，莫怪。万喜年说，但比无妨。我左手拿着他的刀，右手拿着我的菜刀，左右手一错，咣当一声，他的腰刀就断成两截。

"我从此就跟着万喜年从军，到了边城。万喜年盖了一个铸刀营，专人把守，任何人不得擅入。他派了十六条精壮汉子，跟着我连日连夜打刀打剑。这些刀剑，到了他的将士们手里，杀敌无数。万喜年的功劳越来越大。可有一天，他找到我说，你给我打的刀不错，可都没有你那把菜刀快。我没有办法，就让他看了我的左胳膊。

"万喜年知道了我打刀的秘密。他说，你自己那点血算得了什么。当晚，他把五十个俘虏押到铸刀营，对我说，你用他们的血给我打刀。

"那些俘虏，不论男女老少，一律砍掉脑袋，血从脖子里喷到火炉中。开始，一个人的血打十把刀，刀越来越快，俘虏也越来越多。后来，一个人的血只用来打一把刀。从铸刀营扔出去的脑袋堆成了小山，打出来的刀，砍人就像砍豆腐。万喜年威震边城，鱼南国看见他的旗号，无人应战。不是怕他，是怕兵士们手里的刀。

"过了不久，我受不了了。我虽没有亲手杀过一个人。可我觉得那些人都是我杀的。我打一把刀，就先杀一个人。这把刀到了士兵手中，又不知道要杀几个人。敌人也是人，流到炉子里的血一样是红的，一样冒着热气。我不想再打了，可我不敢和万喜年说，每个夜里睡不着觉，那些喂血打刀的人头在我眼前转，瞪着血红的眼睛看着我。

"好在三年以后，仗打完了，鱼南国投降，臣服大罗。万喜年功劳最大，被大王封为边城大元帅。万喜年摆了大宴，论功封赏，封官赏银子。大宴上，万喜年对众将士说：'要讲功劳，周阿铁最大。'当场赏我二十两银子，封我做四品带刀侍卫。我说，我是乡下来的一个小铁匠，会打几把刀而已，当不了这带刀侍卫。万喜年当时脸就沉了，旁边的人对我说，大帅这么大恩情，你怎么敢辞？我也没有再说什么。

"宴后，万喜年传我到了后室。他喝得满脸通红，躺在椅子上说，阿铁，我能坐到这里，有你的大功。我说，雕虫小技，不敢居功。他说，你能把刀打到这个份儿上，什么事情都能做好。我说，我一个手艺人，别的我也干不了。仗打完了，我只想从哪里来，回哪里去，安安分分做我的铁匠。万喜年看了我很久，说，你想这样，我也不强求。你再为我做一件事情，我让你衣锦还乡。我说，大帅只管吩咐。

"万喜年端来两个锦盒，打开给我看。第一个锦盒里放着一个铁块，黑黝黝的，又好像闪着五色光芒。万喜年说，这块铁是外邦进贡的，生在天地初分之时，长在天地至北极地，日月精华融进这块铁里，世间仅见一块。第二个锦盒里放着一卷皮，万喜年说，这块皮是天地至南的深海火鱼皮，这把刀成了，以此皮做鞘。万喜年说，你用这块铁，给我打一把从古到今，天底下从来没有过的刀。刀出来，你就走。

"我从没见过那么好的一块铁。可三年来，我打刀无数，打刀的法子都使尽了。万喜年说，打仗的时候，粗铜烂铁，时间紧迫。现在太平盛世，好吃好喝，银子时间都不缺。我给你建一个最大最好的刀炉，给你最好的帮手，你想怎么打，就怎么打，想要什么，我就给你什么。你要人血，天牢里的死囚多如牛毛，你要几个，我就给你几个。来日方长，我等着你。我不信你打不出来。

"他这么说，我也不好再说什么。从那天以后，我的脑袋里每天就是这一把刀。我不愿让我的刀没打好就先杀人，可不用人血，我又没有别的秘法。万喜年倒不急，再不问我刀的事情。一年过去了，两年过去了，这把刀连个影子都没有。刀打不出来，家也回不去，我每天晚上出去，借酒浇愁。"

我爹说到这里，屋子里的蜡烛一闪一闪快要灭了，我拿来一根蜡烛接着点上，屋子里又亮堂起来。

我爹说："小铁，你长到这么大，不知道你娘是谁，现在我就跟你讲讲你娘。"

11

我爹伸手擦了擦我脸上的泪。端起铁杯，连喝了两杯酒。

他说："你娘是弥香楼的头牌妓女，名叫楚影。你花姨的名字叫花晨。十三年前，楚影花晨名满边城。

"那晚，我去弥香楼，第一次见到了你娘。你娘是头牌，去花银子找你娘的，不是大官，就是财主。虽说有个四品带刀侍卫的虚职，又算得了什么？可你娘第一眼看见你爹，就喜欢上了你爹。别的人她都不见，每天晚上跟我在一起。别的人也就不找她了。虽然我官小，银子少，但他们都听说过我腰里的刀。

"你娘是一个好女人。她从小长得好，可生在了穷人家。她爹没有办法，十岁时把她卖到了弥香楼。她不光长得好，进楼几年，琴棋书画都学得好。我问她，怎么会喜欢上你爹这个乡下来的铁匠。你娘说，官再大，银子再多，没有心又有什么用。人都说，青楼里面的人，看人都是银子。你娘看人不看银子。你娘真是个傻姑娘。

"我对你娘也好，打心里对她好。我的脑袋里不想那把刀了，满脑袋你娘。就想着攒银子把你娘从弥香楼里赎出来。

　　"有天夜里，我去弥香楼找你娘，楼里的妈妈说，楚影今晚有客。我问是谁。她小声对我说，客人是大元帅万喜年。我的脑袋当时就炸了。我想冲上楼去，最后也没上去。

　　"连着几天，我没有再去弥香楼。等我再去，楼里不让我见你娘。他们说，万喜年要赎出你娘，给他做妾。银子已经送过来，三天后来接人。我急了，要冲上楼去，他们拦我，我拔出刀来，一刀把楼下一张楠木桌子劈成两半。我说，谁要拦我，就和这张桌子一样。我冲到你娘房里，你娘看见我泪如雨下。我说，你要去给姓万的做妾？你娘只是哭着摇头。我扭头出去，到了帅府。

　　"我见到万喜年，没说话，先磕了个头。万喜年问我，你这是为何。我说，大帅，我从不敢说我有什么功劳，也从没跟大帅求过一事。今天，只求大帅念我在沙场上打过无数把刀，给我一个人。万喜年说，你那时打刀，打一把刀，我就给你杀一个人。现在，我让你给我打一把刀，你跟我要一个人，可以。我说，我要的是弥香楼的楚影。万喜年想了想，说，这个人可以给你，不但给你，我还给你银子，把她赎出来跟你。我跪在地上，千恩万谢。

　　"万喜年说，别着急谢。你来要人，我给你。可凡事要有个规矩，从今天开始，我给你一年。一年之后，你给我一把刀。一年之后，我看不见刀，你和楚影两个人的脑袋都得给我。我答应了。

　　"第二天，我把你娘接出了弥香楼。我用万喜年给的银子，娶了你娘。等你娘怀上了你，肚子越来越大，我觉得越来越像一个家。那年秋天，生下了你。我和你娘给你取名字叫周小铁。看着你，我和你娘高兴得什么事情都忘了。

　　"日子越高兴，过得就越快。快过年了，万喜年让人给我送来了一个锦盒，我打开一看，里面放着一本皇历。我知道他的意思。那把刀又开始没日没夜缠着我，我白天夜里都坐在炉子前，盯着那块铁，琢磨怎么样把它变成天下最快的一把刀。我想起了老办法，我想用人血来喂刀，可是用了人血，就一定能够天下无双吗？我心里也没底。如果杀了人也没有用，我的罪孽就更深了。我的脾气越来越坏，开始气我自己，后来开始生你娘的气。万喜年的刀像一个诅咒，而我觉得是你娘给我带来了这个诅咒。我觉得如果没有你娘，我就能打出这把刀，你娘浪费了我太多的时间。我彻底疯了，动不动就大发脾气。"

我爹的眼泪流了满脸。他端起杯子喝酒，眼泪流在杯子里，连酒带泪一起灌进嘴里。

他接着说："那时，你娘又怀上了孩子。她得照看你，还得照看自己，而我什么都不管不顾。整日坐在炉前，别的事只能让我发火。但我对你娘生再大的气，说再狠的话，她也不生气。她只是一直问，我到底是怎么了。

"直到那天晚上，我一个人坐在炉前，喝了很多酒，那块铁在炉里炼着，通红通红。你娘过来说，阿铁，刀能打出来就打，打不出来就不打，日子还是要过下去。我看着她，说，你什么都不知道，不要在这里聒噪，你给我滚。你娘看着我，愣愣地不说话，炉子里的火光映着她的眼泪一闪一闪。她说，我嫁给你，给你生儿子，是我做错什么了？你脑袋里除了那把刀，还有我们吗？

"我说，这是我打的最后一把刀了。打完这把刀，咱们一家就回乡下，好好过日子。

"你娘笑了笑说，你别再说这样的话了，你不会的。打完这把刀，你会想着再去打一把更快的。

"我站起来，盯着你娘说，是的，我的脑袋里只有这把刀，因为没有这把刀，你我的脑袋就没了。你一个女人，除了过日子，生孩子，还知道什么？在战场上，我周阿铁每打一把刀，就要砍掉一个人的脑袋。现在，这把刀就要来砍我的脑袋了。我就知道，我总会有报应。

"我对你娘说，认识你，娶了你，就是我的报应。

"你娘看着我，冷冷地一笑。她说，死我不怕，但你让我觉得可怕。"

我爹说到这里，站起身来，对我说："小铁，你跟我来。"

他举着火把，领我出门上了山。那天晚上的风好冷，像刀子刮在脸上。铁蛋跟在后面汪汪叫，夜更静了。我跟着我爹来到山后，站在了一个土堆前面。我爹让我举着火把，弯下身子，用手挖那个土堆。

我爹的手挖出了血，土堆挖开，地里有一口棺材。

我爹扑通一声坐在地上。

过了好久，他对我说："那天夜里，我回房就昏昏沉沉睡了。迷迷糊糊，不知道是不是在做梦，我看见你娘抱着我，摸着我的脸说，阿铁，没想到好日子这么快就过完了。等我第二天醒来，只见你在床上哭，到处找不到娘。我觉得不好，跑到铁炉房，看见炉子前整整齐齐放着你娘的一双鞋。炉子里面，火熊熊地烧，那块铁烧得通体透明，好像比原先大了一倍。我知道，是你娘怀着孩子，融了进去。

"我脑袋里什么都没有了。我疯了一样打着那块铁，眼泪止不住流，泪还没流到铁上，就变成了汽。我用那块铁打了两把短刀。我知道，世上没有比这两把刀更锋利的东西了。

"我骑着快马，带着你回到了北门镇，把你给了你爷爷。回到边城，我取了其中一把，直奔大帅府。我对万喜年说，刀打成了。他看了看刀，问我，我给你的那块铁闪着五彩光芒，这把刀却一点光泽都没有，你敢说这把刀天下无双？我说，这把刀，有我妻儿的血肉，不会再有刀比它更快。万喜年说，那我试一试。他问我，你用哪只手打刀？我举起右手。万喜年举起刀轻轻一挥，我的右臂啪嗒掉在了地上。万喜年点点头说，现在，不会再有更快的刀了。

"万喜年对我说，你一个手艺人，敢和我要走我喜欢的女人，按说，我应该要了你的脑袋。不过，你和我抢女人，是不忠，你让你的女人死在你的刀里，是不义。你不忠不义，苟活在这个世上，比死了更难受。所以，我现在只要你一条胳膊。滚出这个门，你不能再打一把刀，不能再说一句话。你就像条狗一样活着吧。

"从那以后，你爹就像一条不会叫的疯狗一样活到现在。所有的人都知道我疯了。没人把我当人看。我没有脸见你爷爷，没有脸见你，也没有脸去死，我不知道怎么去见地下的你娘。我把这把刀埋在这儿，如同你娘埋在这里。我像条狗一样守在这里，像条狗一样在酒馆、妓院和赌场里窜来窜去。直到你来找我。"

爹手拿菜刀，撬开了地上那具棺材。我举着火把，看见棺材里空空荡荡，只在棺材中间，放着半尺长一把短刀，爹把手里的菜刀给了我，伸手取出棺材里那把刀，拔刀出鞘，刀在火把下面乌黑无光，却又好像闪着五彩光芒。爹举刀，轻轻一挥，我手里的菜刀就变成了两截。

爹伸腿踩进了棺材里面，躺下去。天已经亮了，爹对着天空大声说："小铁，我的话说完了。现在，我把这把刀给你，你爹要去找你娘了。我死了，你不要流泪，爹不值得你流一滴泪。爹只想让你办两件事，一是把你爹送回北门镇，埋在你爷爷身边。二是等你长大，拿着这把刀，杀了万喜年，给你娘报仇。"

说完，我爹举起刀来，插进胸膛。

爹把刀轻轻地从他的胸膛拔出来，放在我的手上，刀上没有一滴血。

祥瑞年代的死亡事件

如今，据说外面已经有人在吃人了。老臣所言的杀人，是杀过去的人，杀未来的人。

——张福堂

CHAPTER 2

1

连着七年大灾，大罗国穷透了。

这天晚上，都城王宫里烛影摇红。太监徐平来到大王面前，磕了个头，站起来一阵眼黑，晃了几晃，说："大王，您今天临幸哪一宫？"

大王伸出右手，撑在耳后，说："你说什么？我听不清。"

徐平挺了挺腰板，深吸一口气，用力说："大王，您今天临幸哪一宫啊？"

大王听清楚了，他想了想，说："朕没有力气临幸。让后宫都歇着吧。朕俩月没吃过饱饭了。朕不相信，她们还有力气。"

徐平表情悲愤，他说："大王，奴才知道，如今举国上下都吃不饱饭。可是，到现在，除了几位公主，我大罗国还没有龙子传后。大王已经一个月没入后宫了。恕奴才直言，虽龙体事大，但还是龙种为重。大王还应早日播下龙种，才是家国之幸。"

大王表情更悲愤，他说："别说了。你以为我不想干？古语说，饱暖思淫欲。淫欲起码得饱暖，我饿着肚子怎么爬上女人肚子？我即便爬了上去，腰杆子不硬，肉杆子也硬不起来。"说到这，大王耷拉着眼看了看徐平，叹了口气继续说："当然，说这个你也没有体会。你把左右丞相给我叫来，让他们先帮我想想怎么样把肚子填饱。等朕肚子里有了东西，再琢磨下面的事。"

徐平答应了，又磕了个头，晃着站起，退下。

一个多时辰以后，左丞相张福堂右丞相赵海城相互搀扶着走了进来。

大王靠在龙椅上打着细弱呼噜。张福堂凑到跟前，先小声叫，后大声喊。大王忽地惊醒，擦了擦嘴角的涎水，使劲睁开眼，面前的两个人变得清晰。他张开嘴说："来了？"

左右丞相喊着大王万岁，要下跪。大王努着劲摆摆手说："算了算了，你俩这一跪，还不知道能不能起来。找个椅子坐下来说。"

两位哆哆嗦嗦坐下。

"长话短说，我没那么多力气。"大王聚了聚精神说，"你们俩辅佐先王也就是我爹，打下这个江山，江山虽然不大，打得也着实不易。可是，就是打江山的时候，也没这么穷过。我爹地下有知，他儿子我接他的班，当这个大王，饭吃不饱，后宫一群娘们儿，没力气睡，至今无后，肯定后悔得活过来。知道你俩也饿，可再不想个主意，朕怕明天不是你们见不着朕，就是朕见不着你们了。今晚，你们俩就给朕想个主意。要不然，明天，要还活着，咱就都散了，出宫去地里刨食去吧。"

赵海城努了努精神说："不是大王无福，也不是我等无能，实在是苍天降祸，先是百年未见的大雪，又是千年不遇的地震，接着是万年不曾听说的瘟疫，这……"

大王用尽全身力气挥了挥手说："说点新鲜的，朕叫你来想办法，不是让你来添堵。朕当大王，这个国有多惨，朕比你清楚。你再说！要不是朕没有力气，现在就过去拿刀劈了你信不信。"

赵海城噤若寒蝉，小声说："信，信，老臣信。"

过了好久，宫里的大蜡烛忽明忽暗。

张福堂开口了："大王，老臣这些日子也在想办法。您别说，人越饿，办法还真越多。可肚子一紧，发现都不靠谱。不是没钱没粮食实现，就是实现了也没钱没粮食。"

大王浑身抖了几抖，咬着牙说："你们俩要是这样，朕就喊人了。外面站着几个侍卫身体壮，杀你们两个的力气还是有的。"

"请大王听老臣说完。老臣现在能在这里说话，也是拼着春蚕到死丝方尽。"张福堂"扑通"一声从椅子上秃噜跪到地上，颤着声说，"老臣想来想去，现在的情况只能杀人了。"

大王眼睛里闪过一道光芒，说："你是说吃人肉？"

张福堂说："万万不是。如今，据说外面已经有人在吃人了。大王若想吃人，尽天下的人都愿意割肉供奉。可人肉上火，最多解得一时腹饥，一旦吃多，七窍流血，五脏俱焚，死时苦不堪言。老臣所言的杀人，是杀过去的人，杀未来的人。"

大王呆呆地看着张福堂。

"老臣的主张，就是七个字：绝生速死两头切。"张福堂索性躺在了地上，侧过头仰望着大王，接着说：

"大王别急，听老臣慢慢道来。您看，什么产粮食？不是地，是人。人不种地，地怎么长粮食？什么人产粮食？壮年男女。什么人不产粮食？小孩跟老人。前几十年尽打仗，鼓励生育，不小心生猛了。现在全国饿，固然是因为肉少，可更是因为狼多。狼为什么这么多？是因为小狼不断，老狼不死。我们两头着手。首先，母狼不见公狼哪来小狼？所以，先保证全国的男人不要碰到婆娘，断绝人口再生，反正干那事儿也费力气。五年以内不许成婚，已婚夫妇全部分居，敢见一次就关，敢干一次就杀，我相信都能憋住。女的先不管，男人不泄火也不行，影响生产力。我们把全国各地妓院统一管理，要干只能来这里干。大内名医组成一个队伍，把所有妓女都做了手段，做了才准接客。绝对保证只种不收，不论谁种，怎么种也不收。这样一来，我国不会再添人口，粮食省了不计其数。"

张福堂说完，喘着气歇了半晌，接着说："其次，贫贱百姓，人过六十，不产粮食，净等着吃。老臣想过，一刀全杀了，不是回事，全国六十往上无数，一下子全杀，他们会闹。老臣想了个折中的法子，我们在全国建几十个点，姑且就取个好名叫'天通院'，全国六十岁以上统统响应朝廷号召，集中到天通院，朝廷供养。来了就好办，一天比一天喂得少点，没几天，就都死了。谁家要还有钱有粮有力气，舍不得家里老人出来，也行。捐银五百两捐粮五十石往后每年减半，允许自己养着，但也不能在家。必须自己盖个小天通院，关在里面供养，不许出外。一来嫉妒的人家不服气，二来您想，谁家愿意一直真养着啊，自己吃饱都难，孝顺劲儿一过，也就死里面了。"

大王和赵海城的眼睛都越听越大，不住点头。

张福堂说："大王，请许老臣翻个身，背对大王，还请恕罪。"

大王说："爱卿想翻就翻吧，朕能听见就行。"

张福堂磨磨蹭蹭从左侧倒在右侧着地，翻身过程中挤出一个屁，张福堂忙颤着声说："吾皇恕罪！老臣也没想到，居然还有屁。"大王说："免罪，继续说吧。"

张福堂屁股对着大王接着说："一个人一碗饭，一千个人就是一石粮，长此以往，利国利民，不可想象。全国上下壮年人口开始可能缓不过劲儿，但日子一长，吃到了好处，我们再做好思想工作，都明白了大王的苦心，那肯定莫不高呼万岁，知道大王爱民，更是顶礼膜拜，爱国忠国，苦干勤干，到时别说大王吃得饱，恐怕全国都能有余粮。挺个几年，年景好了，我们照样能和外邦开仗，扬我国威。"

停了半晌，大王说："爱卿有想法，有做法，国有爱卿，真乃国之大幸。不过，朕有两个小问题愿闻其详。其一，这些事都得要人去办，要用人，就得钱粮，哪儿有？其二，大王我都这样了，底下老百姓还有能自己盖房子养老人的？岂有此理！"

张福堂说："人有，大王您忘了，现在还有能吃饱的。"

大王咬着牙问："告诉我，谁？"

张福堂说："边城大帅万喜年就能吃饱。大王您忘了，十年前打仗的时候，全国上下勤紧裤带征粮无数，粮食哪里去了？送到了边城。剿灭异邦，获取银粮无数，哪里去了？也屯在边城。内地大灾，边城可一直是风调雨顺。老臣去年代您去边城巡查，那和内地可是冰火两重天啊，咱们是碗里的吃不饱，锅已经空了。那边是大块吃肉，大碗饮酒，酒馆林立，妓院如云，灯红酒绿，纸醉金迷。粮食堆着，再有十年也吃不完。当年内忧外患，现在外患没了，内忧急剧，国难当头，万喜年也有责啊。"

大王的眼睛快瞪出来了，说："有这样的事，老张你怎么不早说？"

"老臣也是万不得已才说。边防事大，老臣也不敢多言。"

"边防再大是为谁打？为天子打。没听说过自己饿着肚子，一股脑儿和外人打架的。老子明天就连人带粮食全给调回来。你接着说，朕心里有底了。"

张福堂说："乡野民间，也有土豪。据老臣所知，有人家代代勤勉，丰年备粮备银，就为了怕有荒年。年景好，不显山不露水节衣缩食，一到灾年，过得比谁都好。"

大王很不高兴，说："你是在说朕不知道未雨绸缪？"

张福堂赶紧转过身，爬着晃晃悠悠跪了起来，说："老臣绝无此意。"

大王嘿嘿一笑，说："朕跟你开个玩笑。你立功了老张，这个办法朕看行。我们说干就干。只是，朕还有个小问题。"

张福堂一个头磕在地上说："大王明示。"

大王磕磕巴巴地说："非得六十岁吗？五十岁就关了不行？"

2

说干就干。

半月以后，万喜年领着手下拉着粮食从边城回到都城。大王下令成立赈灾别部，由万喜年统领。

大罗国从都城至下大小城镇除了奄奄一息的灾民外，出现无数士兵，城墙内外贴满告示，大意如下：

奉天承运，大王诏曰：上苍降祸，天灾连绵。王念及生灵涂炭，百姓蒙难。遂广开圣恩，颁布圣令，旨在举国抗灾，励精图治。即日始，八部外另设赈灾别部，专职领导赈灾事宜。天恩浩荡，即日起，每户赐粮三石，旨在鼓励全民耕种，视同作战。另特令，全国男女分居，五年内不得通婚，不得生育。夫妇私交，视为通奸，十恶不赦。花甲以上，统至天通院，朝廷奉养。但有不从令者，视为叛国，格杀勿论。天固降灾如斯，国当自强。王与民并肩，丰衣足食之日不远矣。

赈灾别部统领万喜年日夜操劳，部下将士枕戈待旦。

别部分为两翼，左翼负责天通院，右翼负责抓奸。

大罗国十二郡三十六县七十二个镇，共建集体天通院二十四座，各地普查人口簿，凡六十岁人就近天通院安置。

进天通院前三天，四人一组，四菜一汤，酒饭管饱，老汉们都说，没过过这样的好日子。据不完全统计，全国天通院前三天就撑死一百多条老汉和六十余位大娘。消息传出，很多人不到六十，卖房卖地买通当地官员，染白头发胡子，伪造年龄，只为能进天通院。天通院难得糊涂，不细追究，照单全收。三天以后，菜没了，饭变成了粥，粥又变成了汤，汤变成水，最后水也没了。

天通院每天死一大片。就近挖一个大坑，死尸填满一个，就再挖一个。到天通院挖坑成为热门职业，许多壮年不思种地，苦练挖坑。消息传出，很多人过了六十，卖房卖地买通当地官员，染黑头发胡子，伪造年龄，只为不进天通院。赈灾别部左翼针对这种情况，加大管理力度，尽职尽责，一丝不苟，宁可错杀一千个五十九，不放过一个六十。

右翼人马更忙碌。兵士携刀扛枪，日夜巡逻，严防死守。白天，不论男女，全部下地干活。孩子在家无人看管，常有农夫农妇田间劳作归来，发现年幼儿女让狗给吃了，一气之下，自寻短见的不计其数。

夜间尤其任务重。兵士们提灯笼走街串巷，盯窗户，听房檐，风雨无阻，冰雪依然。

一天，两个年轻兵士听到一妇女群居屋内似有喘息声，拔刀冲了进去。看见炕上一面薄被之下，有人耸动。其中一兵士不由分说，提刀就砍，血流出来，人不动了，掀被一看，才知道是一姑娘痛经，半夜腹痛，辗转呻吟。此事造成民愤极大，统领万喜年亲审该士兵，判处：年少无知，不通房事，不辨呻吟缘由，虽乃无意杀人，但民间影响极为恶劣，当街问斩，以儆效尤。

此后五年，天公作美，风调雨顺。地上的人越来越少，粮食自然积得多了，银子流通起来。活着的人都能吃饱了。

五年里，各地造反暴乱此起彼伏，到最后全都服了。

妓院生意越来越火，供不应求。就业门槛越来越高。

民间判断有没有出息，标准就八个字：男的挖坑，女的卖身。

因此应运而生了众多挖前和妓前培训私塾。

但实在是竞争激烈，好多男人苦练挖坑几年，不能就业，情急之下挖个坑把自己埋了。好多女人上不起培训私塾，还想锻炼技艺，于是私自勾引男人去野地里练习，被发现后双双一斩了之。

说不尽这种种。

朝廷征粮力度越来越大。国库里渐渐有了粮食。

大王夜夜临幸，龙种接二连三。

大王带着左右丞相祭天，叩拜大呼：天不灭大罗，天佑大罗。

3

五年过后，大王下令，士兵撤走，天通院停止进人，民间可以通婚，但不许纳妾。

又过了一年，二十六岁的周小铁已经成为北门镇第一屠夫。尽管有反对者认为，周小铁能够成为第一屠夫，是因为他手里的那把刀，但更多的人说，那把刀虽快，但也只有和周小铁在一起，才会真正的刀人合一。

屠夫周小铁牛羊猪马样样都杀。观看过周小铁工作过程的人里面，有点学问的都不约而同地想起来那个流传至今的成语：庖丁解牛。事实上，人们普遍认为，即使庖丁活到现在，都不见得能和周小铁相比。就算庖丁的技术不比周小铁差，但他的刀肯定没有周小铁的快，即使有这样的刀，他也不可能拥有周小铁工作时的那份冷静和泰然自若。当各种活物的肚子被周小铁若无其事地剖开，血和脏器涌出来的时候，很多人掩鼻闪躲，而在周小铁的眼中，这些器官显然和那些迎着日光盛开的花朵没有任何区别。很多人恭维说，周小铁完全应该被称为大罗国第一屠夫。

在大罗国最为困难和疯狂的那几年，周小铁似乎没有经历任何痛苦，因为他不需要对任何人抱有牵挂。他的爷爷和他的父亲埋在山腰上，他只和自己的那把刀一起活着，他只要没有饿死，就比任何人活得都好。人们早已忘记，多年以前那个葬掉爷爷远走边城，几年后又拉着父亲棺材回来的瘦弱少年。周小铁这个名字，现在只会让人想起这个冷漠孤独的屠夫。

周小铁成为传奇，还在于他奇怪的生活方式。随着镇上的老人消失殆尽，再没有人知道周小铁为什么会每天睡在一口棺材里面。在连年的灾难和饥饿里，在最困难的时候和刚刚开始不久的好日子里，周小铁十几年如一日地抱着他的刀，睡在他的棺材里。

在灾难越来越重的那几年，周小铁作为一个屠夫和他的刀一起，早已没有了用武之地。即便他把他的刀藏在怀里，和别人一样，在士兵的刀剑威逼下去农田里耕作，用力气换取粮食，还会有人在难得的劳作空闲中指着他悄悄地说，只要愿意，他可以随时拔出刀来，砍下任何一个士兵的脑袋。

大灾过后，当人们又有了牲畜可以宰杀的时候，自然想起了周小铁。

周小铁重返屠夫生涯的第一个顾客是北门镇上的财主谢忠贵。

谢忠贵有一个女儿和三头猪，周小铁被委托杀掉最大的一头。

这头猪从一只嗷嗷尖叫的活物很快变成砧板上任人宰割的五花肉，周小铁用干净利落的动作让人们意识到，这几年的停顿，并没有让北门镇第一屠夫的技艺有丝毫生疏。

在谢忠贵的宝贝女儿——谢小扇的眼中，刀在周小铁手上，仿佛画师手执一杆狼毫，遒劲有力上下翻飞，猪血喷腾，有如浓墨，与其说周小铁杀了一头猪，倒不如说他作了一幅画。值得一提的是，在这有条不紊的宰杀过程中，周小铁全身上下和他的那把刀一样，没有一滴血。谢忠贵和他的女儿一样，都喜欢上了这个英俊的青年屠夫。

周小铁有刀有房，父母双亡。正合独生一女，担心后嗣无人的谢忠贵心意。他当即委托北门镇最著名的媒婆找到了周小铁。

一个月以后，北门镇迎来了多年来最盛大的婚礼。在多年灾难以后，人们把这场婚礼当作了难得的节日，尽情狂欢。北门镇第一屠夫入赘北门镇第一美女家，这个组合仔细想来略带血腥，但人们很快都认为天造地设顺理成章。镇上所有的人都无比慷慨地把祝福和赞美给了这一对新人，甚至很多艳羡谢小扇多年的青年男子都很体面地掩饰了自己的嫉妒和愤慨。当然，这很大程度也来自谢忠贵的慷慨——他宴请了北门镇的所有人。

周小铁迈出自己的棺材，住到了谢家。有第一财主做岳父，周小铁的屠宰生意变得更加写意。他不再需要为了银子拔刀，他拔刀或者不拔，只有一个理由，就是喜不喜欢。谢忠贵人称儒商，虽然是做骡马生意出身，仍不忘诗书传家。谢小扇自幼知书达礼，当她发现她的丈夫是个文盲之后，当即开展扫盲工作。在她的悉心教导下，周小铁从一个字不识直到略通诗文。谢小扇看着自己的屠夫老公脸上渐渐有了一丝书卷气，她觉得她的日子所有方面都在朝着最好的方向走去。

三年过去了，周小铁和他的刀快要成为传说。

第三年的夏天，谢小扇为周小铁生下一个儿子。正是狗年，周小铁和谢小扇给他们的儿子取名叫周默。谢忠贵说，默就是黑狗，又是狗年，于是又取了一个小名叫黑狗。黑狗的到来让谢家上下欢喜无边，却没有让成为父亲的周小铁更加高兴，相反，他突然变得心事重重，这让谢小扇疑惑不解。

周小铁的郁闷一直到了这年除夕，他提着他的刀和一铁壶酒来到爷爷和父亲墓前。

他坐在墓前喝酒，边喝边对着那两座坟墓说话。就这样，他从午后，一直坐到黑夜如同母亲的怀抱一样降临。这天晚上的风很冷，像刀子刮在脸上，远处的镇里传来狗叫，这狗叫声让周小铁想起了铁蛋，以及许多年前铁蛋叫声中那个无比黑暗的夜晚。在这无边的黑暗之中，周小铁仿佛回到了二十年前的边城。他的父亲周阿铁说过的话如同这寒冷的风一样刮在他的脸上。他知道，刀里有着他娘和永不会谋面的弟妹的血和肉。他的父亲用尽最后的力气把楚影刀交给他，不是要让他用这把天下最锋利的刀去宰杀那些猪马牛羊。想到这里，往事带来的仇恨和愧疚伴随着烈酒像根火捻子噼噼啪啪烧进他的胸膛，炸得心痛。这粒火种既然再次扎根，他的心里就像长了草一样不能自拔。

周小铁在黑暗中坐了一夜，在夜晚将尽，朝阳的光芒铺满山梁的时候，他跪在父亲墓前说："爹，我也当爹了。当了爹，我才明白了你。现在，我知道我应该做些什么。"

过完年后的春天，周小铁收拾了行囊。对谢小扇说："你在家照看好黑狗。边城机会多，我去看看有没有发财的机会。"

谢小扇说："我们在这儿不是活得好好的吗？"

周小铁说："我小时候在边城，就想一定要在这样大的城里做出一番事情来。现在要不去，以后没机会了。"

谢小扇说："那我和黑狗呢？"

周小铁说："给我几年时间，我接你们一起去边城。"

尽管谢忠贵和谢小扇都不能理解周小铁的行为，但周小铁执意而为，他们也就没说什么。

谢小扇拿出两人所有的积蓄交给周小铁，说："人生地不熟，起头难，不行就回来。"

4

　　周小铁骑了一匹快马，在二十年之后，再次去往边城。

　　在这北方平原一路飞驰的大道上，周小铁不止一次感受到了冥冥之中命运的无边暗示。这暗示不仅仅在于，他在多年以后会再次踏上这条洒满血泪的大道，更在于在这飞驰的过程中，他和二十年前一样感到路的尽头茫然未知。比起儿时的那次长途跋涉，他仅仅多了三样东西，那就是胯下的马，怀里的刀和心中的恨。

　　就在周小铁再次接近边城的一座山，一匹马拦在了他的命运面前。马上一人手拿尖刀，断了周小铁的去路。

　　那人大声说："小子，站住！"

　　这个熟悉的声音让周小铁认出来这张名叫曹云鹏的面孔。

　　周小铁没有说话，他从怀里缓缓拿出了楚影刀。他说："你最好让我过去。"

　　那人哈哈一笑，说："你想过去，得问问我手里的这把刀答不答应。"说完挥刀砍了过来。

　　周小铁拔刀出鞘，轻轻一撩，那人的手里只剩下了刀把。那人扔掉刀把，勒马回头就跑。周小铁大声喊："曹云鹏，你不认得我了？"

　　曹云鹏拨马扭头过来，上下端详，他对这个手握利刃的青年没有半点印象。

　　周小铁哈哈大笑，说："我不是小叫花子，我叫周小铁。"

　　曹云鹏跳下马来，想起了二十年前的那个明亮的清晨。他哈哈大笑，说："没有想到，我还能再见到你。"

在曹云鹏的执意邀请下，周小铁随他上了山。山色苍茫，山头一座山寨，山寨里只有曹云鹏一个人。

曹云鹏四处寻找，找来半壶酒。他满脸羞愧地对周小铁说："兄弟，对不住你，就剩半壶。这年头，土匪难当。二十年前，我手下弟兄有上百个。我们的口号是杀富济贫替天行道，后来全是贫，我们更贫。劫道的比道上的人还多，劫来劫去，被劫的比我们还穷，饭都吃不饱。我的兄弟们跑的跑，散的散，就剩我一个人死扛了。我不走，实在是因为除了劫道，别的都不会。这不，好几天没遇到人了，遇到你，刀没了。"

曹云鹏请周小铁喝光了他仅有的半壶酒。他问："你这次去边城做什么？"

周小铁说："我去边城，杀一个人。"

曹云鹏说："兄弟，你杀过人吗？"

周小铁说："我杀过猪杀过马杀过牛杀过羊，没杀过人。"

曹云鹏说："那也行。等你杀过人以后，就知道跟杀猪区别不大。你那把刀够快，用它杀猪有点委屈。"

周小铁说："既然都一样，有什么委屈不委屈。"

曹云鹏说："你要杀谁？"

周小铁说："边城大元帅万喜年。"

曹云鹏一拍大腿，跷起拇指说："有理想！我欣赏！可是，万喜年早已不在边城。他九年前就调到了都城。"

周小铁站起身来说："那就先告辞了，我这就去都城。"

曹云鹏说："兄弟，你等一下。"转头走了出去。

过一会儿，曹云鹏回来，对周小铁说："我本来想去收拾收拾东西，收拾半天，没有需要带走的东西。这日子左右也没法过了，我和你一起去都城。"

"你去做什么？"

"这个国疯了，活着比死了还没意思，哥哥我撇了这条命，也要去都城杀人。"

"你要杀谁？"

"我本要替天下人杀两个人，第一个就是万喜年，现在让给你了。我去杀另一个。另一个不是别人，就是当朝大王。"

5

周小铁和曹云鹏日夜兼程，在破晓时分来到都城。

立马都城门下，周小铁问曹云鹏："你要杀大王，有没有什么计划？"

曹云鹏说："前年我遇到一个人，他说，许多好汉都聚往都城，成立一个组织名叫'屠熊会'，要杀了当朝大王，替天行道。我先找到他们再说。"

周小铁说："我和你们不一样，你们杀人是为天下人。我杀人不为别人。你们杀你们的，我杀我的，谁也别抢，谁杀了算谁的。"

两人进了城，找到一家客栈，名叫"有凤来仪"。曹云鹏红着脸说："兄弟，当哥的穷土匪，一两银子都没有，先用你的，我有了还你。"

周小铁说："用我的银子，算我还你当年骑马送我。"

周小铁和曹云鹏拴好马，洗了把脸，一身轻松出了客栈，走在都城的大街上。大街上喜气洋洋，处处张灯结彩。曾经的灾难在这里早已荡然无存，两人到处，满目繁华。

来到一个茶馆，两人要了两杯乌龙。周小铁问伙计："街上张灯结彩是什么意思？"

伙计说："两位没看见满都城的告示？有大喜事。'天下冷兵器大会'也就是'天冷会'要在咱大罗都城举行了！到时候，七十二个邦国的神兵利刃都要来比赛。这大会好几年开一次，穷国开不起。不知道得花多少银子。"

曹云鹏说："劳驾问一下，什么叫冷兵器？"

伙计说："就是刀枪剑戟呗，外国人的词儿。说白了，就是各国的人来这儿比谁的刀子快。"

周小铁问："比个刀子，至于这么大动作吗？"

伙计说："动作大？动作大了去了，这才刚开头。你们外地来的吧？你们来对了。从今天开始，这一年，半月一小庆，一月一大庆，半年头上大大庆，一直到天冷会开幕。都城东北边上，正大兴土木，要盖天冷会比赛场馆呢，你说动作大不大？"

伙计扭头走了，曹云鹏说："真他娘走运，咱哥俩来着了。来得早不如来得巧，不来不知道，一来真热闹。"

6

周小铁和曹云鹏在茶馆伙计的指引下，一路来到了大帅府的门前。都城帅府比起边城帅府更显高大巍峨。朱门大开，门前一群人正踩着梯子挂灯笼，一个人站在远处高声指点。周小铁眯起眼睛，认出这张被时间销蚀苍老的面孔，有个人踩在梯子上高声喊叫："李三爷，您看这样可以了吗？"

往事在一瞬间再次扎到周小铁心头。他没有料到，在来到都城的第一天，时间就像铁水遇到铁水一样迅速和二十年前焊接在了一起。帅府已不是那个帅府，当年那个头上淌着血的少年心头滴血。

周小铁继续在自己的往事中行走。曹云鹏在旁边不断对都城的繁华发出感叹，周小铁却恍恍惚惚仿佛仍然走在多年前的边城。

直到天色渐晚，都城的大街上一盏一盏亮起了灯。曹云鹏突然大声喊："好大一座妓院！"

周小铁在往事中猛地回头，顺着曹云鹏的叫喊望去。一座巨大门楼挂满无数红色灯笼，门楼上宝蓝底子大铜匾，镶着金边，上写三个大字：花满楼。

曹云鹏看着周小铁说："逛一逛都城里的大妓院，是我的第二个理想。"

周小铁说："你的理想还真不少。反正也没事，咱们进去看看。"

走进门楼，一座筒形巨楼出现在眼前，楼高五层，层层堆满窗户，无数支蜡烛窗内闪耀，人影晃动。走进楼里，恍如白昼。楼顶圆形天井，月光洒进来，在这一片烛火通明中黯然失色，瞬间消逝无踪。满耳猜拳酒令莺声燕语，人挨人挤着，周小铁和曹云鹏站在天井中间显得格外安静。

花满楼的大堂摆满檀木方桌，大堂中央两张桌子空着，后面桌旁坐满了人，很多人背对楼门站立，摩肩接踵。正对楼门一道鲜红地毯铺在脚下，红毯铺上大堂中间一个方形大台，直入对面一个门洞，门洞左右各悬一块金色方匾，一块题着：群雄逐鹿；另一块题着：群芳斗艳。

一个老妈子在人群里斜插身子挤了过来，头上各色钗环颤成一团，满脸堆笑，脸上的脂粉都快要挤掉。老妈子张口说："要找好姑娘，就来花满楼！两位来得可真是时候，今晚的演出特别精彩。人满了，剩下两张最好的位子。"

老妈子带路，周小铁和曹云鹏挤进人堆，像两滴水掉进开水盆里。挤到前面，方台下左手一张方桌坐下来。老妈子说："两位客官一看就是阔绰的主儿。这张桌子最低要花够十两银子。"

曹云鹏猛地站起身来，大声喊："这是劫道吗？坐一坐你这张桌子，比老子干一年挣的还多。"

老妈子吓了一跳，马上定下神来，说："两位去后面站着也行，站着没有最低花销。"

周小铁说："既然来了，就坐吧。"

话刚说完，老妈子端着紫红描金雕漆大盘盛着干鲜果品，青花瓷酒壶放上桌来。曹云鹏端着酒对周小铁说："来来来，喝多少赚多少。"

两人正喝着。台上两个门洞走出两排姑娘分列方台左右，一样高低一样身段一样打扮。上面穿着大红绣金石榴兜肚，下面藕色小裤，肩上搭着细纱薄如蝉翼。雪白胳膊大腿一条条刺人眼睛。

曹云鹏酒杯停在半空连呼："有意思，这个有点意思。"

这时，后面众人闪开，一队人走了进来。其中一人在周小铁旁边那张空桌前坐下，随从几人分两翼站在左右。老妈子疾奔过去，连声说："万公子今天来得正是时候。"中间那人点点头，说："把我昨儿存的酒拿来。"

周小铁看看曹云鹏，没有说话。

全场突然安静，喧闹声像被一刀砍断。一个女人缓缓从门洞中走出，满场子男人的眼睛盯在她的身上。她的身上除了淡金色抹胸褰裤外不着一缕。这个女人走到台子正中，后面的两列姑娘顿时黯淡无光。

女人站定，满场施了个万福。无数双眼睛盯着她火红的嘴唇。看着笑容散去，她张嘴说话。

女人说："今天人来得真不少，奴家心里好不欣慰。头回来花满楼的客官不认识奴家。奴家是这花满楼主持，艺名花梨。天冷会召开在即，我大罗国可谓喜事连连。今夜高朋满座，花梨谢各位了。"

花梨又施一个万福，全场雷一般掌声。

花梨接着说："花梨还要在这里着重感谢一个人，就是当今大帅的万玉城大公子，没有您，就没有今天的花满楼和花梨。"

周小铁扭头看旁边桌子，桌边那人点头笑笑，隔过虚空，挑给花梨一个响亮的媚眼。周小铁扭回头来，曹云鹏挑过来一个更加响亮的眼神。

花梨笑靥如花，继续说道："今天是个好日子。到场的都是英雄，花满楼的美人们恭候多时。自古佳话，莫过于江山美人。花满楼今晚的大会就叫'英雄会红颜'，花满楼的头牌姑娘们将悉数登场，姑娘们今夜给谁，就看英雄们的银子了。大会开始前，我们先听一段曲子。"

花梨说罢侧身站到一旁。后台有人高声喝道："有请琴师初九姑娘！"

声音刚落，一个姑娘藕色布衣拖地，缓缓像一片荷叶从后台涌到台上。姑娘脸上不施一丝粉黛，看去却是眉目如画。墨一样的长发绾在脑后，眼睛抬起来，又低了下去，就只这一瞥，似乎万种神情如波浪涌出，湿到每个人心上。

姑娘身后两个老妈子抬一架琴出来放定，琴身是一段古木雕成，木色斑驳，烛火下，隐隐闪着五色光芒。

花梨大声说："初九姑娘这把琴名冠都城。今儿，她特地谱曲填词一首，送给各位英雄。这支曲子名字就叫《剑胆琴心》。"

花梨说罢闪到一旁，初九在台中坐定，抖一抖长袖，伸手抚琴而歌：

初见君来泪如雨，再见君来雨欲晴。君心似铁弦似剑，英雄如刀琴如虹。江山一骑绝无尘，美人万古泣有声。纵使天地迸裂处，犹记花月满都城。

琴与歌不断反复，盘旋在花满楼，直上天井。天井之外夜色深沉，恍恍惚惚不似人声。

初九一曲歌罢，掌声雷动。

后台又一声喝道："有请花满楼八位头牌佳丽！"

八个姑娘顺次登场，胸前挂着木牌，刻着：牡丹、芍药、芙蓉、水仙、春梅、夏竹、秋兰、冬菊。一时间姹紫嫣红，夺人耳目。老妈子抬琴，初九退到一侧抚琴伴奏，琴声欢快，似有若无。

花梨大声说："今晚的规矩和往日有所不同。花满楼八位头牌齐聚在此，每位的一夜底价二十两，诸位可以往上喊，每个喊价我只问三声，三声之内，无人加价，即是花落此家。"

八位头牌站在大堂中间，搔首弄姿花枝乱颤，花梨逐次叫名，大堂里的叫价声此起彼伏。这个新奇的择妓方式让花满楼里的银子仅仅变成一个数字，显然更多人都是有备而来，他们甚至不在乎有没有座位，他们的银子要花在刀刃上。

周小铁和曹云鹏坐在最前面，错过了花梨无数次期望的眼神。八位头牌已被买走五个，周小铁和曹云鹏只顾饮酒，没喊过一次价。

周小铁坐在这里，酒一杯一杯上了头。他时而扭头往邻座的桌上望去，万喜年的公子和他一样，只是在慢慢饮酒，眼睛看着台上，眼神一片虚空。

此时，花梨已经点到了第八位头牌，这位头牌一夜的价格很快涨到了一百两。花梨大声喊道："一百两，第一次，一百两，第二次……"就听见后排一声大喊："一千两。"

花梨的眼睛一亮，她顺着声音，用无限喜悦的眼神在台下努力搜寻这位阔绰的主顾。

众人的目光彼此打量，寻找声音传出的地方。花梨和众人很快看到两条大汉分开左右，走到台下。这两条大汉抬起头，一个对花梨说："我出一千两银子，但我不买这个姑娘，我买你。"

另一个说："我也出一千两，我也不买这个姑娘，我买那个奏琴的初九。"

花梨脸白了一白，笑容马上回来。她笑着说："两位客官酒喝得不少。两位恐是来得迟，没有听明白这里的规矩。"

当前那个汉子说："不要啰唆，我们哥俩儿听得明明白白。你这一台子的人都得花银子买，我花银子，要买谁就买谁。"

花梨笑着说："今晚喊价的是花满楼八位头牌，花梨站在这儿，是为了众位高兴，初九姑娘献琴也是助兴。两位要花银子，只能花在这八位姑娘身上。"

两条大汉大声说："我要买，你就得卖。你不卖，我们答应，我们后面的兄弟们也不答应。"

两条大汉扭过头来，身后有几条汉子齐声大喊："有买得卖。"有一个借着酒兴扯开了衣裳，露出胸膛上刺青大熊。

曹云鹏看了一眼，低下头小声对周小铁说："屠熊会。"

花梨还没有说话，台下的万玉城手拿酒壶站了起来，他先喝了一大口，笑着对台前两个男人说："爷在这儿酒喝得正高兴，谁的裤裆开了，露出了你们两个扫兴的玩意儿？"

两条大汉看着万玉城，慢慢说："你算哪棵葱？"

万玉城说："我是谁，你们也没有资格知道。今天是个好日子，爷心情好，不愿意扫了这满楼的雅兴。给你们个机会——从哪里来，就滚回哪里去。赶明儿，别让爷在都城里看见你们，算你们捡了条命。"

两条大汉互相看了看，扭脸对万玉城说："行，这一千两银子你不让我们花出去，你给我们哥俩一人一千两银子，我们哥俩扭头就走。"

万玉城身后几条汉子伸手要拔腰里的刀，万玉城摆手拦住，回身又坐了下来。他不抬头，伸手从怀里拿出一把刀，拔刀出鞘，放在桌上。刀仅半尺，刀身刀把通体一块铁打造，似刀非刀，乌黑无光，莫辨刃背，刀鞘似有鳞纹若隐若现，时间久远，色泽斑斓。

曹云鹏一见此刀吃了一惊，扭头低声问周小铁："你的刀是不是丢了？"

周小铁心里一紧，摇了摇头。他端起酒壶，大喝一口，没有说话。

接着，万玉城从身上解下一块玉佩放在桌上刀旁，慢慢说："我给花楼主面子，今天晚上不麻烦别人。你们两个要银子，我身上没带那么多。这块翡翠玉佩价值百两黄金。你们要有本事，尽管过来拿。"

当前一个汉子说："你说百两黄金就百两黄金啊，爷得先看一看。"说着伸手过去拿起玉佩。

万玉城拿起桌上的刀，顺手一挥，玉佩削为两半，一半留在那汉子手里，另一半掉在桌上，这一半玉佩上，捏着汉子的三根手指。

万玉城说："那半块也够两千两了。拿着滚吧。"

旁边汉子拔出腰刀往万玉城头上剁去，万玉城挥起手中短刀，汉子的刀断为两截。万玉城身后众人拔出刀来，要砍那汉子。万玉城说："让他们滚，花满楼不是流血的地儿。"

说完，万玉城冲着台上花梨说："花楼主，脏了场子，对不住了。"

那两人领着后排几条汉子冲出花满楼。台上初九琴声一动，喊价声再次响起。

不论是白天还是夜晚，都城的大街上都挤满了人。各种生意都好了起来，产生了两种结果：有的东西便宜促销，有的东西价格翻了几倍。

大王颁布了"五不许五必须"的政令：鉴于天冷会即将召开，国之大喜，尤其此后，外国人士陆续抵达，为扬我大罗国礼仪之邦国风，即日起，都城上下，不许乞讨，不许卖艺，不许打架，不许骂娘，不许衣冠不整；必须保持笑容，必须见面问好，必须洗脸出门，必须到厕所出恭，必须说自己过得特别好。凡违背者，初次口头警告，二次杖责三十，三次坐牢五年，四次砍头，五次灭九族。

政令一下，都城一片祥和景象。就连酒馆赌场妓院之中都是阵阵礼貌之风。输了钱的笑眯眯地说，我输光了，下次再还，赢钱的也不着急，笑容满面地说，没关系，还不了，等这阵风过去，杀你全家。嫖客进了妓院房间，先施一礼，说，小姐请脱吧；小姐躺在床上，也会说，客官请便吧。总之，大罗国的国民素质一夜之间突飞猛进。

穷人不敢言穷，饿了也得说饱，有气千万别生，没辙总要挺着。时间一长，大家似乎真觉得自己过得都不错。

不祥和的声音当然也有。屠熊会的人在那晚花满楼闹事以后，又制造了几次麻烦。大王紧急召见左右丞相张福堂、赵海城，以及大帅万喜年，他们一致决定将都城的安全守卫级别从白羊级升至最高的黑虎级。

都城各个紧要路口设立卡哨，本都城居民每人交十个铜钱，办理"都城居住木牌"，外地来都城人口，每人交二十个铜钱，办理"都城暂居木牌"，三天以内办理完毕，凡经过卡哨者一概检查。任何平民上街不准携带刀剑铁器，发现者一律没收，杖责二十。

有证据说明，屠熊会人人胸前刺青大熊。所以，凡外地来都或者面目不善者，不论男女，一律解开胸襟检查。一次检查后，可领木牌，上刻"胸无文刺"。后来，发现有人多次排队领牌，只为偷看女人当街解衣，遂另单设女人检查领牌处。

自此，每天均有屠熊会会众被抓，一旦被抓，不问缘由，即刻拖走问斩。

这天，周小铁和曹云鹏走出门去，看见大街上人人走来走去，莫不笑逐颜开，两人面面相觑，不知道发生了什么。店主跑了过来，先施了一礼，笑嘻嘻地说："两位客官好！你们还不知道都城的新法令吧，你们还敢绷着脸？赶紧笑起来，小心你们俩的脑袋。"说完笑着走了。

两人只好撑起笑容，走到城墙下面，看完了告示。刚看完，两人赶忙跑回客栈，把刀藏好。再走出门去，跟在笑眯眯的长队后面，排了两个时辰，扯开衣裳，办理了"都城暂居"和"胸无文刺"两块木牌。

回到客栈，曹云鹏把木牌往床上一扔，说："他奶奶的。"刚说完，马上捂嘴，往窗外看看。四下无人，长出口气，抹了把脸，继续说："还以为来的是个机会，结果他娘的是要开个大会，这倒好，别说杀人了，骂人都要被杀。老子就没有这么笑过，脸都麻了。"

周小铁的脸也笑得疼。

两人怕笑，不敢再出门。买了两大坛子高粱酒，每晚借着昏昏烛火面对面坐着喝。

几碗下肚，曹云鹏的话多了起来："小铁，你知道哥哥我是怎么当了土匪吗？"

周小铁说："大王不让成婚生孩子，不让六十岁以上的人活之后，当土匪的挺多，你那么早当土匪是为什么？"

"他们都是官逼民反，我是自己逼着自己。哥哥今年三十九，当土匪二十多年了。一言难尽，都是因为女人。十八岁那年，我看上村里一个女人，名字叫草红。她也看上我。我家里穷，她长得模样好，我不敢提亲。他爹把她许给了村里一个财主家儿子。成婚前一天夜里，她跑到了我家，要把她自己给了我。第二天嫁过去，第三天让赶了出来，说因为她头天晚上没落红。全村都知道是我干的。那个财主找人打我，我被逼得没了办法，拖了把菜刀，杀了他们一家四口。跑到边城云雾山上落草劫道。后来，周围四里八乡的倒霉小伙居然都跟了上来，人马越来越多，云雾山有了一号。”

说到这儿，曹云鹏的眼睛红了。

他说：“哥一个字也不识，就知道大块吃肉大碗喝酒。本来，这辈子这样过完也就算了，过完今天没明天，反正都他娘的扯淡。男人杀过不少，我不杀他他就杀我。女人有过无数，闭了眼睛摸着都一个样。穷时候举着刀子抢酒喝，有银子的时候几十个兄弟跟着我混酒喝。活到现在，女人一个没有，兄弟死的死，走的走。我一个人上山揭了竿子，到头来下山还是一个人。提起来伤心啊——我这半辈子就是一场噩梦。

“人多也好，人少也好，反正迷迷瞪瞪过着。到了灾最重的那年秋天，就剩下三个兄弟。四个人穷得见天大眼瞪小眼。下山劫道，劫了六天劫不上一顿饱饭，不下更不行。趁着马还有点力气，还是得下山。那天晌午，我领着三个兄弟下了山。两个时辰过去，大道上连只鸟都没有。又过了两个时辰，远远来了一堆人。我们正高兴，走近一看，又是一帮难民。看到我们，齐齐跪在地下磕头，说行行好，给口吃的。我一看，跪在最前面的就是草红。衣裳烂得左一块右一块，瘦得没人样了。她认不出我，我能认出她。她跪在我马前，梆梆磕响头。旁边一个兄弟说，这娘们儿看着还有点人样，不如拉到山上解解渴。草红听见，晃着站起来，扯开衣裳，白白嫩嫩的奶子掉在外面，抹着一道一道黑。

她说，有吃的，让我干啥就干啥。兄弟你知道，那一对奶子我只摸过一回，可多少年过去了，我再没摸过更好的。我没想到，这辈子还有一天会再看见。那天晌午，我又看见了。

"我兄弟伸手过去摸，草红挺着胸膛往前迎。我拔出刀来，砍了我兄弟。另外两个兄弟骑着马跑了，没再跟我上山。

"那天以后，哥哥我是彻底瘫了。就琢磨这人活着到底是为了啥？为了我，草红毁了一辈子，为了她，我也落到这般田地。可到最后，扛不过一口吃的。我躺了五天五夜，想不明白活着有个啥尿意思。我琢磨，就这么饿死算了。有天早上，推门进来一个和尚，问我能不能化点缘。我躺在炕上，没力气起来。我说，你看我能不能吃，要能吃，你把我吃了吧。和尚凑过来看了看我，说，施主你是不是烦恼。看你是外面粗里面细，你有慧根。三十九岁以后你要大变，你是要做件大事情的人，不要烦恼，烦恼起来没有尽头。心里苦不怕，怕不能在苦里头作乐。苦海无边，回头太难，你要学会回头。说完走了。

"他走了，我起来想了想，我还活着，还有力气，靠这把子力气也能挣口饭吃。死了比活着容易，既然活着，就干点事，哪怕干一件事。可我就是不知道要干件什么事。到后来，我想，既然不知道，就使劲往大里想，什么事最大？天下人的事。天下人想干什么？把这个混蛋大王干掉。我当时就有了理想，只等三十九。结果，今年春天，就遇到了你。

"我一想到我杀了大王，天下大乱是因为我，天下就这样变好了也是因为我，我这胸膛里面热腾腾的。到时候，我站在这都城城楼上，提着大王的脑袋，对天下人喊，我曹云鹏杀了大王，死千万遍也值了。"

可酒醒后，曹云鹏又说："出门带不了刀，不但带不了刀，还得他娘的一直笑，老和尚恐怕是实在没有料到这个烦恼。"

8

还是晚上，两人又喝了一坛子酒。

曹云鹏说："兄弟，你不说，我也没问过你，你到底是为什么要杀万喜年？"

周小铁拿刀过来，说："你看我这把刀有什么不同之处？"

曹云鹏说："我没见过比你这把更快的刀了。那夜在花满楼，万喜年他儿子的刀和你的一模一样。我琢磨你这里面肯定有事。"

周小铁说："那把刀和我这把是一块铁打的。我记事起，没见过我娘，这把刀就是我娘。我拿着这把刀，杀过猪马牛羊，我不应该。这把刀只能用来干一件事，就是杀掉万喜年。原因，有一天会告诉你。但我这把刀，哥哥你不要对任何人说起。"

第二天晌午，周小铁睁开眼，发现曹云鹏不在炕上。

傍晚，曹云鹏回来，领着一个人。

曹云鹏进门好久，脸上还带着笑，两手搓了许久，把笑容搓掉，说："兄弟，我给你介绍介绍，这位是屠熊会的左昭阳左堂主。我和左堂主一见如故。今晚，屠熊会有大事情，我们一起去。"

左昭阳声音尖厉："事情紧急，不能多述。屠熊会本在乡下。万喜年出兵征讨，差点全会覆灭。我会兄弟壮志未酬，到了都城，又接二连三遇害。尽管如此，屠熊会替天行道之心不死。现正联络天下英豪，重振旗鼓，共襄盛举。听曹兄说，周义士英武盖世。今晚屠熊盟师大会，故来相请。"

周小铁说："屠熊会也罢，屠龙会也罢，跟我没有关系，我不是什么义士。你们忙你们的，找我做什么。"

左昭阳挺直胸膛说："英雄不问出身，豪杰在你心里。山雨欲来风满楼，皮之不存毛将焉附？我们不能坐以待毙，务必联手抗争。别看左某是个读书人，不胜武力。但左某不仅知道妙手著文章，更知道铁肩担道义。世道艰难皆因王者无道，屠熊会起事顺天应时。如今成败，皆此一举，周义士岂能隔岸观火？"

曹云鹏听完，看着周小铁讪讪地笑。

周小铁说："你说了一大堆，有的听懂了，有的没听懂。你的意思是不是说，你们要动手了？"

左昭阳说："不瞒两位侠客，朝里兵士，也有咱们兄弟，出门路线我已打点好，这条路上，今夜无人醒着。屠熊会上下云集，召开此次盟誓大会，两位英雄岂容错过？今夜丑时，能不能来？"

周小铁说："好了，别说了。闲着也是闲着，去看看也行。离丑时还早，坐下来喝点吧。"

9

丑时将到，三人一同出门。

此时月朗星稀，乌鹊还巢。都城大街上看不到第四条人影。左昭阳前面带路，周小铁、曹云鹏紧随其后。七拐八拐到了一个巷口，左昭阳两手掬到嘴前，细利一声呼哨，巷子里奔出一辆马车，黑马黑车黑篷，赶马人一袭黑衣。

左昭阳伸手从怀中搜出两块黑布，说："常言道，用人不疑，疑人不用。但两位勿怪，自古防人之心……"

曹云鹏说："要把眼蒙上是吧，这个我懂。快点吧兄弟。"

两人坐上马车，蒙好眼睛，从此一片漆黑。只听得风吹过耳，马蹄声作。不知过了多久，马车忽停。左昭阳出了车篷，外面有人喊："什么人？"

左昭阳说："鸟为食亡，人为财死，虽然财是身外之物，但此身非彼身……"

那人压低了声音说："左堂主，知道是你了。今晚兄弟一人当班，在此等候多时。左堂主速过。"

左昭阳回到车里，马蹄踩着石头路面，嗒嗒响起，过了很久，声音不再清脆，显是踩在了泥土上。又不知多久，车再次停下，左昭阳说："凡路皆有尽头，我们到了。"

周、曹二人解下黑布，好半天眼前一团黑块。二人随着左昭阳走上山路，走着走着渐渐看到群山环抱，火光从山间隐隐透出。又绕过不知多少个山腰，山谷中闪出好大一片空地，数百人或坐或站，一支支火把，火光映天。

人群围着一块巨石，巨石上冷冷端放一把木椅。

周、曹二人走入人群，左昭阳吩咐："两位随意找地方坐，我先告辞一下。"说完扭头走了。

两人盘腿坐在了地上，听着人群的声音乱成一团，突然一记锣响，满山谷的人声被这一记锣音收得干干净净。众人抬头，看见巨石上站出了八条壮汉，一边四个，人人手持火把。另有一人手持巨大铜锣，站在巨石正中。周小铁眯眼一看，正是左昭阳。

左昭阳左手持锣，右手持槌，抬手又一敲。山谷里连鸟的声音也听不见了。

"我是屠熊会军师兼水月堂堂主左昭阳。"他大声说道。"只因星月无光，故此风云际会。此时的山谷里，英雄林立，豪杰云集。今晚到会的，既有屠熊会的好汉，也有首次相逢的英雄。在这里，我首先代表唐慕天会主谢各位兄弟了。"

左昭阳说完，抬手又一锣。满山谷的人齐声大喊："屠熊屠熊，天地英雄！"

曹云鹏捂着耳朵，对周小铁说："白天笑得嘴疼，晚上听得耳朵疼。"

周小铁笑笑，巨石上左昭阳又说话了："今晚，来自五湖四海的兄弟团聚在这里，不是偶然，是必然。在坐在站的，哪一位不是眼里饱含着滚烫的泪水，心里涌动着刻骨的仇恨？有的兄弟，老父老母不到六十，就被赶到天通院活活饿死，有的兄弟，儿女尚自年幼，无人照看，给狗狼当了吃食。谁没有姊妹做了妓女？谁没有弟兄挖坑埋了自己？现如今，天灾虽尽，人祸不绝，短短几月，又有多少兄弟只因不畏权贵，惨死刀下。"

说到这里，左昭阳的声音几度哽咽。熊熊燃烧的火把之下，山谷里人人脸上泪光闪闪。

左昭阳举起握着锣槌的右手，拿袖子擦了把泪。声音恢复了坚定："今晚，屠熊会在这里召开盟誓大会，只因为我们再也忍不下去了。忍无可忍，无须再忍。忍一时，风更紧浪更急，退一步，海更深天更黑。豺狼当道，人神共愤！你我屠熊，就是要替天行道！"

一声锣响，众人大喊："屠熊屠熊，天地英雄！"

停顿了好久，左昭阳大声喊道："现在有请屠熊会会主唐慕天！"

刚刚冷静的山谷再次沸腾。一人缓缓走上巨石，身材瘦小，走路一瘸一拐，左腿长，右腿短。

左昭阳频频敲锣，唐慕天在锣声中朝四方抱拳，有人哭着喊着朝巨石爬去，想亲一亲唐慕天的脚，被巨石下的屠熊会兄弟拉下，好言相劝，回到人群。

唐慕天抱拳完毕，一屁股坐到椅子上。清了清嗓子，说："四海之内皆兄弟。该说的话，刚才左堂主已经说得很清楚，我不再赘述。左堂主，你说一下今晚大会的流程吧。"

左昭阳再次走上前去，扫视一圈石下四众，说："今晚的盟誓大会，有三个仪式。今晚来的，都是要替天行道的兄弟。旧入会的兄弟不说，新晋要来入会的不少。首先，就是为这些新来兄弟举行的入会仪式。入会仪式又有三项。下面进行第一项：面向唐会主宣读加入屠熊会誓言。请现有屠熊会的兄弟们闪到东边，给新来的兄弟让一让。"

左昭阳说完，山谷里的人迅速移动，不一会儿，大堆人挤到东边，只剩几十条汉子留在西边。

宣誓开始，左昭阳大声说："兄弟们，握紧你的拳头，举起你的右手。随我宣誓！"

这几十人面对巨石，齐齐握拳举起右手，周、曹二人也只好随众。

左昭阳说："吾虽一介草民。"

几十人通喊："吾虽一介草民！"

左昭阳说："但知众生平等。"

几十人喊："但知众生平等！"

左昭阳一字一顿，众人一顿一字："而今大罗无道，吾自甘愿屠熊。昨日已死，今日方生。既然生不如死，不啻视死如归。救人始于救己，救己方能救人。盟死效忠唐慕天，不破大罗誓不还！"

左昭阳把最后两句连喊两遍，众人的脸喊红，嗓子快喊破了。周小铁举着拳头，看着曹云鹏，两人对面苦笑。

左昭阳说："宣誓完毕。现在进入第二项，刺青仪式。在这里，我先交代几句。我屠熊会会众以往皆胸刺大熊，然大王无道，万喜年助纣为虐。消息走漏，折了无数兄弟。唐会主英明，鉴于敌方诡诈，刺青当需隐秘。新晋会众，左臀文'者'字，右臀文'能'字，取'屠熊'二字去尸去火、能者多劳之双重美意。鉴于此项仪式的重要性，我们请到本国第一刺青师赵大先生，妙手飞针，瞬间成字。"

众人喝彩，新来的人迅速排成长队。两条大汉抬着一条长凳一条短凳置在当地，手举火把照得雪亮。另外四个大汉围着赵大先生走了过来，坐上短凳。新入会者鱼贯脱裤，趴上长凳，屁股一张张白惨惨亮闪闪。赵大先生右手捏一根七寸长银针，左手抓一支巨大羊毫，蘸满靛青。银针飞快刺过屁股，血刚渗出，羊毫飞快刷过，白惨惨的屁股上顿显青黑二字：者能。

曹云鹏排在最后，周小铁排在他的前面。赵大飞针走笔，几十人转眼排到尽头。刺好的众人提起裤子站在一旁，只等全队刺完。

周小铁看着前面一人白晃晃的屁股上一针一针出现青黑颜色两个字。此人刺完，跳下长凳，不像刚流了血，倒像刚打了鸡血，笑逐颜开，站到一边。

长队仅剩周、曹二人，满山谷的眼神盯在他俩身上。周小铁扭头便走，满场一片嘘声。有人高喊起来："你为何不脱？"

周小铁朝着山谷口径直走去，曹云鹏站在当地不知如何是好。众人聚在山谷口，拦住周小铁的去路。

左昭阳站在大石上大声说："周义士，你这是何意？"

周小铁手指左昭阳，大声说："姓左的，我的屁股我做主。我要不要刺，你管得着吗？"

众人又是一片哗然，唐慕天叫过左昭阳耳语几句。左昭阳说："屠熊会一切会制皆出自愿。刺亦可，不刺亦可。少安毋躁，我们进入今天大会的第三项。"

曹云鹏走到周小铁身边，人群分成了三拨，屠熊会旧会众、新会众以及周、曹二人。

左昭阳依旧一字一顿地说："大罗国荒淫无道，屠熊会蓄势待发。数年来，不是不发，是时候未到。现如今，大罗国大王不顾天灾刚尽，沉冤未雪，一味蓄意膨胀，百姓怨声载道。大王嫁女，全民苦笑。举全国灾后血难之财，办天冷大会，士可忍，民不可忍。今晚盟师大会，明天血染都城！

"自古，起事当须饮酒歃血。今夜，群情愤慨，酒则免矣，血不能免！自古歃血，皆取鸡血。屠熊会开风气之先，歃人血起事！

"弟兄们不能忘记，就在几天前，我会几位弟兄为了踩盘子，到了都城第一妓院花满楼，不巧遇到了万喜年的大儿子万玉城。这几位弟兄虽有几分莽撞，但也是热血当头。他们闹事了，由此引来屠熊会灾祸连连。我们不怪他们，因为我们和他们一样看不惯！看不惯什么？看不惯民间百姓尸横遍野，都城权贵纸醉金迷。老百姓饭都吃不饱，他们居然以妓女的一夜为注，聚众豪赌。民间百姓一年耕种，节衣缩食，挣不到半两银子。可就在那晚，你们知道，一个当红妓女的一夜价值多少银子？"

石下大喊："不知道！"

左昭阳悲愤地说："一个妓女陪睡一夜，一千两银子！"

石下一片哗然。

"一千两啊！"左昭阳继续疾呼，"一千两银子，能让多少亩荒漠变成良田，能让多少个难民转死为生，能让多少位老人多活几年，多少个孩子手捧书本？不可理喻不可想象啊兄弟们！诚然，妓女也是我们的姐妹，她们也是受害者，如此这般，只因物欲横流，人欲污天。但是，一个妓女的一夜，无数百姓的一生，这平等吗？"

众人的血都热了，喊道："不平等！"

"更让人感到不平的就是。"左昭阳继续说，"这些人渣把这荒淫

064

的一夜当作顺理成章，把这登峰造极的堕落当作欢喜快乐的开始。花满楼的妓女衣不蔽体，台下的权贵魂不守舍。为了使这赤裸裸人肉交易的丑恶一幕变得冠冕堂皇，他们居然敢将那一夜取名叫'英雄会红颜'，真是玷污了'英雄'二字啊！在场的各位英雄，为了让靠我们可怜的姊妹出卖肉体从而坐收渔利的本质不那么昭然若揭，他们还请到所谓都城第一琴师抚琴唱歌助兴，淫词浪曲，不堪入耳。那几位兄弟实在看不下去，奋而起身，提出要拿一千两银子买这个抚琴作孽的淫娃，其意在于唤醒当晚也许有人尚存的良知。结果，不幸被万喜年儿子万玉城的妖刀所伤。

"现在，我们请那晚那位勇敢的带头兄弟上来讲话。"

众人一片喝彩，一人走到巨石前方。

他说："左堂主说我勇敢，我很惭愧。那天晚上，我很失败。"说完他举起右手，众人看见，此人右手只剩最末两指。

他说："几天前，我这只手还和各位的一样，五指俱全。现在只剩下两根没用的指头。那三根被人砍了，是被万喜年的大儿子用妖刀所伤！我不要他的翡翠玉佩，我要争一口气。"

这时，左昭阳凑到此人耳边小声说："关于这些细节，不必多讲了，说重点。"

那人会意，继续说："那晚，花满楼真是妖魔乱舞。妖人妖女妖刀，我们想杀妖人，就借买妖女的口，结果被妖刀所伤。我会兄弟，赴汤蹈火视死如归，妖刀所逼之下奋力抗争，不幸的是，那几位兄弟刚出花满楼，就惨死在万玉城士兵的刀下，只有我一人逃了性命。

"我想，那晚之事怎么能就此了结？我的手指事小，屠熊会的颜面事大！得知今晚大会盟师，我们巧用计谋，抓获了那晚花满楼抚琴助兴的妖女。左堂主说了，盟师必定歃血，歃鸡血不足以表民愤。我认为，我们不如就在此刻，杀了这个妖女，用她的血来祭奠死去的兄弟。"

石下众人齐喊："杀了她！杀了她！"

左昭阳示意此人退下。他接着说："这妖女名叫初九，年龄无考，号称都城第一琴师，每日穷奢极欲，只为权贵饮酒时抚琴作乐。前晚，她在花满楼抚琴助客淫兴，夜半吃包子路中，被我兄弟抓来。我们轮番审讯，这个妖女居然死不开口。她平日里，为权贵抚琴，今日，她须为我屠熊会的兄弟们抚琴作歌一首，我们再杀之取其血，为我屠熊会英雄壮行！把初九带上来！"

左昭阳话音刚落，左右押着初九上来。初九藕色布衣拖地，脏污不堪，缓缓地像一片污水中的荷叶涌到大石前面。脸上隐现几道伤痕，看去仍是眉目如画。墨一样的长发披散下来，眼睛抬起来，又低了下去，就只这一瞥，似乎万种神情如波浪涌出，湿到山谷中每个人心上。

一个壮汉抱着一张桌子放在初九身前，又一壮汉抱着初九的琴放在了桌子上。琴身是一段古木雕成，古木一端似被烧焦。木色斑驳，火把之下，隐隐闪着五色光芒。

众人无语，左昭阳断喝一声："妖女初九，你为这满山谷真正的英雄最后唱一首曲子吧！"

初九笑了一笑，轻声说："我站着弹不了琴。"

左昭阳左右看看，大声说："妖女，这满山谷的英雄，让你站着，是抬举你。你若不唱，现在就杀了你。"

初九说："你杀了我吧。"

石下一片安静，左昭阳再次左右看看，目光和唐慕天对接。唐慕天从他的椅子上站起来，说："妖女可憎，无端生事。可我屠熊大会不能因此停顿。左堂主，为了大会仪式完备，让她坐着我的椅子唱。"

唐慕天一个眼神，身旁汉子把他的椅子抬起，放在初九身后。

左昭阳咬着牙说："妖女，会主的椅子给了你，还不快唱？"

初九一笑，坐上木椅，抚琴而歌：

初见君来泪如雨，再见君来雨欲晴。君心似铁弦似剑，英雄如刀琴如虹。江山一骑绝无尘，美人万古泣有声。纵使天地迸裂处，犹记花月满都城。

这琴声歌声盘旋反复在山谷，继而入云见月。山谷虽大，遍布琴音，月色火光，不掩歌声。

一曲歌罢，山谷里寂静半晌。初九站立起身，大石上只有左昭阳头脑还清醒。

他说："诸位英雄听明白了，她就是用这样的淫词浪曲迷惑众生。这个只为权贵而歌的妖女，在最后时刻，能为我们苦难的兄弟们唱一曲，是她的福分。来人，押下去斩了，用她的血为我屠熊会的兄弟们壮行！"

左昭阳的声音比平日更加尖厉。

指琴为姓

后来我才明白，琴中秋既然已经是我的父亲，就不能再是我的男人了。

——琴初九

有人必须死

CHAPTER 3

1

我死以后，经常回到我的故乡。

我的故乡，在那茫茫大海中的凤凰岛上。

2

据《凤凰岛志》记载，三百年前的中原夏天，凤凰岛的祖先们再也不愿忍受那永无休止的战乱，三百个人经过不够慎重甚至有点草率的筹划，抹去脸上离乡背井的眼泪，结伴去往南方，在一个月黑风高的夜晚，爬上一艘大船，漂流到无际的大海。

船长作为领头人，承诺带大家去一个无比美丽地方。但是漂流不久，这艘船就失去了方向。不仅是因为风大浪大，关键是那位懂得航海的船长得霍乱死了，病得太急，死得太快，居然没有来得及和活着的人有所交代。剩下的人除了要在副船长漫无目的的领航中暗暗祈祷早日抵陆，更需要面对不断蔓延的霍乱。

船上的人不断死去，尸体只能在腐烂之前扔进大海。好多人开始怀念中原，从前躲避战乱的时光在回忆中竟然美好起来，有人眼含热泪说，失去后，我才懂得珍惜。还有人说，早知今日，何必当初，宁在中原刀下死，不愿海里喂鱼吃。

不知漂流了多少天后的一个上午，凤凰岛的祖先们躺在甲板上奄奄一息，吃喝都没了，绝望以及对绝望的恐惧让全船的人面临崩溃。

突然，体格最好的副船长站在船头大声喊："你们看，凤凰！"

开始，船上的人一动不动，眼不睁，头不抬。有人肯定地说："是的，快死的时候，都会出现幻觉。"

可副船长一声高过一声，眼看着要把最后一点力气喊完。躺着的人有的懒洋洋地睁开眼睛，随即坐起，跟着副船长一起喊："凤凰！凤凰！"

一传二，二传三，众人都有了力气，大家睁大双眼，看见两只色彩斑斓的大鸟在大船前方的深蓝色的天空上，左右顾盼，比翼齐飞。金灿灿的尾巴在刺目的太阳底下闪动着灼人光芒。突然一声鸣叫，如箫似笙，如钟似鼓，大海一片宁静。

船上顿时寂静，有人揉揉眼再看，看看再揉揉眼，有人绝望地说，难道大家集体出现了幻觉？有人结结巴巴地问旁边的人，你，你，你见过凤凰吗？有人回答，听说过，没见过。

于是，大家找到船上最有文化的孙先生，问，你看，天上那只鸟是不是凤凰。孙先生正躺在甲板上喘气，他擦干眼角积攒了两个月懒得擦拭的眼屎，眯起眼看了看天，顿时二目放光，挣扎跪起，脑袋砰砰磕在甲板上，大喊："神迹啊！雌为凤，雄为凰，凤凰齐飞，这是神迹！跟着它们，没错的！"

副船长一听此言，精神大长，果断地驾驶着这艘亡命之船在幽蓝大海上紧紧追随天上的凤凰。

大船乘风破浪，天色渐暗的时候，一座岛屿出现在众人眼前。凤凰在幽暗的夜色中消失不见。

船刚靠岸，副船长直直倒下，再也没有起来。船上至少有九个人因为长时间盯着凤凰，从此失明，在后来的岛史中，这九位盲人被称为最有眼光的开岛元勋。

3

这段辛酸而又美丽的建岛史，经过几代人的演绎后，成为岛上的经典传说。没人怀疑真假，尽管再也没人见到凤凰。

有人说，凤凰带领我们的祖先找到这块岛屿之后，展翅而去，接着去度其他不知道方向的人们。也有人说，凤凰就在岛上的某个角落栖息，甚至经常在我们的头顶飞翔，只是我们没有了祖先的慧眼。还有人说，凤凰可不止一只，它们长得辉煌，飞得夺目，生而耀眼，涅槃灿烂，我们凡人肉眼，只能数千年一见。由此可知祖先的造化，因此祖训要我们时时谨记珍惜。

不管怎么说，凤凰岛由此得名。靠岸后，有人主张先开个会，再来决定何去何从，更多的人主张先把肚子填饱。因为带头逃亡的人早已死光，所以，没有一个人的声音能够盖过大家肚子里的咕咕乱叫，于是，众人四散分头，先找到吃的再说。

有人掏出罗盘，明白船靠了岛的南端。这里遍地奔跑着从没见过的动物，看到人就扭头钻到密林深处。遍地生长着从没见过的植物，上面挂满色泽妖娆、从没尝过的水果。开始没人敢吃，有人想摘，有人有气无力地劝说："别摘！你不知道吗？越好看的东西越有毒。"

大家纷纷把果子塞到了自己的嘴巴里，边吃边说："毒死也比饿死强。"可到最后也没人被毒死。

有东西充饥，力气慢慢回到身上，大家的考察范围越来越大。

在每个夜晚快要来临的时候，四散考察的人回到靠在岸边的大船，借着冉冉篝火和皎洁月光，纷纷宣布自己的发现。

就这样，祖先们对凤凰岛的了解与日俱增，大家发现，凤凰岛南北两端天壤之别。

岛南海碧天蓝，河流纵横，不冷不热，不干不湿，四季如春，昼夜温暖。祖先们一致认定，这里是最适合人类居住的地方。他们从此以南岛为乡，伐木为屋，砍藤做床，汲流而饮，撒网而渔，织布为衣，植种为食。

南北之间，岛被一座山峰隔断。

与岛南相反，岛北却是极寒之地，或者可以说，整块岛北就是一块纯净的巨型冰块。黑风卷着白雪夜夜怒号，寸草不生，人迹罕至，乌鸦成群号叫飞过，突然扑啦啦成群落下，见过的人说，就像一群苍蝇突然一起叮到姑娘雪白的肚皮上。

眼看着副船长一天一天烂着，眉眼都要看不清楚了。孙先生再次召开会议，讨论如何处置副船长的尸体。副船长振聋发聩嘶喊凤凰的声音在会上众人的耳边响起。大家纷纷说，没有副船长，就没有凤凰岛。绝不能简单依照中原风俗，挖个坑把副船长一埋了之，我们希望副船长永生。于是，大家不约而同地想到了岛北。

既然没有棺材，大家决定干脆让船长走得更干净一些，衣裳也不要了。大家扒光了副船长身上残破的衣裳，从奔流的溪中汲水把他擦洗干净。然后，挑选了八个最为高大的年轻男子，抬着一丝不挂的副船长走向岛北。

队伍越过中央的界山，到达岛北。很多人是第一次看到岛北的天空，当他们回想起越过南北界线时候的感受时，他们说，仅是迈过一个山腰，感觉如同向死而生。

队伍来到岛北中央，小伙子们把船长轻轻放到冰上，信念顿时和冰一样透明。凤凰岛的先民们站在冰上，第一次觉得死并没有那么可怕。

副船长躺在冰上手脚方正，众人离开几个时辰以后，尸体便冻在冰中。从那以后，岛南有人死去，人们便会穿起棉衣，把尸体抬到岛北，浑身赤裸，放在冰上。凤凰岛上从此只有冰葬。

冰层逐年加厚，尸体在冰中层层叠叠，好像倒长的人肉楼阁，日子久了，岛北成为巨大的冰坟场。凤凰岛世代代死去的人至今在冰中栩栩如生。走在冰上，低头望去，可以看到每一位祖先深埋的面容，他们的身体近乎透明，蓝色血管穿行在白骨中间，像一棵棵树长在冰中，若隐若现。

那艘倒霉而又幸运的大船成为岛的圣殿。

在孙先生的倡议下，一百五十个人用了三百六十天，把大船安放在凤凰岛南北两端之间大山的峰巅。围船建了一座庙，名叫"朝凤宫"。船在庙间，庙面岛南，风和日丽，庙背岛北，冰天雪地。

接着，有人在岛上的密林中发现一棵巨大的梧桐树。孙先生挂着拐杖被领到树前，他摇摇晃晃地走了半个时辰，才绕树一周。孙先生点着头说："凤凰择梧桐而栖。看样子，这棵梧桐有上千年的岁数，实乃神树。"

众人拿来刀斧，砍下梧桐树最小的一棵分枝，依据孙先生的亲见口授，雕成一对凤凰，供奉在朝凤宫大堂正中。世代膜拜，累积成教，全岛信奉，名为"凤凰教"。这些传说和祖先们的言行被记述到一本薄薄的册子里面，人们称之为《凤凰经》。

4

凤凰岛的祖先们所做的第一件事就是忘记。

中原早已成为记载在纸上的遥远传说。对凤凰岛的祖祖辈辈而言，中原是一个虽然久已远离，但仍需要时刻保持警惕，谨防卷土重来的噩梦。《凤凰经》的第三章名为《以中原为镜》，言下之意，就是一切都和中原反着来。

在已经稍显混乱的记忆中，《凤凰经》所描述的中原邪恶复杂。一旦抵达，无人生还。

中原人贪生怕死，好逸恶劳，嘴上说视金钱如粪土，骨子里唯利是图。不敬畏天地，不尊重同类。制定了无数规则，实际上是因为无人遵从。创造了无数宗教，实际上是因为全体空虚。

他们谎话连篇，嘴上一套，肚子里一套，当面奉承，背后捅刀。他们面对玩笑，一点幽默感都没有，应该认真的时候，却开起了玩笑。什么事都往大吹，没有一件小事能做好。在中原，最大的事情莫过于改朝换代。每个朝廷都驾着家国种族的名义攻城略地，涂炭生灵。

与美丽温柔的凤凰相比，中原更喜欢粗暴狰狞的龙。他们极端喜欢个人崇拜，被崇拜的人极端膨胀。他们的内心充满了仇恨，穷者仇富，富者仇贵，贵者仇穷。他们用无数年的积累建立起了自圆其说的道德体系，只是为了泯灭所有人与生俱来的天性。人们在教诲中终其一生，在死去那一刻后悔终生。

凤凰岛沿用着中原历法、文字和语言，代代相传。祖先们在中原文字中精心挑选，宁可忘掉一千个字，不愿保留一个害人的字眼。到最后，只剩下了最基本的一些字、词、成语，还有三百六十首诗。

除此之外，凤凰岛的一切与中原背道而驰。

5

凤凰岛的故事，都是琴中秋对我讲的。

琴中秋是我唯一的亲人。他说，如果按中原的礼节，我应该叫他父亲。

我生在九月初九，琴中秋给我取名叫初九。

我和琴中秋住在黑河岸边梧桐树下的树屋里。除了种地和捕鱼，琴中秋只做两件事：喝酒和弹琴。这两件事其实只是一件，因为他总是一边喝酒一边弹琴。

等我长大以后，发现琴中秋还喜欢做的另一件事，就是和海水寒的妈妈海天蓝睡觉。他不是喝完酒弹完琴去找海天蓝，就是从海天蓝那里回来喝着酒弹琴。

海水寒有一天神秘地对我说，琴中秋和凤凰岛上好多女人都睡过觉。我很生气，回家问琴中秋："你为什么除了和我在一起睡，还和别的人睡觉？"

琴中秋说："你是我的女儿，我和你睡觉跟和别的女人睡觉是不一样的。"

我说："哪里不一样？是我和她们不一样吗？"

琴中秋说："你现在还不是女人，等你成了女人，就知道哪里不一样了。"

从那以后，我一门心思想变成女人。我问邻居大婶："我怎么样才能变成女人。"她说："你现在才十一岁，等到你的两腿中间流出了血，你才算变成女人。"

可是我的两腿中间一直没有流出血来，我很着急，用刀在大腿上划开一个口子，血从大腿一直流到了脚跟。我忍着疼，找到邻居大婶说："你看，我的两腿中间流出血了，我是不是变成女人了？"

大婶找来一块布，帮我擦干净腿上的血。她说："你自己划破不算数，你的两腿之间会流两次血，第一次是因为月亮，第二次是因为男人。"

从那以后，我每天晚上对着月亮说："月亮月亮，快让我流血吧。"

月亮很不听话。我开始寄希望于男人。

我问海水寒："你是男人吗？"

海水寒想了好半天说："我是。"

我说："那你知道怎么样让我的两腿之间流出血来吗？"

海水寒吓了一跳，说："那我可不会。"

我瞪着他说："那你根本就不算男人。"

海水寒很不好意思，连着好几天使劲和我套近乎，我连看都不看他一眼。

后来的一天，我走在路上，海水寒从后面跑上来，跑到我的面前说："初九，我虽然不知道怎么样让你流血。但我知道怎么样让你爽！"

我说："爽是个什么东西？"

海水寒说："昨天我又看见你爹琴中秋和我妈在海边睡觉了，两个人都脱得光光，缠在一起，我听见我妈说，中秋，你让我好爽啊。你爹说，天蓝，你背上的那颗痣，像冰上面的一滴血。我看了一会儿，就学会了。"

海水寒领着我到了海边，我说："怎么爽？"

海水寒说："我们得先把衣裳脱光。"

我说："你先。"

海水寒只好先脱，我也把衣裳脱掉。天快黑了，海风吹起我一身鸡皮疙瘩。

海水寒说："咱们俩得躺下抱在一起才能爽。"

我说好吧。就和海水寒抱在一起躺在沙滩上，海水寒把屁股上上下下左左右右扭来扭去，扭得满头大汗，面红耳赤。边扭边问我："初九，你爽吗？"

我说："爽你妈个头，你蹭得我浑身痒痒。"

海水寒的脸更红了，不知道怎么扭才好。他说："琴中秋就是这样扭的。"

我把海水寒一脚踢开，穿上了衣裳往家走去。走了很远，扭头一看，海水寒一个人还在沙滩上扭来扭去。

我对月亮和海水寒都失去了信心。我对自己变成女人也彻底失去了信心。

那天晚上，我对琴中秋说："你说海水寒算个男人吗？他既不能让我流血，又不能让我爽，他太没用了。"

琴中秋说："让你流血和让你爽的男人一定会出现，他一定是你最喜欢的男人。"

6

那年的一天，琴中秋把我叫到面前。

他指着面前的琴对我说："我们的祖先在中原祖祖辈辈都是琴师，你我也不能例外。我们的祖先来到岛上时，用雕刻朝凤宫凤凰的万年梧桐剩料做了这把琴，用岛北万年冰蚕的蚕丝做弦，传到现在，快三百年了。我们不能让它没有了声音。学琴之前，你跟我去岛北见见祖先。"

第二天的早上，琴中秋和我穿上厚厚的棉衣和皮靴，去往岛北。

太阳晒得我满身大汗，琴中秋说："快点走，一会儿到了岛北，你就不会热了。"

我只去过两次岛北，这是第一次。

以山为界，空气像被一刀切开，我穿着棉衣迈过界山，像从火里掉入冰中。天空一刹那暗了下来，回过头去，岛南明媚的阳光像一面镜子在对面闪闪发光。伸手可及，却又无比遥远。

琴中秋大声和我说话，声音好像变了一个人，异常寒冷。

他说："快走，你再站一会儿，脚就会冻到冰里。"

琴中秋的身影在前面显得又瘦又高，他快步走着，我有点跟不上。黑色的鸟成群在我们头顶飞过，发出凄厉的叫声。乌云阵阵越压越低，转眼，白色的棉絮飘了下来，落在脸上，_丝丝冰凉_。

琴中秋扭过头来，脸色苍白，笑着说："这是雪。初九，这里是世上最干净的地方。"

脚下全是冰，我看见很多人埋在冰中，有男有女，有老有少，一层一层，不知道有多深。

琴中秋说："他们，都是曾经在凤凰岛上活过的人。"

琴中秋拉着我的手，走过一张张面孔。突然，他停住脚步。

琴中秋："我们脚下踩着的就是我们琴家的祖先。你跟我跪下。"

我和琴中秋一起跪在冰上。琴中秋大声说："琴中秋和琴初九来看你们了。从明天起，琴初九要学琴。"

我跪在冰上，寒气顺着膝盖传遍我的全身，很快冻住了我的膝盖。

琴中秋把头在冰上砰砰砰磕了三响，我也磕了三下。磕完头，琴中秋把膝盖从冰里拔了出来，我也想站起来，但是拔不动步。琴中秋一把搂住我的腰，把我从冰里拽了起来。

琴中秋拉着我的手往前走了几步，停住脚步，低下头去，久久不语。我顺着他的目光看了下去。在他的脚下，一个女人躺在冰中。

琴中秋说："她是树十七，按照中原的礼节，你应该叫她母亲。"

我蹲在冰上，脸对脸看着树十七。树十七浑身赤裸，苍白的脸像冰一样透明。她的头发像蘸满墨汁的毛笔一样在冰中散开，她好像在对着我和琴中秋笑。

琴中秋说："等我死后，就要躺在你母亲的旁边，等你将来死了，要躺在我们两个的中间。"

7

说是学琴，其实琴中秋什么都没有教过我。

他总是说："你喜欢，就能弹好，你不喜欢，永远也弹不好。"

他只是要求我，弹琴之前，必须在黑河里把手洗干净，不但手要干净，更要紧的是心里干净。

他说："好的琴声不是用你的手弹出来的，而是自然借你之手发出的天籁。"

我问："天籁是什么东西？"

他说："天籁就是世间万物发出的声音。"

我说："世间万物的声音，站在任何地方都可以听到，干吗还要弹琴？"

他说："那是所有人都能听见的声音，你要弹的，是别人听不到的声音。"

我说："别人都听不到，那还弹琴干吗？"

他说："弹琴，不是为了让别人听。"

琴中秋就是这样，一边喝着酒，一边告诉我这些我听不明白的话。

比如，他还说："这把琴名为凤凰，不仅仅是因为它是用雕凤凰的梧桐所做，更是因为它能发出凤凰的鸣叫。"

我说："凤凰是怎么叫的？"

他说："我没听过，没人听过。"

我说："既然没人听过，又怎么能弹出来呢？"

比如，他说："弹琴的最高境界，就是人琴合一，人声就是琴声，琴声就是人声。"

我说："既然人琴合一，那只要人在就行，要琴干吗？"

再比如，我问："弹琴到底有什么用？"

他说："弹琴一点用都没有。"

我说："没用，弹它干吗？"

他说："你说，什么有用？"

我说："粮食衣裳鞋子就有用。"

他说："活着本来就没用，能吃饱穿暖又有什么用？"

琴中秋就是这样颠三倒四地教我学琴，我的问题永远没有答案。

琴中秋还教我读诗。

他说："中原那些狗屁文章不值一提，但诗不可不读。"

我说："文章和诗有什么不一样吗？"

他说："文章就像外面的黑河水，从源头直到入海，日夜流淌，其实从始到终都一样。诗就像这杯中的酒，自然精华集成一滴，这一滴滴喝到身体里，有的化泪，有的化血，有的化为屎尿，但它终归是你的了。"

凤凰岛上对琴中秋有两种看法。

一种看法是，琴中秋是凤凰岛第一才子。这一看法主要来自凤凰岛上的女人们，她们说，琴中秋这个男人和别的男人不一样。要问哪里不一样，她们会说，别的男人只会让女人难过，而琴中秋总会让她们高兴。

她们说，琴中秋的长相不必说了，他会弹琴，会吟诗，会酿酒，会唱歌，还很会让女人爽，色艺双全，能干。

另一种看法正好相反，凤凰岛上的男人们认为琴中秋是个废物。别的男人都忙着种更多田，捕更多鱼，种田捕鱼之余，还热心岛内大事，他们喜欢呼朋唤友高谈阔论，酒和女人只是他们活着的作料。而琴中秋永远形只影单，只知道和我在一起酿酒、喝酒、弹琴、吟诗以及和海天蓝睡觉。

琴中秋喜欢说自己是一个手艺人，他说酿酒喝酒弹琴都是他的手艺。有一次我问："和女人睡觉也是你的手艺吗？"

他想了想，说："也算。"

除了教我学琴、读诗，他也教我酿酒和喝酒。

我觉得琴中秋可以把任何东西都变成酒。他请我喝了无数种酒，大米酒小米酒玉米酒，苹果酒橘子酒芭蕉酒杜果酒，葡萄酒银杏酒花生酒。我想，如果他愿意，完全可以用门前的蓝色石头酿出一杯蓝莹莹的石头酒。

我喝酒用的杯子越来越大，酿酒的手艺不断得到琴中秋的夸奖。我们俩每天漫山遍野晃荡，琢磨着还能把什么东西酿成酒。

琴中秋说："初九，等你长大，找到你喜欢的男人，你要给他酿酒，陪着他喝酒。"

我说："我娘活着的时候，就是这样给你酿酒，陪你喝酒吗？"

他说："你娘酿酒的手艺比我好，酒量也比我大。"

我说："我不给别人酿酒，也不陪别人喝。我就陪你喝酒。"

他说："总有一天，你是要离开我的。"

琴中秋喝了酒就说："这个世界上有两件事最好，第一件就是和美人聊天喝酒，看着日落西山。"

我说："第二件呢？"

他说："第二件就是喝完酒抱着美人睡觉，醒来艳阳高照。"

一听这话，我就生气。我说："那我算美人吗？"

琴中秋说："我的初九是天下第一小美人。有你这个小美人陪着喝酒，第二件不要也行。"

我说："别说了。我陪你说着话喝完酒，看着日落了西山，你就去抱着你的美人睡觉去了，睡到艳阳高照。"

他哈哈大笑，说："我的小美人喝醋了，你这喝醋生气的时候和你娘一模一样。"

琴中秋就是这样，我一生气，他就赶紧赔笑，说最好听的话，我便不再生气。

他从来没有骂过我，我想做什么就做什么，想说什么就说什么，他从来没有让我觉得自己哪里做得不对或者说得不对。

后来我才明白，琴中秋既然已经是我的父亲，就不能再是我的男人了。

9

日子平静得像门口的黑河水，我在琴中秋的身边，弹琴、喝酒、读诗，长大。

直到我十五岁那年的一个晚上，鹿惊蛰来到我家。

多年后，我还清楚地记得鹿惊蛰坐在烛光下，喝着酒对琴中秋讲他的故事：

"全岛都知道，我出海打鱼，失踪了两个月。回来后，我说是被风刮到别的岛上，船坏了，修了两个月才回来，他们全信了。当着你，我得说实话。

"那天，我一个人驾船出海，在海上越漂越远。漂着漂着，远处出现一艘大船，那艘船扯着七面大帆，帆上金光灿灿写着'鱼南'两个大字，字上的一个笔画都比我的船大。金灿灿晃得我睁不开眼，还没等我睁开眼，船上扔下绳子，三个人顺着绳子下来，跳到我的船上。举着刀，架在我的脖子上，把我拽上船。

"那船足有二十丈高。他们领我到了船头，一个人坐在甲板上，他们让我跪下磕头，我站着不动，心想，这辈子除了给岛北冰里的祖先和朝凤宫的凤凰磕头，没给活人跪过。后面的三个人踢我，我只好跪下。他们让我叫坐着的人'管大人'。管大人问我，你是谁，哪里人。我说，我是凤凰岛的鹿惊蛰。他说，听说过凤凰岛。他们要我领着找凤凰岛。我留了个心眼，我觉得他们不善，到了凤凰岛没好事。我说，我也是因为找不回去了，才漂到这儿。管大人说，你们这个凤凰岛有多少人，我说，没几个。他说，岛上都是干什么的，我说，都是打鱼的。管大人没有再说什么，他和后面三个人说，先押回都城再问。然后，就领着我到了船后，把我关在船底一个小黑屋子里。

"黑屋子不见天日。有人每天给我送两个圆东西吃——他们叫馒头。屋角有个洞，撒尿拉屎都在洞里。吃了三十个馒头，有人把我叫了出去，出去看见太阳，晃得我差点瞎了眼。

"他们大队人排着队，我跟在后面。押我的人，走几步就回头让我快点，可我一天只吃两个馒头，饿得我腿又软又细，跟不上他们。他们就过来踢我屁股。就这样，去了鱼南国的都城。现在想起来，没法形容我进城时的感觉。那城门比凤凰岛上的山还高，街边摆着吃食，见都没见过，那香味闻都没闻过，街上走着的人，穿着我从来没见过的衣裳。男人一个比一个好看，女人一个比一个漂亮。

"再看我自己，穿着破旧衣裳，黑屋子里钻了半个月，浑身冒着臭气。

"后来大队伍不见了，他们带我进了一扇大门，穿过石头小路，走进一座大房子。房子里坐着三个人，他们让我跪下。一个老头看上去和善，一把白胡子。他问我，你从哪里来的呀？我说，凤凰岛。他问，你有名字没有，多大了？我说我叫鹿惊蛰，三十五岁。他说，不像没读过书的名字。

"老头问，旁边的人用笔记。我回答了好多问题。答完，老头说，先把他带出去，安排吃住。门外来个年轻人名叫王七，把我带到一个小屋子。有人给我送饭，我在这里待了三天。

"三天后，王七又把我带去。除了上次那三个人，多了一个人坐在中间，正是管大人。他拿着一张纸，对着我说，你听好了，'鱼南国有关凤凰岛的几点声明'，一、凤凰岛全岛属鱼南国领土；二、凤凰岛民悉出自中原，虽经百年流落荒蛮之地，但这百年的分割，割不断血脉；三、惊闻凤凰岛文化泯灭，道德沦丧，生活艰苦，岛民水深火热。鱼南国特派凤凰岛代表鹿惊蛰回岛，动员全岛民众觉悟，早日主动重回国之怀抱。

"管大人说完，把纸放回桌上，又说，纸上的念完，再和你讲一些纸上没有的。你在岛上坐井观天，不知道如今天下形势。我需让你了解一下。

"他说，三百年前，你们的祖先离开了中原。如今的中原早已不是当初的中原。天下大事分久必合合久必分，仗一直打，国也一直换。现如今，中原分为十六个国，最大的两个国就是我鱼南和大罗。几年前，鱼南国和大罗国打了一仗，我鱼南不幸战败。战后虽然两国关系表面恢复正常，但我鱼南国一天都不曾忘记那刻骨仇恨。

"他说，战败，不因我鱼南国国力不强人心不齐，只因大罗国有妖人铸刀，削铁如泥，我鱼南兵器不利，吃了大亏。鱼南兵士战死沙场，死得其所，还则罢了，尤为可恨的是，大罗不遵守两国相战不杀俘虏的规则，不但打死斩杀鱼南俘虏，还用俘虏的血铸刀。他们用我鱼南人血铸成的刀，在战场上继续砍杀我国将士。

"打了几年仗，我国壮年男子差点死光。大王可怜民众惨遭涂炭，只好忍痛投降。战后，我们在边界上找到数十个大坑，我亲眼看到，坑里的脑袋堆成了山。这等滔天大恨，如何能消？

"我鱼南国自此卧薪尝胆励精图治，一方面努力耕种，另一方面大王拨了专银，号召剩下的男人能娶则娶，能生则生，全国掀起阵阵生育高潮。经过多年的苦干实干，鱼南国终于渡过了难关，新一代已经成长起来，正在成为我国的栋梁。

"大罗可没鱼南这么幸运。必是上天的报应，大罗国战后连年天灾，为了省粮省银，大开杀戒，把全国六十岁以上的人杀个干净。壮年人不得婚娶不得生育。大灾完了，国人肚子刚饱了几天，大罗国又开始抖阔，抢着要办七年一届的'天冷会'。为此，大罗国耗尽民脂民膏，在都城大兴土木，大罗国百姓怨声载道，暴乱频起，虽然用尽一切残酷的手段镇压，但民可以夺其命，不可夺其志。他们一旦内乱，也就离鱼南国报血海深仇的日子不远了。

"管大人说，小鹿，听说你在岛上也是数一数二的人物，来一趟不容易。开始我们不了解情况，委屈你了。你多住几天，享受享受。几天后我再来找你。

"管大人走了，王七带我洗澡刮脸，扎起头发，换了新鞋新衣裳，走在大街上，神清气爽。没人回头打量我了。王七领我来到一个地方，我抬头一看，三层楼，门前飘着一面大旗，绣着'太白遗风'四个字。上了三楼，王七说，老四样，再来一坛好酒。上来四盘菜，王七不问我，拿筷子就吃。酒来了，王七端起就喝。喝完问我，你喝过酒没有。我说喝过，我兄弟琴中秋酿的酒比这好他娘的一千倍。王七看了我一眼没说话。我俩谁也不说话，坐着喝。不知道喝了多久，王七说，你酒量倒不小。

"喝完酒，外面天黑了，王七领我又到了一个楼前，门头上写着三个字'弥香楼'。王七问我，你认识吗？我说我不认识。王七说，你记住了，爷喝了酒，心里高兴，带你来的是都城第一妓院'弥香楼'。你有这个福气，不能忘了我。

"进了楼，一堆女人扑上来。我往后退，她们往前送，一个老婆子说，这位爷，进了这个门，还害羞啊。这里面，你随便挑。王七说，花阿姨，别见怪，我今天领来个乡下汉。你随便给他一个姑娘。花阿姨说，那怎么行，进门就是客，人走茶不凉，到了弥香楼，人都一样。她对我说，这么多姑娘，你挑一个喜欢的，陪你喝喝酒，聊聊天。来这儿，就是烦了闷了，找个乐。

"王七搂着一个姑娘走了，我看着眼前一堆女人，不知道该怎么办。我看见后面有个女孩，好像比我还害羞，站在那儿显得可怜。我问花阿姨，我找谁，银子就给谁是吗？她说，是啊，你喜欢哪个姑娘，哪个姑娘就能挣银子。我伸手指那个姑娘，说，那我找她。众人回头一看，都笑了。花阿姨说，有眼光，盈香姑娘刚到一天，你就能挑出来。

"花阿姨说，你们到房间喝酒去吧。盈香不说话，领着我往楼上走。进了一个房间，有人送进酒菜。我不知道该干什么，坐在那里喝酒。喝光一壶酒，我才仔细看了看盈香，我喝多了，我看着她和十七长得一模一样。我说，十七，你坐在这里干吗？她说，我陪着你。我起来抱住了她，脱了她的衣裳，浑身滑溜，我和她做了男女之事。

"半夜醒来，盈香躺在我怀里，睁着眼睛看我。我说，你怎么不睡。她说，我不想在这里，你能带我走吗？我说，这里不是挺好的吗？吃的穿的住的都很好，你要跟我去了我们那个岛上，会后悔的。我和她讲了凤凰岛。她说，我就喜欢那么干净的地方。我说，好，我要能回去，我就带你走。她问我，你有银子吗？我说，要银子干吗？她说，要带我走，就得交够银子。我说，我没有银子，凤凰岛上也不需要银子。她说，那你们拿什么吃拿什么穿？我说，我们吃鱼，吃粮食，养蚕织布做衣裳。她问，你们岛上没有妓院吗？就是弥香楼这样，花银子买女人睡觉。我说，凤凰岛上没妓院，两个人互相喜欢，就在一起睡觉。她说，那不乱套了吗？我说，也没很乱。她说，在这里，没银子没人和你睡觉。她就是因为没银子，只好来妓院陪人睡觉。

"几天后，管大人来见我。说，可以放你回去了，但你可不能白回。天下形势你还记得吗？我说，记得。鱼南国和大罗国有仇，鱼南要报仇。他说，是这个意思。你需要做的，就是回到凤凰岛，想办法让全岛的人认识到回到鱼南怀抱的好处。当然，回归，并不是说凤凰岛的人都要搬来。这只是个名分，你们岛上还是岛上的规矩，我们慢慢互通有无，鱼南国一定会帮助凤凰岛加快建设，对凤凰岛来说，百利而无一害。我说，我不能保证凤凰岛的人愿意归了鱼南国。

"管大人的脸沉了下去。他说，派你回去做工作，凤凰岛和平回归，皆大欢喜。要按刘将军的意思，不用这么麻烦，明天派出两艘大船，平了凤凰岛，把人全抓来，又快又干净。我说，这大海两边一衣带水，血浓于水，能水到渠成，何必流血相见？再说，动起武来，大罗那边如有耳闻，难免又生事端。大王采纳了我的意见，我才来找你谈。你要明白，你做不做，可不仅仅关系你个人的性命。你同意了，努力了，凤凰岛就有完璧归赵的可能，你不愿意，凤凰岛马上血流成河。

"我说，那我该怎么办？管大人说，你唯一的办法，就是赶紧回去，想办法让岛上的人回归鱼南，那样你好我好大家都好，不然，凤凰岛灭了，你就是千古罪人。

"我说，我真没法保证。凤凰岛几百年来人人顾己。我在凤凰岛上，也就是房子大一点，船大一点，说出话来给面子的人多一点。可要让全岛的人听我的，不大可能。

"管大人说，不要再多说了，明天你就要出海回岛。

"我说，我可找不回去啊。他说，不用你找，明天我们大船出去，把你带到凤凰岛附近，你驾你的小船回去。

"管大人最后说，鹿惊蛰，你记住，只有三个月。三个月后，我们上凤凰岛。岛上如果一片和顺，你就是鱼南国驻凤凰岛首领。如果不是，从此不会再有凤凰岛。"

10

"半个月后，我回来了。"

鹿惊蛰说完了。

我说："你讲的是真的吗？"

鹿惊蛰扭过头去，脱下裤子，朝着我和琴中秋撅起屁股，屁股上交叉着一道道疤。他说："有疤为证，他们的棍子真硬。"

琴中秋说："我们相信你。那你回来做了些什么？"

"时间紧迫，性命关天。我回来一天没歇，捋了捋头绪，马上开会。"

"你开什么会了？"

"我想来想去，不能跟他们说实话。我要说，两个多月后，鱼南国的人要来，我们要么归顺，要么入冰。这岛上还不乱了？我先从邻居开始，请他们到我家喝茶。我说，凤凰岛需要改变了。没想到，都同意，也不管怎么变，变成啥，只要你说我们要改变，就有人跟着你喊。一传十，十传百，来我家的人越来越多。我家的院子早就坐不下了，他们自己开了好几个分会场。我每天不干别的，晚上憋着想口号，白天开会喊出去，马上传遍凤凰岛。"

"惊蛰，你找到我，要我来做什么？"

琴中秋看着鹿惊蛰，鹿惊蛰没了笑容，看看我，再看看琴中秋说："看着初九，就像看着当年的十七。昨天，我去岛北看十七了。"

他说："我算了算，十七入冰也有十四年了。想起那以前的事，还和昨天一样。我站在冰上，想了很久，冰封了小腿肚子我才发觉。想起当年，你、我、十七，三个人在一起的快乐，我差点都不想把腿从冰里拔出来了。"

"我想起那年，我们三个爬到朝凤宫，在凤凰面前跪下，发誓说，三个人永远这么快乐。"鹿惊蛰对琴中秋说，"这十四年，真是弹指一挥间。初九成了大姑娘，我也变了，只有你一点没变。"

"中秋，我来找你有三个原因。"鹿惊蛰说，"第一，你我是世交。三百年前，祖先们上岛之日，废掉原来姓氏。你祖上指琴为姓，我祖上指鹿为姓，十七祖上指树为姓。琴、树、鹿三家世代交好。这是凤凰岛上的佳话。如今，琴姓树姓的代代单传，十七一走，姓树的没了，姓琴的只剩你和初九。只我鹿姓人丁旺盛，现在是凤凰岛上第一大族。虽说岛上不论宗亲，可祖辈的情分流在血里。"

琴中秋笑着不说话。

鹿惊蛰接着说："第二，我说句狂话。凤凰岛上，人中凤凰，你我两个。别的人不在我眼里。上岛时，孙家祖先移船盖庙，雕凤立教，是立了功。可你看现在孙家后人，在朝凤宫里靠全岛人的供奉吃饭。我看不起他们。"

"中秋，我了解你。我粗人一个，你懂得多。聪明才智，谋划韬略，你在我之上。十七走后，你不问岛事，只顾喝酒弹琴找女人，我知道你这是在逃避。可一个男人，一辈子不能把力气都花在'情'字上头。你看我，我喜欢十七不次于你，十七入冰，你第二天就喝酒作乐，我在家躺了好几天不见人。何况，十七最终跟的是你。我心里的难过可比你又深了一层。我尚且振作，你又何苦颓废到现在？"鹿惊蛰的声音越来越大。

"第三，就是十七。说到这个，我是有点丢人。好在陈年往事，你我也都是冰封半截的人，没什么不能说的。岛上人都知道，鹿惊蛰和琴中秋同时喜欢树十七，树十七只喜欢琴中秋。我要做点对不起你的事，定有人说，是报得不到树十七之仇。那可真把我鹿惊蛰给看低了。我七尺男儿，知道哪头重哪头轻，凤凰岛的天地之间，可不仅仅是一个女人。"

琴中秋笑一笑，说："惊蛰，你说这么多，要我做什么？"

鹿惊蛰说："你我同年，我生在惊蛰，你生在中秋。论年龄，我比你还虚长着半岁。你要叫我一声哥。哥今天特意来找你，是要你这个当兄弟的帮我。"

琴中秋说："你来，我以为是找酒喝。"

鹿惊蛰哈哈大笑，说："酒我不缺，我要的是你这个人。"

琴中秋说："祖先一百五十人上了凤凰岛，繁衍至今，人口近千。你想做什么，还只缺我这一个？"

鹿惊蛰一拍桌子，说："此言差矣！中原古话讲，'兄弟同心，其利断金。'这是什么意思？那就是说，兄弟的心连在一起，就是天下最快的刀，削金断玉！"

鹿惊蛰咕咚饮了一杯，站了起来。

11

"我这颗心，是真操在凤凰岛上。我知道，你喜欢凤凰岛这三百年来自由的传统。"鹿惊蛰说。

琴中秋倒着酒，说："你接着说。"

"祖先们上岛，废了所有规矩，全岛以凤凰教义为准则，这没错，有信仰是好事，可那是教义，不是法规。再说，凤凰岛太小了，祖先上岛一百五十人，不论礼教，不论纲常，乱睡乱生，到现在不到千人，按中原旧礼论起亲来，这岛上盘根错节疙里疙瘩。"

琴中秋说："人各有天命，各按天命活着而已。"

"中秋，不怕你生气。我不接受你这个态度，我不明白你为何如此消极？"

鹿惊蛰站起身来，盯着琴中秋说："远的不说了。眼前的情况是，一个半月后，鱼南国的人就要上岛。凤凰岛存亡之间，你看着办。"我看见鹿惊蛰的眼睛里有泪光在闪动。

过了好久，琴中秋说："难道只有归顺这一条路吗？"

鹿惊蛰说："还有别的路吗？全岛团结起来，保家卫岛，把鱼南国的人赶走？我想了想，那样，只能死得更快。"

"我们归顺了，他们就能保证全岛人的安全吗？"

"关于这点，管大人说得很明白。只要岛上的人能和平归顺，他们不动我们一根毫毛，并且还要帮助我们，凤凰岛还是凤凰岛。你我兄弟一起救凤凰岛于水火之中，到时，你来当岛主。"

"我对什么岛主没兴趣，凤凰岛不需要主。现在的情况是，有人想来这个岛做主。不管怎么说，他们是你带来的，凤凰岛灭不灭，你都是千古罪人。事到如今，也别无他法。我可以和你一起承担，只要能保全这个岛，保全所有人的性命，我做什么都行。"琴中秋说。

12

凤凰岛全岛大会在紧锣密鼓地筹备中。

鹿惊蛰和琴中秋日夜操劳。

琴中秋从最不积极分子突然成为鹿惊蛰最得力的帮手，使得更多岛民尤其是女性岛民也投身进来。她们说，中秋这么睿智，跟着他，没错的。

最后，只剩下一个人拒绝配合，他就是看管朝凤宫的孙先生。

鹿惊蛰在我家正厅的墙上挂了一块黑色石板，每过一天，就用白色石头在上面画一小道。

这天晚上，鹿惊蛰数了数石板上的道道，对琴中秋说，后天，鱼南国的人就到了。明天傍晚，召开全岛大会。

大会会址选在万年梧桐树下的空地。

第二天傍晚，我提了个小板凳向梧桐树走去。岛上的人和我一样，一人一个小板凳，汇集到这里。人群周围环站数十人举着火把，梧桐树下亮如白昼。只见琴中秋站在树下的大石上，面带微笑向着四方点头。

他清清嗓子，说："凤凰岛的父老乡亲，今天是个好日子。经过几个月精心筹备。我宣布，凤凰岛全体岛民大会暨欢迎鱼南国使者倒计时大会现在开始！首先，我们邀请岛民代表石老二上来讲话，大家的掌声再热烈一些。"

石老二从石头后面爬了上去。他的声音又尖又抖："作为岛民代表在这里讲话，我很荣幸。感谢生我养我的凤凰岛，感谢我那早已入冰的父母。"

我看到石老二的眼睛里有泪光在闪动。

他说："然后，我想着重感谢一个人。我今天能够站在这里，经历过很多挣扎，是这个人给了我重生的勇气和信念。大家都知道，我受过极大挫折。两年前，我的本家兄弟剪掉了我的阳具。那一刻，我作为男人的一生从此了结。我的心里充满仇恨，甚至差点因此自暴自弃破罐子破摔，我的人生一片漆黑，只剩下了仇恨的光芒。大家都知道，凤凰岛上没有仇恨，而我执迷不悟，竟然差点为了自己小小的一个阳具毁掉了凤凰岛两百年没有仇恨的传统。我想杀人，甚至想到了自杀。这个时候，是这个人挽救了我。他找到我，只对我说了一句话。"

现场鸦雀无声，石老二有点哽咽："他对我说，男人的标志不是阳具，而是宽大的胸怀和无穷的忍耐。这句话打动了我，我把它作为我的座右铭。我从伤痛中走出，重新拥抱了生活。我宽恕了带给我伤痛的人，我把苦难当作生活给我的财富。"

这时，石老大从人群中冲了出去，连蹬带爬地上了石头，走到石老二面前。二人相对无言，抱头痛哭，抹着眼泪互相说："对不起。"互相说："没关系。"

人们报以经久不息的掌声。

石老二擦干了眼泪，说："我想感谢的这个人，就是鹿惊蛰，他是我再生的父母。当他对我说，老二，鼓起勇气，让我们一起来改变凤凰岛，我义无反顾当机立断地决定跟着他走。我信他，因为他让我信自己。"

说完，石老二爬下了石头。

琴中秋走到前面，等掌声停歇后说："感谢石老二感人至深的发言。下面，我们请第二位岛民代表海天蓝上石发言。"

海天蓝从人群中走出，琴中秋伸出手，将她一把拽上石去，两人相互拥抱，石下响起一片嘘声。

很多杜果从石下扔了上去，有一个砸在海天蓝头上，黄色的汁液流到脸上。琴中秋伸手拿出手帕，擦干海天蓝头上的杜果汁。

海天蓝伸手撩起额前头发，说："对不住，我也是临时被通知上来讲话，没有准备。我只说一句话，为了自己爱的人，我做什么都愿意。为了自己爱着的这个岛，我同样做什么都可以。"

海天蓝说完，下面的男人们打起了口哨，女人们漠无反应。

琴中秋大声说："下面，我们有请鹿惊蛰为大家讲话。"

群众的热情瞬间高涨，所有的人再次站了起来，面含微笑。

鹿惊蛰的表情格外严肃，他说："感谢中秋，感谢各位岛众。今天，我们欢聚一堂，是凤凰岛的造化，我能在这里讲话，更是我的造化。"

"凤凰岛建岛至今已逾三百年。"鹿惊蛰抬头望天，眼光穿过浓密的梧桐树冠，似乎到达深邃的过去和辽远的未来。"回首前尘，祖先的事迹历历在目，言语声声在耳。"鹿惊蛰躬身低头侧耳，似乎在倾听着什么。

"每每在夜深人静万籁俱寂的时刻，祖先的召唤是那么清晰可闻。

在这风云激荡承前启后的时刻，我们怎么能够忘记我们的祖先海上漂流，开荒创岛的丰功伟绩？我们不能忘！"

"但是！"鹿惊蛰语气一重，"祖先开路，并不是让我们不断地在老路上走来走去。我们需要做出选择！是在坐岛观天中因循守旧，故步自封呢？还是顺应历史潮流，创出凤凰岛的一片新天地？这是个问题！凤凰岛孤悬海外，闭关锁岛。长此以往，岂有善终？岛外鱼南，国盛民众，亲派使者与我在海上接洽，以图强强联手，同创辉煌！我以为，这是祖先荫德，照耀我辈，天赐良机，不趁此时，更待何时？"

"但是！"鹿惊蛰说，"岛仅千人，还是不能同心同德，仍有个别的人凭一己之力，妄图阻挡历史变迁，动用祖先之名，维护一己之利！"

话音一落，三个小伙子押着孙先生走上石头。

孙先生胡子拖地，把自己绊倒三次，终于晃晃悠悠站了起来。他一直在说："完了！完了！"

鹿惊蛰厉声问："老孙，当着全岛民众，你说清楚，什么完了？"

孙先生想抬头，抬不起来。他低着头说："凤凰岛完了！"

众人一片哗然。

孙先生说："你们这群人，忘了祖宗的遗训，忘了凤凰教义，乱了岛上传统，你们死不足惜！"

三个小伙子冲上前去，押着孙先生往后拖。孙先生的胡子踩在脚下，从脸上生生拔起，血流满脸。孙先生大声喊："你们可还记得祖先的遗训、凤凰教的教义？"

鹿惊蛰冷笑一声，说："现在，我们有必要来看一下这位口口声声祖先遗训、凤凰教义的孙先生的本来面目！"

他说完，一男一女爬上了石头。

女人手指孙先生，说："就是他，道貌岸然的孙先生，其实是个变态！几年前的一个深夜，他找到我，说，咱俩睡觉吧！我尽管不喜欢他这张老脸，但我想到，看守朝凤宫的孙家需要代代继承，这也是我们应尽的责任，就从了他。没想到，等我脱光衣裳，洗净身子，让他爬到我身上之后，他却软得像一根烂香蕉！这样的一个男人，怎么能做得了朝凤宫的主管？"

"关键是，他是男人吗？"后面那个男人声音更加尖厉而愤慨，"就是这个孙先生，在一个月黑风高的夜晚找到我，说他根本就不喜欢女人，他喜欢的是男人。他只是为了'孙先生'的世代相传，无奈之下才去找女人。他一方面苦言相求，另一方面用朝凤宫看守的名义威逼利诱，我少不更事，就从了他。从那以后，他时常偷偷下山，凌辱于我。我为了凤凰岛的安宁，忍辱负重，在他铁一般的阳具下苦苦挣扎了将近十年！直到现在，我都不能久坐。今天，在这里，我要揭穿这个老变态的真正面目！"

鹿惊蛰哈哈大笑，说："你们听听，是谁乱了传统？谁是妖魔？"

孙先生盯着那一男一女流着眼泪说："是不喜欢吗？你们俩敢看着我的眼睛说不喜欢吗？我给过你们那么多，你们都忘记了吗？"

那一男一女把头扭过来，不看孙先生。

"老孙，你不要自取其辱了。"鹿惊蛰说，"来人，把孙先生带下去。"

突然，孙先生挣脱了身边的人，朝鹿惊蛰扑去，他的胡子飞扬起来，张口哇哇大叫，蹦在半空。鹿惊蛰一闪，孙先生一头栽到石下，七窍流血。

鹿惊蛰重新清了清嗓子，说："改变，往往意味着血的代价。伴随新生儿一起出现的，是母亲的阵痛和肮脏的烂肉血水。黑夜总会过去，一代人来，一代人去，太阳照常升起。现在，让我们举杯痛饮吧。"

数十个小伙子抱着酒罐层层叠叠堆放在会场前方。

鹿惊蛰端一只大碗倒满，举过头顶，大声说："请大家举起酒来，第一杯，我们敬带领祖先上岛的凤凰神鸟！"

众人一饮而尽。

"第二杯，我们敬凤凰岛的祖先们。愿他们在冰下安息。"

"第三杯，我们敬给明天将要到来的鱼南国同胞们。"

人们三五成群站在一块儿推杯换盏推碗换盆，有的直接抱着酒罐，直到把自己灌倒。有人哈哈大笑，有人因为高兴过度号啕大哭，站着的人越来越少。

远处的大海传来汹涌的涛声，又大又圆的月亮挂在天上。

13

我迷迷糊糊从梦中醒来，发现自己被绳子捆得结结实实，动弹不了。

凤凰岛的人全被绳子捆着，横七竖八倒着，像几百个大粽子在地上。

天亮了，月亮早已不见，太阳闪着血红的光芒从远处的海面跳了出来。

上百个陌生人站在我们身边，每人手里都拿着刀剑，在朝阳下闪着寒冷的光。

我大叫琴中秋，没人应答。有人走过来，把刀放在我的脖子上说："闭嘴。"

周围的人逐渐醒来，互相看着，不知道发生了什么事情。

这时，我看见鹿惊蛰被绑着拖到了两个人的脚下，鹿惊蛰看着其中一个人叫道："管大人，你绑着我们是什么意思？"

"没什么意思。绑着，你们就不好反抗。鹿惊蛰，我来给你介绍。"他指着坐着的另外那个人说，"这是我鱼南国的刘将军。"

刘将军笑着说："小鹿，谢谢你啊！"

鹿惊蛰说："谢我什么？"

刘将军说："谢谢你把这里的人全部灌醉，省了我们好大力气。"

鹿惊蛰说："姓管的，按你的意思，我该做的都做了，岛民全部同意归顺鱼南国。现在你绑着我们，拿刀比着，算怎么回事？你不如当时就杀了我。"

管大人伸手打了个响指，两个人走了过去，一个身材极高，头发一小卷一小卷趴在头上，脸黑得像炭，张嘴一笑，牙齿又大又白。另一个身材矮胖，一笑就没了眼睛。

管大人对鹿惊蛰说："这位就是我们的黑人铸剑师傅詹慕斯先生和他的翻译李杰克先生。"

李杰克扭头对管大人说："詹慕斯先生说，经过考察，这个岛有山有水有人，有原始森林用来烧火，非常安静，没有干扰，真是一个得天独厚的兵器研发以及个人创作的宝地。"

李杰克说："詹慕斯先生还说，他很激动，经过取样，他从未见过这么没受过污染的血。这可能与这些人的饮食习惯生存环境有很大关系。用这样的血铸剑，詹慕斯先生很有信心。"

刘将军哈哈大笑，说："那就好，那就好。詹慕斯先生，你也知道，这件事情大王非常重视，我们全靠你了。我们将把各地收集的优良金属都运到这里，并按你的要求，建造最大最先进最专业的铸剑设施。时间紧，任务重，你只需安心铸剑，我们尽最大努力配合你。"

鹿惊蛰脸憋得通红，眼珠子快要挤出来。

管大人说："小鹿，你不要生气。你说，咱们鱼南国想成为强国，想打败大罗，要靠什么？要靠过硬的兵刃，当年战败，就败在这一点上。他们用我们鱼南人的血打刀，我们也可以用血来铸剑，看看谁狠！可我们没那么多俘虏可以宰杀。鱼南国人民素质高，犯罪率低，大牢里的死刑犯全杀了也没几个。天冷会的日子一天天近了，你说，我们怎么办？总不能拿自己的老百姓开刀吧？天助鱼南，我们遇到了你，又找到了海外第一铸剑师傅詹慕斯先生，现在天时地利人和，万事俱备只欠开炉。"

鹿惊蛰说："你快杀了我。"

"那怎么行。用谁的血，得詹慕斯先生表态。在开始铸剑之前，得好好养着你们，你们的血越旺，我们的事情就越有希望。另外，我们要在岛上挑个人带回鱼南，做更重要的事。岛上我不熟悉，还需要你来推荐。"

"杀了我！"

"想死容易，活着难。这岛上的人，活着和死了差不多。若有聪明的，你推荐一个，就能活一个。"

鹿惊蛰扭动脑袋，四下里看，找到我，对视了一眼，马上扭过头去。

他问："你要人干什么？"

"这你不必操心。"

"我推荐谁，谁就能活？"

"你有别的选择吗？"

14

三天以后，我与凤凰琴一起被押到了大船上。

上船的时候，我回头看见鹿惊蛰和琴中秋的目光。两人被绑在一起，眼睛死死地盯着我。在他们身后，凤凰岛的人正被带往关押的地方。

船向海中驶去，琴中秋的眼睛仍然死死盯着我。我不知道什么时候才能见到他。长这么大，他从来没有让我哭过，可这一次，我的眼泪止不住往下掉。

管大人说，鹿惊蛰推荐了两个人，我被选中，琴中秋留在了岛上。

管大人对我说："小姑娘，不要害怕。我们让你做什么，你就做什么。只要你听话，我就让你的父亲琴中秋活着。"

15

临离开凤凰岛的时候，我被获准和琴中秋见最后一面。

我说："我不想走，我想和你在一起。"

他说："留在岛上只有一死。"

我说："你说过，生死各有天命，我不在乎。"

他说："死没关系，只是你还没好好活过。"

我说："怎么才算好好活过？"

他说："你遇到了你爱的人，爱你的人，你就算活过了。"

我说："我怕我再遇不到，剩下我一个人害怕。"

他说："不怕死，就什么都不怕。没有恨，就没有什么能让你害怕。"

我说："我什么都不害怕，就怕再也见不到你。"

他说："在哪里都是一样，我还是我，你还是你。不要忘记我和你说过的话，如果想我就弹弹琴。不要害怕，总有一天，我们还会见面。"

16

我在那艘大船上睡睡醒醒，醒醒睡睡。

醒着的时候，我就弹弹琴，读一读《凤凰经》。

在我睡着的时候，书里记载着的岛史成为我经久不衰的梦。醒来，凤凰岛成为更加遥远的梦。《凤凰经》的最后一页上，白纸黑字写道：

"没有生，也没有死。一世一世暂时冻结，各自涅槃。末日总会来临，到那一刻，第一个也是最后一个，所有世间活过的生灵会在瞬间全部复生，世界刹那挤作灰尘。"

第四章

天外来物

姑娘看走眼了，我这宝贝，非金非铁而似金似铁，非玉非石而似玉似石，天地初开，至今仅见。

——丁　火

1

初九即将作为鱼南细作被派往大罗。

在此之前长达三月的秘密训练中，初九得到主管细作任务的刘将军的高度赞赏。

初九训练结业，即将奔赴大罗的前一天，刘将军和管大人和她进行了最后的谈话。

刘将军说："初九，明天，你就要去大罗国。说实话，要不是时间太急，任务紧迫，还真有些舍不得让你走。"

初九说："我的任务是什么？什么时候能够执行完？执行完是不是就可以回到凤凰岛？"

刘将军说："喜欢你这种直截了当的作风。你的任务，是协助我们的另一位细作——花梨完成任务。"

初九说："她的任务是什么？"

刘将军说："长话短说。第一，鱼南国要在天冷会夺冠。第二，借机推翻大罗，报仇雪恨。因此，我们做了多手准备。第一，詹慕斯赴凤凰岛铸剑；第二，设法盗取大罗国的第一宝刀，使其在天冷会上无所依仗；第三，联合大罗内部的反叛势力，利用一切机会，刺杀大罗首脑要人。

"花梨是我们的优秀细作，她到大罗三年，已经打开局面。她从大罗都城最著名妓院的底层妓女做起，现已成为楼主。此妓院正是大元帅万喜年之子万玉城的产业。

"当年，万喜年用我鱼南将士鲜血喂刀，打造无数利刃，鱼南因此战败。战后，妖人周阿铁历时数年，用上古寒铁为万喜年打了一把刀，刀成之日，万喜年杀了周阿铁，此刀成为绝唱。据称，此刀胜过战时大罗士兵手中兵刃万倍。花梨正是要接近万家，伺机盗刀。"

初九说："要我去做什么？"

刘将军说："万家父子生性残忍多疑，狡诈无比。花梨即便久经考验，毕竟势单力薄。同时，她和万玉城的关系，给我们带来希望的同时，也带来很大的风险，你可懂我的意思？"

初九说："她会假戏真做？"

刘将军说："所谓风险，就在于不好控制。所以，你在协助花梨的同时，更需密切注意，牵制花梨。"

初九说："琴中秋现在什么情况？"

管大人说："你放心。上个月我去凤凰岛，还和琴中秋喝酒，他很好，吃得香睡得香。我代表鱼南国向你保证，你为鱼南做事，鱼南不会亏待你。等你完成任务，我亲自送你回岛和琴中秋团聚。"

初九说："当初，你也是这样向鹿惊蛰承诺凤凰岛的安全。"

管大人说："凤凰岛之事关乎朝廷战略，不是我能左右。大家都是身不由己。但，琴中秋一人的安危，我有能力决定，你要相信我。"

初九说："如果你像对待鹿惊蛰一样对我，你会后悔的。"

刘将军说："初九，没人骗你，你可以不信老管，你不能不信我。

我也向你保证，鱼南国雪恨之日，就是你重返凤凰岛与琴中秋团聚之时。"

初九说："往下说吧。"

刘将军说："好——你听好。你的身份是一个由海外流落到大罗的弹古琴的小姑娘。明天送你出海，靠近大罗海岸时，把你扔到海里，你将被大罗一个渔夫——当然，这个渔夫也是我们的人——救起。你只记得你的故乡是一个小岛，但当别人问起的时候，你死活也想不起来回到故岛的方向。你从海边开始，沿路弹琴卖艺为生，直到大罗都城。大罗国叫花子成群，打拳画画吹唢呐拉二胡的到处都是，你不会引起太多注意。并且，这一路，我们的人会在你周围密切关注，以免你受到不必要的骚扰。当你出现在都城街边的时候，你会被花满楼楼主花梨发现，并且像发现宝贝一样热情地带你到花满楼，成为专职琴师。

"另外，你记住。到了都城，会有人问你，小叫花子，吃包子吗？你不要拒绝。他会带你到我们的秘密联络点——平安包子铺。包子铺掌柜霍平安就是你的直接上司。你们要保持定时、及时的联系。联系的方法，就是把消息写在纸条上，把纸条塞到包子里，每个纸条在看完后都必须咽到肚子里。纸条上的消息将以最快的速度到我这里。"

初九说："包子是什么？"

刘将军说："见着了，你就知道了。"

初九说："哦。"

刘将军说："其他的情况，我就不多交代了。我只着重强调一点，任何时候和任何人都不能透露你的细作身份，这不仅关系到鱼南国大局，更加关系到你和琴中秋的个人性命，你懂我的意思。"

初九说："嗯。"

刘将军说："到此为止，祝你成功！"

2

漆黑的夜里，初九抱着琴，从一艘船上跳进大海。

不久，一艘小船向她驶来。初九迅速做出溺水挣扎状。

一个男人伸出船桨，把初九拽到船头，伸手拉她上船。

男人说："小姑娘你怎么在海上漂着啊？"

初九说："我随大家出海打鱼，触了礁，船翻了。我漂了两天两夜，要不是我的琴，我早沉到海底了。"

男人说："你是哪里人？"

初九说："我是凤凰岛人。"

男人说："凤凰岛在哪里？我送你回去。"

初九说："我不知道，漂了好多天，我完全没有方向了。"

男人说："那我没有办法了。"

初九说："你带我走吧。"

对完暗语，男人叹口气："唉，鱼南真是没人了，小女孩都派出来了。"

然后飞快划桨，没有说话。

天快亮的时候，男人和初九上了岸。岸上很多人。

一个年轻人走过来说："老张，你出海打鱼，怎么打回来一个姑娘。"

老张说："你要出海就趁早，别在我这里聒噪。"

老张领着初九离开了海岸。

到了家，老张做好饭，用一只木头碗端给初九。

初九吃完，老张指着碗说："你出了门，去镇上最热闹的地方坐下弹琴，把这只碗放在面前。"

初九左手抱琴，右手拿碗走出门去。

镇子不大，路交会处就是市集，人来人往。

初九在一块干净的地上盘腿坐下，把木碗放在面前，把琴放在腿上。低头弹起琴来。

四周人围拢过来，有人说："这姑娘眉清目秀，怎么就要饭了？"

有人站着不语，伸手扔到碗里一个铜板，叹口气说："世道不好。"

中午，太阳毒辣，初九满头大汗。

一个年长的男人走了过来，蹲在初九面前。

男人说："你在这里弹琴要饭，真是选错了地方。这个镇上喜欢耍猴砸石头砍肚皮走钢丝，能认识你弹的是什么的，也就我一个人。"

初九说："我只会弹琴。"

男人左右看看，低头小声说："不瞒你说，我老婆刚死，我身边没人。我是这个镇上唯一的读书人，我们俩一定有共同语言。你跟我回家，有吃有喝，好过在这大日头下弹琴还没人欣赏。"

初九说："我不和你回家。"

男人挠了挠头说："那好，随你，我不是粗人。不过，我看你琴色俱佳，在这儿要饭纯属糟蹋。你要到大地方去。"

初九说："我不知道大地方在哪里。"

男人说："你去都城。如今年景好了，文艺要复兴，都城机会多，你该去试试。"

初九说："都城怎么走？"

男人说："走着去有点远。现在是春天，估计秋天能到。我可以给你一张地图。"

不大会儿，男人回来，手里拿着一块布。

男人说："这是我当年在都城时买的地图，一直珍藏。对我来说，这不仅是一张地图，更是我青春年华的一场梦。你拿着它，作个参考。"

初九接过地图，说："谢谢你。"

男人摇头叹息而去。

初九站起身来，看了看地图，用地图包起碗揣到怀里，背着琴向都城的方向走去。

3

这一路上，初九得到了很多人的帮助。有人给她铜板，有人端给她饭吃，有人给她衣裳穿。有人驾着马车走过，顺路带她。

有一位大娘看看初九的裤子，把她揽到怀里，带她回到家中。

大娘说："姑娘，你来身上了，裤子后面都是血。"

大娘让初九洗了澡洗了衣裳，给了她几条棉布，让她路上用。

这一路上，初九同样遇到了不少骚扰。但只要这些骚扰刚刚出现，他们就会莫名其妙地遇到更大的骚扰。

初九印象最为深刻的一次，是夏天快要结束的一个正午，她刚出一个小村，走到红色丘陵土地上。

红土丘陵和正午有一种上古的气氛，这种气氛让初九入了迷。此处地形崎岖，空旷无人，初九感到一丝寂寞。她在山坡上走着走着，忽然觉得天低了下来，连蓝天带白云都从天顶扣下来，天地之间因而变得扁平。过一会儿，天地好像变成一口大碗，她独自一人走在碗底。

六个年轻男人从后面奔跑过来，转到初九面前，拦住去路。

最前面一个有点驼背，晃着脑袋笑着说："小妹妹，歇歇脚吧。"

初九说："我不累。"

驼背说："不累更好，有力气和哥几个玩玩。"

后面五个随着驼背一起晃着脑袋笑。

他们正在笑，初九看到对面大路的尽头奔出一辆马车。她也晃着脑袋笑。

马车飞驰而至，六个年轻男人伸手拉扯初九。初九指着他们的身后，说："来了！"然后闪到了路边。

六个男人回头，马车已到眼前，五个人闪到一边，驼背躲闪不及，被马撞到空中，落到路边，没了声音。

马车老汉一抖缰绳，马车再次冲开众人向前奔去，男人们叫喊追赶，大路上扬起一片片红色尘土。

初九白天匆忙赶路，遇村镇市集弹琴要饭，夜晚枕琴而眠。

树叶飘落的一个傍晚，初九来到了都城。

4

暮色中，都城苍凉萧瑟。

门洞深黑，初九走入城门，一阵风卷着落叶刮来，初九站在灯火阑珊的街头发抖。离开凤凰岛后，她第一次感觉到了发自骨髓的孤独。

她体会到到达目的地的失落和茫然。在此之前，她只知道赶路，再赶路，当路的尽头出现在眼前，她像一个求醉的酒徒忽然坐起，面对酒醒的清晨。

在路上，她每晚梦到凤凰岛。让她梦醒后久久诧异的是，她从未梦到过风和日丽的南岛，出现在梦里的永远是凤凰岛北的冰天雪地。一群人在梦中踏冰而行，排着整齐的队伍走到她的面前，他们只有身体，没有脑袋。奇怪的是，即使没有脑袋，她仍然能够在一群人中找到琴中秋。她发疯一样摇着琴中秋的身体，大喊着问，你的脑袋呢？是不是让他们砍掉铸剑了？琴中秋无语。

初九站在都城的大街上，看着这个陌生的城市，陌生的人在夜色中穿行，偶尔向她投来问询的目光，她闪开头去。

无论如何，我没有退路了，她想。

初九抱着凤凰琴有点困了，想找个地方睡觉。

一个男人走到她的面前，盯着她，问："小叫花子，吃包子吗？"

初九浑身一抖，说："我吃。"

男人说："要饭，就勤快点。"说完扭头就走，初九抱琴跟着。

两人走街串巷，街边突然灯火通明，一张张桌子摆开，巨大蜡烛燃烧。有人喊："掌柜，打酒！"掌柜应声："就来。"掌柜手提大杯，走到巨大透明酒桶边。"嘭"的一声，拔掉酒桶嘴的木塞，清澈的酒哗啦啦倒入酒杯。掌柜塞上酒桶，端着酒杯穿过摆满鲜艳食品的台案，送到食客面前，对方接过酒杯，咕咚咕咚灌入喉咙，在耀眼烛光下脸色通红。

闻到酒味，初九再次想起琴中秋的笑容。她想，此情此景，要是和琴中秋对饮该有多好。

男人扭头，初九赶忙跟了上去。

一家店铺就在旁边，店前摆起两人高的蒸笼，腾腾冒着热气。热气笼着一面白旗，上面竖写五个字：平安包子铺。

平安包子铺掌柜霍平安踩梯而上，在蒸汽中白旗下大声说："小叫花子，给你几个包子吃。"

初九走上前，霍平安掀开最上面一屉蒸笼，伸手抓起两个包子，喊："接着！"两个包子扔了过来。

初九抱着琴，不及伸手。包子落在地上，打了几个滚。她把琴放在地上，拾起包子。

初九说："这就是包子啊！"

香气扑鼻，初九一大口下去，嘴角一道油，牙咬着一张纸条。霍平安大声喊："小叫花子别烫着！"

初九赶紧把纸条含在嘴里，吸干纸上的油，左右余光看看没人注意，伸手抠出纸条塞进怀里。

霍平安盯着初九又大声喊："小叫花子，小心着点，你别忘了，这可是在都城！"

说完，霍平安看看四周，扭头回到店里。

吃了第一个，咬开第二个，没有纸条。初九放心大嚼。

吃完包子，初九就在平安包子铺旁边，枕着琴躺下。四周没人，初九掏出怀里的纸条，借着旁边卖酒的灯光，看见上面写着行小字：明晚，包子铺旁酒摊，有人接应。

看了三遍，初九把纸条嚼碎，咽进肚子里。

5

初九被人用脚踩醒。她睁开眼，看见一个大汉。

初九说："你干吗踩我？"

大汉抬起脚来，说："你睡在街上，我不踩你，有人踩你，踩死你都不知道。"

初九躺在地上说："我睡我的，关你什么事。"

大汉说："这条街归我管，这座城都归我管，我是这里的监市。你睡在街上，当然和我有关。"

初九站起来，抱琴就走。

大汉一把拽住初九，说："我看你是不知爷的厉害！"

霍平安从包子铺里走了出来，笑容可掬道："高爷，清晨过来，吃屉包子？"

大汉扭头笑笑说："我是想来吃包子，可这叫花子挡了我的路。"

霍平安说："不必和一个小叫花子一般见识，今天第一屉热包子给您备好了。"

霍平安扭头对初九说："还不快滚！挡着我的生意。"

午后天空突暗，云遮住太阳，下起雨来。

初九盼着天黑，夜比白天安全。一会儿，云收雨住，大太阳重新挂在天上。街上的人收了伞，继续来来往往。

初九在街上晃，左拐右拐，来到一条大街上，人来人往，一片繁华，叫卖声吆喝声此起彼伏。

街口站立一个少年，全身只穿一条黑色短裤，露着的肉比短裤还黑。他左手握着右手，握成一个拳头，面对来往人群咧嘴一笑，只见一口白牙。来往有人站住，站成一圈围着他，以为他要说话。他没说话，扭头回到墙角，扯出一根黑铁条。双手握着两端横在脖颈，大喊一声，双臂使力，铁条围着脖颈转弯，胳膊绕圈，铁条绕颈盘旋，血憋到脸上，黑里带红，直到黑紫。

人群里有喊声："这假铁条我也能弯。"少年脸上眼白一闪，还是咧嘴一笑，白牙满口。回手一绕，铁条从脖上下来，少年双手捧着铁条，依着声音找到那人，弯腰低头捧上前去。

众人看着，那人脸红了，只好接过铁条，双手各执一端，脸不变色，暗自使劲，铁条纹丝不动。那人脸紫了，顾不了那么多，再使劲，不由得嘴里喊了一声，铁条仍然没有变化。

少年又一笑，低头，接回铁条，右手迅速挥动，铁条像面条一样缠在左臂。随即从臂上褪下，右手托底，好像一个铁杯子。

少年单手托着铁杯子绕场，众人纷纷扔进钱去。

眼看着杯子要到面前，初九抱着琴扭头钻出人群。

初九发现，这条街上全是叫花子。有人没有手，用脚写字作画；没有眼睛，用嘴唱歌；有手有脚有眼的，跪在地上磕着长头，头前地上写着字：都城投亲不遇，跪求施舍几钱归家。

走了很久，走到了这漫长的要饭长队尽头，初九用眼神估摸了一下位置，蹲了下来。把琴放下，盘膝而坐。

初九掏出木碗放在琴前。旁边有人说：“你在这儿干吗呢？”

初九说：“要饭。”

那人说：“你在这卖东西行，但千万别要东西。”

初九说：“你不是也在这儿要饭吗？”

那人说：“我在这儿做生意。”

初九扭头抬眼斜看，那人黑瘦，竹竿一样站在身旁，双手环抱，浑身破衣裳，比初九身上的还破。乌黑眼珠，乌黑胡子，脚下平铺一块大红缎子，缎子上放着拳头大小圆乎乎乌黑一块东西。

初九说：“你做的是什么生意？”

那人说：“我要把这块宝贝卖出去。”

初九说：“是你脚下那块黑石头吗？”

那人说：“你愿意叫它石头也可以。”

初九不再说话，把碗放在琴前，低头弹琴。

路人说：“没见过这么黑的石头。”

那人说：“那是因为它根本就不是石头。你见过石头吗？”

路人说：“我见过石头。”

那人说："你抱过石头吗？"

路人说："不瞒你说，我的小名就叫石头，我抱过各种各样的石头。"

那人说："你要是抱过石头，那你肯定知道石头有多重了？"

路人身边的姑娘拉他走，他挣脱了，说："我当然知道。"

那人嘿嘿一笑，说："那你认为你看见的这个是石头吗？"

路过的人说："这要是金子，你会摆在大街边吗？"

那人说："你见过金子吗？"

旁边的人越聚越多。路人脸有些红，伸手到脖领子里，揪出指头粗的金链子，再伸进身边姑娘脖领子里，揪出另一根金链子说："老子这两根都是纯金链子！"

那人伸手掂掂金链子，弯腰低头说："是真的，您这条链子沉甸甸，真金足金赤金。可我脚下这块宝贝比金子还重。"

路人甩开身旁姑娘的手，说："谁也别拦着我。你这块石头要比我的链子重，我把链子送给你。"

那人说："当真？"

路人眼睛睁圆了说："当真！"伸出右手要抓石头，手刚伸出又缩了回去，抬头一脸笑，说："你这不是什么陷阱吧——现在骗子这么多。"

那人说："放心。"

路人伸右手，十指张开，抓着地下的石头，欠了欠腰，石头纹丝没动。

路人再伸左手捏着，石头像在地上有根。

路人两手围抓，石头一动不动。

路人转转手指说："真他娘邪门儿，就是一块金子，也不该这么重。"

围观的人跃跃欲试，卖石头那人眯着眼不说话。众人蜂拥而上，手扳，脚踢，肘推，一个壮汉用刀撬，刀弯了。

石头动也不动。

众人乱哄哄，赌金链子那位不知道哪里去了。众人逐渐散去，转眼只剩下卖石头那人和那块石头。

初九说："你这块小石头还真奇怪，有那么重吗？"

那人说："你我有缘一起。我告诉你，这不是一块石头，至少不是一块平常的石头。你也可以过来试试看。"

初九站起身来，走过去，伸手推了推那块小石头，像推一堵墙。

初九说："再重，可也是一块石头。"

那人盘腿坐在地上，哈哈一笑，说："姑娘你说对了，我这半辈子就废在这块石头上了。我半辈子采玉，不停地挖，挖出来的是玉还是石头，我自己也不知道。我挖出来以为是石头，别人抢了去，发现里面是美玉。我挖出来这块石头，以为里面是玉。我把身家性命全押在上面，最后发现，就是一块石头而已。"

那人继续说："要说我惨，有人比我惨。他们挖到石头，断定里面有玉。不远万里，来到都城，把石头献给大王。剖开一看，就是一块石头。当场砍掉手脚。我算命好，手脚都在。"

那人伸出手脚给初九看，脚上没鞋，手上油黑，脏得发亮。

那人朝着地上的石头努嘴，嘿嘿一笑，说："我在南方挖了半辈子玉，没见过玉，实在不想挖了，挖到这么个东西。不是石不是玉，不是金不是铁，没人知道是什么。有人让我献给大王，我想也不去想。我就是站在路边，招呼过路的人，说你想不想试一试，这到底是一块什么东西。"

初九眨了眨眼睛，说："你是说你带着这块东西从南方来到了都城？"

那人说："是的。"

初九说："这块石头有多重？"

那人说："二百九十九斤。"

初九说："个头不大，分量不小，怪不得人都动不了。"

那人说："所以说，它是我的宝贝。"

初九说："你有多少斤？"

那人说："我脱光衣裳，九十斤。"

初九说："那请问，你是怎么把你的宝贝从南方弄到这儿的？"

那人嘿嘿一笑，瞥初九一眼，说："就知道你会这么问。要问我如何把这块宝贝弄来，你就得见见我另一个宝贝。"

说话间，满街叫花子突然骚动。卖艺的收家伙，磕头的收脑袋，哭泣的收泪，画画的收脚，好多瞎子突然睁眼，残疾人突然行走如飞，转眼不见。

那人扭头冲后大喊："宝贝，监市来了！"

喊罢又冲着初九喊："快收拾起你的家伙赶紧走。"

初九说："怎么了？"

那人说："别问了，快走！"

刚说完，一阵风从前扑来，初九看到一个姑娘，高胖白，脖子上的肉耷到胸前。她冲到那人前面，弯下腰，一只手抄起地上的黑色石头，一只手抄起那人，扭头就跑，很快不见。

初九定了定神，看见早上踢她的高爷领着十几个黑衣人，所到之处，一片狼藉。有几个躲闪不及，被抓在黑衣人手里，扳脖拧臂，摁在地上。

初九抱琴揣碗扭头便跑。听见高爷在后面喊："抓住那个小丫头！"

初九没命地跑，见巷就钻。跑了好久停下，回头看到没人追赶，才喘出气来。低头，发现脚上的鞋没了。

光脚踩着雨后街上的石板，倒也一丝一丝地凉快。

就这样晃来晃去，天色渐暗。初九发现平安包子铺再次出现在街的尽头。

远远望去，平安包子铺旁边的酒摊挑起了灯。方形木头桌子错落排开，每张桌上一盏大烛，微风过去，烛火在越来越深的夜色中跳跃迷离，桌子旁慢慢坐满了人，酒打上，菜端上，声音和香味飘了过来。

各种卖艺者散落到桌子之间，初九也走了过去。

桌上的食客一招手，卖艺者涌过。食客指谁，谁上前一步。

有一男一女最受欢迎。男人眼盲，女人腿瘸。男人用嘴吹一根短竹，女人随声歌唱。向他们招手的最多，连唱了好多桌。不断有人招手喊："吹笛子的过来。"初九才知道，原来那根短竹名叫笛子。

又有人喊："吹笛子的过来。"那女人在前面一走一歪，男人跟在后面，一手拿着笛子，另一只手挂着更长的一根竹子，走过去。女人递过一把扇子，说："您挑一首。"

食客打开扇子，上下看看，说："这一首名字有意思——竹子没眼儿笛子有眼儿。就来这首！"

男人把双手捏着笛子送到嘴边，鼓腮吹气，声音尖厉悲切。女人闭上眼睛，噘嘴唱："竹子没眼儿笛子有眼儿，汉子没眼儿妹子有眼儿。能睁眼的没心眼儿，不睁眼的看花眼儿。竹子没眼儿路上走，笛子有眼儿风里抖。汉子没眼儿吹笛子，妹子有眼儿吹汉子。笛子有眼儿冒声气儿，妹子有眼儿淌泪花儿。"

有桌上食客边听边笑，拍桌子喊："你们听听！诗在民间，歌在民间！"边笑边撒铜板，叮叮当当，扔进吹笛者脚下的草帽。

笛声残，歌声艳，衬着莫名悲凉。初九远远站着，听笛子和女人的声音，好好的，有些难过。

有人拍她肩膀，初九扭头，卖石头的男人笑嘻嘻地站在身后，抄起他跑掉的女人站在他身后，黑色石头攥在女人手里。

那人点着头笑着说："小姑娘家，听这淫词浪曲！"

初九说："什么是淫词浪曲？很好听啊！你们怎么也在这？"

那人说："我来这里做生意。"

初九说："我准备在这里要饭。"

那人说："小丫头，我们有缘，还没认识。我叫丁火，补丁的丁，着火的火。"

丁火侧闪三步，露出后面的女人，伸手道："我来介绍，这就是我的大宝贝，我的娘子柳灿灿，柳树的柳，灿烂的烂——不对——灿烂的灿。"

丁火手伸向初九，说："这是我新认识的小朋友。"

初九点点头，说："我叫琴初九，这把琴的琴，初九的初九。叫初九就好。"

柳灿灿咧嘴一笑，伸出了手。初九，也伸出手，顿时觉得自己的手在柳灿灿的手里消失了。她盯着柳灿灿另一只手里的石头，忍不住问："你的力气真大——一直拿着，不累吗？"

柳灿灿一笑，手一扬，石头从手里蹦起半尺，又落回去，砸在掌上像耳光声。

丁火说："娘子小心，砸了谁的脚也不合适。初九说得对，虽然娘子有使不完的力气，但还是能歇则歇。"

柳灿灿张嘴说话，声音细软："我帮你紧看着，走哪儿都舍不得放手，别的姑娘说了一句，你就让我放下。你自己拿着吧。"

她伸手把石头推到丁火手里，要他接着。丁火急忙缩手，说："不敢不敢。娘子想歇就歇，想拿就拿，想抛着玩就随便抛，砸谁的脚该谁倒霉。"

柳灿灿笑笑收回了手。丁火对初九讪讪笑着说："娘子喜欢逗着玩。"

初九说："挺好。"

丁火说："好了，我要赶紧做生意了。夜间没有监市，我们要抓紧时间——娘子，摆石。"

丁火从怀里掏出大红缎子，双手各执一角，啪地一甩，落地方方正正，柳灿灿上前一步，石头落在缎子正中，缎子四角顿时抽回许多褶皱。

柳灿灿到后面远远站着。丁火嘿嘿一笑，说："这就算开张了。初九，你也要趁早干活啊。"

初九说："我挨着你，就坐这里。"

丁火说："不行，这里不是大街人来人往。你要像他们那样，走到桌子中间，才会有人叫你。你坐在这儿，谁能看见谁能听见？"

初九说："那你为何不捧着石头过去，挨个叫卖。"

丁火说："这你就不懂了。你要饭，我做生意，咱们俩不是同行。你要低下脑袋，主动出击，才能挣到银子。我不一样，得拿着自己，等客上门，姜太公钓鱼你知道吗？"

初九说："我知道，钓鱼。"

说着初九摆琴摆碗，弹奏起来。

过了很久，丁火和初九均无人问津。

丁火叹了口气说："初九，不是哥哥说你。你看人家，吹拉弹唱热热闹闹，你坐这儿绷这几根弦，我坐你旁边都听不清楚，你怎么招来客人？再说，喝酒找个卖艺的，就是助个兴。你弹琴越听越冷。你应该考虑换个手艺。"

初九笑笑不言语。这时，酒香阵阵，平安包子铺的香味也飘了过来，丁火深吸了一鼻子，又叹口气说："初九，等我生意做成，请你就着包子喝酒，要吃多少吃多少，想喝多醉喝多醉。"

说完，丁火回头看看远处的柳灿灿，又叹气说："我家娘子两天没吃到东西，瘦了。"

初九回头看，柳灿灿坐在一块大石头上咧嘴和丁火对笑，两条胖腿前后晃。

初九站起来，走向平安包子铺。

一会儿，初九捧着四个包子走回来，递给丁火，说："你和灿灿吃吧。"

包子冒着热气，丁火的眼睛睁得比包子还大，说："小初九，你怎么能要来这么多包子？"

初九笑笑说："吃饱再说，不够我再去要。"

丁火接过包子跑去柳灿灿那边，初九坐下接着弹琴。

丁火走回来，初九说："包子好吃吗？"

丁火说："闻着是真香，吃着怎么样不知道。"

初九说："你没吃啊？"

丁火说："我娘子每天拿着宝贝，身体消耗大。"

初九说："那我再去要几个。"

丁火说："不用了。我不饿。你再去要，该轰你了。"

初九说："你这个宝贝卖了多长时间了？"

丁火瞪着眼睛想想，说："我算算——整三年了。"

初九说："三年没卖，你和灿灿怎么过来的？"

丁火说："打赌。今天你看见了，我说你动不了这个东西，你一看这么小，定不相信，机会就来了。总能挣些散碎银钱。有一次一个赌就赢了一锭银子。那人愿赌不服输，扭头想跑。我娘子把他摁在地上，乖乖掏出银子。"

初九说："灿灿哪来这么大力气啊？"

丁火说："这个说来话更长。等我不做生意时再细说吧。"

初九说："你的生意为何三年不开张？"

丁火说："没人信我，没人懂我。我们好多人在南方挖玉。可我知道，他们都在骗我。我挖出玉，他们说，一块烂石头。然后低价买走，像在施舍我，转头卖个高价。我挖了块石头，他们说，里面有美玉，但就是没人掏银子。他们鼓动我去赌。我赌输了，倾家荡产，穷了病了快要死了，躺在地上，没人再看我一眼，给我一口粥喝。等我再活过来，他们又来找我。等我挖出了这块石头，他们害怕它真是个宝贝，又盼着它其实是一堆屎，他们挺难的。只有我娘子，她说，我认为是宝贝，就是宝贝，和他们没关系。我再不靠他们，我靠我自己。吃不饱饿着，能吃饱就吃撑。东西能卖出去好，卖不出去也死不了。"

丁火继续说："话说回来。说不着急是假的。我着急。能不能挣来银子我自己不在乎。我就想有银子能让我娘子高兴。三年了，我对不住她。她越支持我，我越扛不住，她越不在乎有没有银子，我就越想给她银子。"

说着，丁火回头看柳灿灿，灿灿晃腿抿嘴笑。

丁火对初九说："我娘子总是这么笑容满面，让我无地自容。她说，丁火，你行！你和你的宝贝都是我的宝贝，我对你们两个都有信心。每天跟着我饥一顿饱一顿。有个瞎子给我打了一卦，四句话——半生伤金悲玉，半生削金断玉；半生日暮西山，半生月满中秋。我琢磨着，半生月满中秋，定是说哥哥我后半生还是会很圆满……"

听到"中秋"二字，初九恍惚了片刻，丁火后面的话没再听清。她定了定神，继续低头奏琴。

夜色渐浓。初九耳中突然一阵环佩叮当，由远及近。抬头看到四个姑娘从眼前走过，长裙及地，服饰浓艳，在漫天月色和四处灯火间，四张脸月貌花容。

四人笑闹着走过，空气中香气逼人。初九的眼神跟着这四位姑娘走入酒桌间，坐下，其中一个嬉笑之间，突然轻拍桌面大喊："上酒！"唇血红，齿雪白。

把眼神投向这张桌的人显然不只初九，满场的眼睛都聚在了这里。丁火看了半晌，扭头看看初九说："人靠衣裳马靠鞍，王八没壳就是四脚蛇，神像不上漆也就是团泥巴。初九，你要是穿上她们的衣服，比她们好看多了。"

初九笑了笑，低头看见自己的衣裳，千疮百孔，不辨颜色。

丁火说："如今女人虚荣，男人虚火。打扮成这样，夜里出来喝酒的女人，不知做什么生意的。"

那四个姑娘点菜，喝酒，大声打闹，旁若无人。四周声音似乎突然弱了，只有她们的声音若隐若现。

一个清瘦男子提着琵琶来到她们桌前，满脸堆笑细声细气地说："四位姑娘，歌助酒兴？"

四位姑娘笑着说："好啊，你有什么歌？"

年轻男子打开一把竹扇递上前去，说："扇骨上有词牌名，我自己填词。"

为首姑娘接过，边看边念："《满江红》《渔家傲》《清平乐》《浪淘沙》……"

年轻男子抓着竹扇翻到另一面，姑娘念："《点绛唇》《摸鱼儿》《念奴娇》《翠楼怨》《蝶恋花》……就《蝶恋花》吧。"

年轻男子妩媚一笑，拽凳子坐下，弹起琵琶唱起歌："生死茫茫无定数。琵琶声残，雁过无凭处。昨夜枕侧谁曾驻？西风吹老梧桐树。从前幽怨应无数。泪洇青丝，荒冢黄昏路。一往情深深几许？深山夕照深秋雨。"

男子唱完，眼中有光闪动。

姑娘问："词是你自己写的？"

男子抹了把泪，说："其中有一些借鉴……"

另一个姑娘大笑，说："昨夜枕侧谁曾驻？早上醒来，谁他娘的能记住！"

为首姑娘也笑了，说："没关系，唱得还算动人。听一首几钱？"

男子说："我认得四位都是花满楼的姐姐。小弟不要钱，只请四位姐姐听听，能否给小弟一个去花满楼驻场的机会。"

四位姑娘左右互视，为首姑娘说："难为你是个有心人。可你想，会有人花银子去花满楼听男人唱歌吗？"

男子幽幽地说："四位姐姐不了解，我是男儿身女儿心，姐姐们要是愿意，把我当个妹子看，小妹三生有幸。"

姑娘说："这话听着，我都酥了。你叫什么名字？"

男子说："小弟复姓纳兰，名叫如若。"

姑娘说："纳兰如若，好，明天午后，你来花满楼。"

纳兰如若闻言，起身向四位各鞠一躬，抱着琵琶离去。

四位姑娘继续喝酒。突然，为首姑娘远远向着初九这边招手。

丁火三步并了两步，走上前去。嘿嘿笑着说："姑娘们是召唤我不成？"

姑娘说："不是，我们叫你旁边弹琴的姑娘。"

丁火低头走回来，说："初九，你的买卖来了。"

初九抱琴过去，说："各位姐姐，有什么吩咐？"

其中一姑娘说："没见过这么好看的小叫花子。"

为首姑娘一笑，说："小姑娘，你有什么曲子能给我们助助酒兴吗？"

初九说："你们要听什么？"

为首姑娘说："你随便弹一首吧。"

初九坐在纳兰如若坐过的凳子上，把琴放在双腿，伸手欲弹。

一姑娘说："这把琴挺好。小姑娘，你从哪儿来？"

初九说："琴是我家祖传，我家在海上无名小岛，船破了，我漂到了大罗。"

初九说完，弹起琴来。

弹毕，一姑娘对为首姑娘说："花姐，今晚是怎么了？刚才那个唱得悲惨，又叫来一个弹得凄凉。今晚这酒越喝越闷。"

另一姑娘说："闹市酒场，难得遇见这么不热闹的玩意儿，有点意思。"

为首的花姐说："靡音荡曲听多了，偶尔来个清淡古雅的正好醒醒脑——小姑娘，你叫什么名字？"

初九抬脸说："我叫初九。"

花姐说："你这一首曲子几钱？"

初九正要说话，丁火在后面说："别人一首五钱，我们初九一首九钱。"

花姐说："你想不想来花满楼驻场子弹琴？"

初九正要说话，丁火又说了："去那里弹，能给几钱？"

花姐看看丁火，问初九："这位是？"

丁火说："我是她的哥哥。"

花姐看初九，初九笑笑说："这是丁火，我刚认的哥哥。"

花姐说："贵兄也弹琴？"

丁火说："我做点小生意。"

他扭头一摆手，柳灿灿小跑过来。

丁火说："容我介绍，这是我家娘子柳灿灿，她手上这块东西，就是我的宝贝。"

花姐说："这是块黑石头，宝在哪儿里？"

丁火说："姑娘看走眼了，我这宝贝，非金非铁而似金似铁，非玉非石而似玉似石，天地初开，至今仅见。"

花姐斜眼一瞟，说："非金非铁非玉非石，那它有什么用呢？"

6

说话间，旁桌众人围拢过来。

丁火大声说："好！诸位都在，我们赌几把。第一，我敢说，诸位没人能拿得动我这块宝贝。谁要是能把它拿在手里，我给二两银子，要是拿不动，给我一两银子。"

刚说完，一个汉子满口酒气走了过来，伸一只手在柳灿灿面前。

丁火说："这位老兄，如何下注，先前说得清楚。都是爷们儿，大伙看着，愿赌服输。"

那汉子说："我当是我喝大了，谁知你更大。众位听得清楚，我拿得动这块石头，这位兄弟给我二两银子。"

众人齐说："对！"

丁火说："你要拿不动呢？"

那汉子眉毛一挑，说："拿不动，我给你一两银子。"

丁火说："好！你把手往前伸伸，别东西掉下，砸了脚。"说完，冲柳灿灿使个眼色。

柳灿灿把东西放在那汉子手上，说："拿好，我松手了。"

柳灿灿刚放手，那宝贝直直砸到地上。

那汉子说："不对啊？我还没拿呢。"

丁火说："不是你没拿，是你拿不住。"

那汉子弯腰抓去，先是一只手，然后两只手，最后全身使劲，脸通红，汗满头。那东西纹丝不动。

汉子掏出一两银子扔在丁火脚下，摇着脑袋走了。

围观者有人称奇，有人嘀咕，说刚才的汉子是托儿。于是又有三人过来，相继试抓，劳而无功。然后便只见人嚷嚷，不见人上前。

围观者越来越多，丁火顺势扯过一张木头条凳，跳了上去，大声说："我这宝贝无坚不摧，在场有家伙的朋友，尽可来砍，若能在它上面留条印子，见一条印子我奉送二两银子，若不见印子，砍一刀给我一两银子。话说回来，若砍坏我的东西，我认，若砍坏各位的宝刀宝剑，那也是两不相欠。"

当下就听到周围出鞘声不绝。

丁火一笑，说："各位别急，一个一个来。"

一个男人满脸通红，走过来，腰间一把长剑。男人伸手拔剑，问丁火："一剑一两？"

丁火说："得见印子。"

男人挥剑砍去，连砍两剑，没砍着，用力过猛差点摔倒，骂了两声，仔细看准了，一剑剁下。收回剑来，剑刃卷了，伸手抓，抓不动，蹲下仔细看，一点痕迹没有。

丁火哈哈大笑。男人瞪他一眼，掏出银子扔在地上，呆呆站在一旁。

丁火跳下凳子，弯腰捡银子，一只脚伸来踩住银子。丁火抬头，看见一条壮汉叉腰而立，满口酒气地说："什么破玩意儿，在这儿现眼？

快给爷滚！"

丁火正要张嘴，看见壮汉身后站着四五条汉子，没有说话。

花姐说："这位设小赌，给大家助个酒兴。要玩就玩，不玩看个热闹，这是干吗？"

壮汉身后一人说："大哥，要不要提刀？"

另外一人说："滚！杀鸡不用牛刀，大哥的宝刀，怎么能来砍块石头？"

壮汉抬脚把银子踢走，大声喊："提刀！"

一人双手捧过一把刀来，壮汉接刀在手，抬眼环视众人，狠狠扫过花姐，盯着丁火说："爷今儿喝得不少，跟你玩玩。玩之前得让你认识爷这把刀——当年大罗鱼南开战，大罗与鱼南贼寇鲜血铸刀，切金断玉，砍人如砍豆腐。战后刀枪入库，只剩两把封赐英雄——爷手里所拿，就是其中一把。爷用它取过不下百人首级。太平年头，刀剑无用，只等着天冷会上亮亮，不想在这儿吵吵，也罢，让在场的也都开开眼。"

壮汉说完，扭头喊："那位兄弟，你那把剑不要也罢，给爷拿来试试刀。"

那人看看卷了刃的剑，把鞘扔在地上，把剑递了过去。

壮汉说："你举着剑别动。"

那人直直平举，壮汉左右看看，伸手拔刀，拔出半截，寒光一闪，壮汉左右再看看，拔刀在手，众人感到一道冷气。

壮汉喊："拿好了！"

正手一砍，反手一撩，那人的剑分为三截，两截落在地上，剑把还在手中。

剑断无声，四下安静，直到有人喝了声彩。

壮汉转过来对丁火说："还玩吗？"

丁火说："好刀！玩！"

壮汉说："好！爷和你玩，但不能是你的玩法。爷要砍你这破东西，挣你银子，怕人笑话。"

丁火说："你说怎么玩？"

壮汉说："我要砍，定要砍烂。要砍不烂你这东西，我就砍了自己脑袋。要砍烂了，我就顺带砍了你的脑袋。"

丁火脸憋红了，身子有点抖。他回头看看柳灿灿，咬了咬牙说："你敢，我也敢。"

壮汉点点头，站直了身子，单手举起刀，四周突然安静。呼吸间，壮汉手起刀落，众人的眼睛随刀划了一道寒光，落在地上。地上的东西没有变化。壮汉睁大眼睛，双手握刀，切菜般连刀砍去，有几刀没准，砍在地上，立刻几道深沟。

众人只听"铮铮铮铮"一阵响，突然"当啷"一声戛然而止，壮汉站立不动，手中握着半把刀。

丁火擦了擦汗，笑着说："这位大哥，您是在梦里打仗杀敌？没关系，我不要您的脑袋……"

壮汉一回手，断刀横过丁火脖子，脑袋掉了，打几个滚，立在地上，还说着话："您给十两银子算了。"说完，笑容僵住。丁火的身子倒下，血从脖子喷出。

好半天没有声音。

有人突然尖叫，围观的人乱了，谁也没注意到，柳灿灿冲了过来，她伸手抄起地上的石头，砸向壮汉。壮汉的脑袋先被打扁，接着被打烂，离开了脖子。柳灿灿接着砸，直到这颗脑袋变成一团血泥砸进土里。

柳灿灿坐在地上，开始砸壮汉的身子，骨头被敲断，肉被敲裂，发出响亮的声音。

脑浆和血四下飞溅，众人叫喊着跑，不断有人撞在一起。

壮汉的身体一寸一寸被砸得扁平，柳灿灿状若疯癫。

都城守卫闻讯赶来，数十兵士持刀，围住柳灿灿。

过了很久，柳灿灿停了手。她扔掉石头，把丁火的脑袋抱在怀里，放声大哭。

7

这晚，都城守备军统领万玉城来到花满楼，没带随从。老妈子迎上，满脸堆笑说："万爷来了？花姑娘在屋里呢。"

万玉城笑笑，上楼来到花梨房中。花梨正和初九坐着说话，看见万玉城，站起身来，说："玉城来得正好，认识一下我刚认的妹妹。"

万玉城扯了把凳子坐下，看看初九，伸手倒了杯酒。

花梨说："我妹子初九，弹琴的。待会儿演出开始，你听一曲。那句诗是怎么说的？此曲只应天上有。"

万玉城说："行！原先那几个弹曲儿的是该换换了。"

花梨说："没错。咱虽是个烟花之地，可做到这个地步，客人非官即贵。收费这么高，是得讲究个段位了。那几个庸脂俗粉，唱些淫词滥曲，和别的场子有何区别？也是有缘，前儿去喝酒，就结识了两位，初九妹子弹琴，还有一个小兄弟弹琵琶。"

万玉城眼睛一瞪，说："小兄弟？"

花梨说："说是个男人，打扮打扮，比姑娘还姑娘。待会儿见了，你就知道了。"

万玉城说："能不能培养培养？咱们客人里好这口的不少。"

花梨说："先唱着再说，看看上不上路。"

万玉城说："说起来，你们喝酒那天，那小胖姑娘把大罗一等战斗英雄砸成了肉饼。这事把我爹都惊动了。人家里天天告状，非要个说法。"

花梨说："我正要说这事儿。那天我就坐在旁边，事怎么出的我可都看在眼里。那人借酒撒泼，杀人在先。那姑娘是为夫报仇。"

万玉城说："胖妞真是了得。几十人近不了身，她伸手一抓一个，扔到空中。他们都没办法，只得叫我。我赶到现场一看，那姑娘左手抱着她男人脑袋，右手握着一块石头，和士兵们相持不下。我说，姑娘，人已经死了。你再杀也无用。听我的，不要抵抗，去衙门里说个清楚。我找最好的仵作，把你男人的脑袋和身子缝好，让他死有完尸，入土为安。胖姑娘听了我的，士兵给上了大镣，投进了天牢。"

初九说："那他男人的尸首呢？"

万玉城哈哈一笑，说："一把火烧了。难道还真找人给他缝脑袋？"

初九不语。

花梨说："那人是初九的义兄。"

万玉城说："是吗？"

初九施了个礼，说："万爷，按理，初次见面，求您办事不对。但初九初到都城，只认识义兄丁火，他对我很好。柳灿灿杀人，情非得已，求您留她一条生路。"

万玉城看花梨。花梨点点头。

万玉城说："按说，别说胖姑娘是报仇，就算是无故杀人，斩还是放，也就我一句话的事。但这事有点难办。砸成大肉饼那人名叫徐满仓，仗着战时跟着我爹冲锋陷阵，杀过人、立过功，每日无所事事，纠结街上的一帮泼皮，吃喝嫖赌，寻衅闹事。我在酒场遇过几次。有回他喝大了，居然对我出言不逊，我给他吃了个大苦头，老实了许多。这回死得惨，那是他早就该死，怨不得别人。可他毕竟是个官人，还曾受大王御笔亲封为终身带刀英雄。砸成了饼，放了凶手——有些难办。"

花梨说："一点办法没有？"

万玉城略想了想，说："要想放人，有两个办法。第一，验明她是个疯子。本朝法律，疯子杀人，杖责二百，好生看管即可。第二，女犯若怀有身孕，依律当场释放，待生产后，再施刑罚。"

花梨问初九："她可有身孕？"

初九说："没有。"

花梨说："那如何能证明她是个疯子？"

万玉城说："那个简单，只要她做常人所不做，那就是疯了。"

初九说："若是一个怀有身孕的疯子呢？"

万玉城哈哈一笑，说："那就杖责也免，生完孩子也不用再受刑了。"

初九说："万爷，您能否安排我见柳灿灿一面？"

万玉城看了一眼花梨，说："这个容易。妹子你的事，尽管和我说，我尽力帮你就是。"

初九再施一礼，说："谢万爷！"

这时，老妈子进来说："花姑娘，演出马上就要开始了。"

8

万玉城坐在台下，冲着台上的花梨做了个鬼脸。

花梨还了媚眼，正了正色。冲台下施个礼，大声说："今天人来得不少，奴家心里好不欣慰。头回来的客官不认识奴家。奴家就是这花满楼楼主，花梨。今晚的演出马上开始。"

万玉城领头鼓掌，台下掌声雷动。

花梨下场。一阵风过，台上群烛闪动。明暗间，纳兰如若怀抱琵琶，突现台前。在烛光下，深目高鼻，脸白唇红。一袭红衣，细长手指在大袖中伸出，一手按弦，一手弹拨。琵琶声如泣如诉，纳兰如若如喜如悲。他唱道：

人生若只如初见，何事秋风悲画扇。等闲变却故人心，却道故人心易变。骊山语罢清宵半，泪雨霖铃终不怨。何如薄幸锦衣郎，比翼连枝当日愿。

台下掌声雷动，纳兰如若站起身说："首次来花满楼，一首《木兰花令》送给大家。"

银子一锭一锭砸到台上，尽管纳兰如若左右轻移，仍然躲闪不及，几锭银子砸在身上。他眉头轻皱，似颦似笑，楚楚可怜。有人挑着大拇指说："高！雌雄莫辨，人妖不分！淫贱和哀怜总在一线之间。"

与此同时，万玉城和花梨来到后台。

两人转了一圈找不到初九，花梨喊："初九！"有小丫头的声音："初九姐姐在上妆呢！"

片刻，一个姑娘站在眼前。花梨睁大眼睛一看，正是初九。她上看下看左看右看，对万玉城说："快来看看，这哪还是我那个讨饭的妹妹！"

万玉城点头微笑。

花梨说："玉城，头回上场，我和初九妹妹说几句话。"

万玉城撇嘴抬眉一笑，走出门去。

花梨一把抱住初九，摸摸脸，摸摸肩膀，再摸摸脸。说："你这一打扮，别人都没法子看了。"

初九说："我不喜欢这个打扮。"

花梨说："姐姐知道。可你知道这叫什么？这叫行头和化妆，都是道具，用这些遮着点自己。"

初九说："姐姐，初九从小在河边弹琴唱歌，没想过站在台上弹给别人听。外面那么吵，我怕中秋听不见，我自己也听不见。"

花梨说："什么事都一样，第一次忍过了就好了。你放心，该听见的，都能听到。"

花梨拍拍初九脑袋，说："随便给他们一点好听的，就够了。"

花梨扭头而去。小丫头赶忙上来说："初九姑娘，该你上台了。"

初九抹了抹脸，整了整衣裳，抬起大幕一角，幕外纳兰如若的琵琶声停住。台下掌声一片。

小丫头应声掀开大幕，初九左手抱琴，右手拖着长裙，向外走去。

9

初九来到天牢门外，数十士兵持刀守在牢门。

一把明晃晃的刀拦住了她。持刀守卫说："找谁？"

初九说："我来看柳灿灿。"

守卫说："死牢重犯，不得探视！"

初九手拿一块木牌给持刀人看，后者拿来一看，说："不知是万爷命令，姑娘莫怪，请随我来。"

七拐八拐，到了地下。潮气臭气熏得喘不过气。守卫打火折子点着火把，地下大亮。初九看到两侧密集的铁栏后，闪映出一张张狰狞的脸。有人在铁栏后面喊："小姑娘，抬起脸让爷看一眼，到了夜里，爷可以想着你想好几遍。"

守卫提刀过去，断喝："闭上你的鸟嘴，再嚷嚷，老子先一刀刹了你那臭泥鳅。"

守卫回头对初九说："姑娘别介意，这里是死牢中的死牢，都是些等死的疯子。"

初九不语，提着裙了朝前走。

柳灿灿的牢房在最深处，相对独立，守卫说："这个牢房所用材料是别的牢房的两倍，用来关押最难对付的人犯。当然，我们还一直没遇到最难对付的人犯。头一回用，没料到，关了一个胖姑娘。您就站在外面说话。"

初九说："让我进去，你去外面等我。"

守卫说："里面的这个胖妞力气比牛还大，你不怕？"

初九说："她是我的嫂嫂，你让我进去吧。"

守卫取钥匙打开大锁，把胳膊粗的铁链从铁栏门上一圈一圈解下来。初九推门，推不动。守卫斜着肩膀努着身子把门推了条一人宽的缝。喘着气说："姑娘请进。"

守卫把火把插在门外一个铁炉里。对初九说："我在拐角，您有事就喊。"

初九说："劳烦走远一点，我和嫂嫂说几句话。"

守卫离开。初九站在牢里，借着火把，看见牢房角落一个黑影。初九轻声说："灿灿，我是初九。"

那个黑影动起来，移到光亮处。初九说："灿灿，你瘦了。"

柳灿灿问："我家丁火呢？"

初九说："我今天来，就为把丁火给你送来。"

说着，初九拿出一个黑色金丝锦囊，递给柳灿灿说："丁火让一把火烧了，这是他的灰。"

柳灿灿一把夺过，流着眼泪说："他们答应让丁火入土的。"

初九说："灿灿，丁火死了，但我可以让他再活过来。"

柳灿灿说："你骗我？"

初九说："我没骗你。丁火死了，死的是他的身子，魂灵还在，就在这骨肉的灰里。把它埋进我故乡凤凰岛上的万年寒冰里，到了世间末日，这些魂灵会全部复活。"

柳灿灿问："末日是什么？"

初九说："到了末日，世间所有人都要死。"

柳灿灿说："都要死了，再活过来，又有什么用呢？"

初九说："末日过了，就是极乐世界。再次活着，不一定还是人，也许是光是电，是水是火，是一滴雨，是一阵风，也许什么都不是。但我能肯定的是，那时，你和丁火还会再在一起。"

柳灿灿问："末日什么时候到？"

初九说："应该快了。"

柳灿灿看看手里的锦囊，说："那我要怎么样才能把丁火埋在冰里？"

初九说："你从这里出去，我安排人把你送到凤凰岛。"

柳灿灿说："出去容易。"

说着，柳灿灿走到门口，伸手轻轻一拉，门大开。她说："我要想出去，没人拦得住我。"

初九说："灿灿，我知道你有力气。可你知道，在这牢门之外有多少把刀在等着你？你力气再大，架不住那无数利刃。"

柳灿灿说："那怎么办？"

初九说："两个办法：第一、你怀有身孕；第二、你疯了。"

柳灿灿说："他们都说我和丁火疯了。但我们知道，我们没疯。他们才疯了呢。我也没怀孕，我倒是一直想给丁火生个孩子，一直怀不上。"

初九说："我已经打通关节。我知道你没怀孕，也没疯，你得装。"

柳灿灿说:"丁火死了,我也不想活着了,死都不怕,还怕什么?"

初九说:"死不难,装疯活着难。你过来。"

柳灿灿伸过来脑袋,初九在她耳边低声细语。

初九说完,柳灿灿红着脸说:"这样行吗?丁火会不会怪我?"

初九说:"他知道你所做都是为他,怎会怪你?"

柳灿灿想了好久,说:"我听你的。"

初九说:"好,现在就开始。"

10

牢房深处传出初九喊声:"来人!"

守卫慌忙跑了进来,外面陆续跑进来几个守卫,持刀站在门口,齐声大呼:"怎么了?"

众人看到,初九蜷在牢房一角。柳灿灿浑身脱得精光,蹲在牢中拉屎,看到众人,她伸手从身下抓起屎来,朝众人扔去,守卫们躲闪不及,头脸上都是。

柳灿灿大笑不止,边拉边扔,两手间的铁链哗啦啦响。众人上前也不是,走开也不是,嘴里叫骂,左躲右闪。牢房里阵阵新鲜剧臭。

柳灿灿抓起黑色石头,在屎里砸,四处屎花四溅。她边砸边说:"什么宝贝,害死人的宝贝。还不如一泡屎!"

砸了一会儿,柳灿灿站起来,挥舞着石头,向门口走去。守卫挥刀砍来,斜劈在柳灿灿左肩膀上,血流出来。

初九爬过来,抱住柳灿灿的一条腿,哭喊:"嫂嫂,人已经死了,你不能这样啊!求你们不要伤她,她已经疯了!"

柳灿灿一屁股坐在地上,放声号哭。外面被惊动了。越来越多的人举着火把冲了进来，深牢里灯火通明，一片大乱。

正乱间，有人高喊："万统领到！"

万玉城在火把照映中急急跑了过来，站到门口，大声说："琴初九，死牢重地，不得探视。你苦苦哀求，说要送别嫂嫂。念你重义，姑嫂情深，特准你来。你居然搞成这样，污秽天牢，也就罢了，伤了守卫，跑了重犯，谁能担待得起？"

万玉城扭头对守卫们喊："是谁准她独自一人进牢探视？不知道这里的规矩吗？"

那守卫抹去脸上的屎，苦着嘴说："这位姑娘手拿万统领亲授令牌，所以放松了些……"

万玉城喝道："一个令牌就能坏了天牢法例？你的意思是，出了事还得怨我不成？"

守卫说："不敢，小的不是这个意思。"

初九哭着说："万统领，小女进来，说到我哥哥的事情，我嫂嫂说她心里痛，然后肚子痛，想要大解。我正寻找便盆，谁知道她那里已经脱了衣裳。我嫂嫂是疯了啊！"

万玉城问："她是今天疯了，还是就有疯症？"

初九说："不瞒万统领，我这嫂嫂，自幼疯魔，我那可怜的哥哥因她受害不浅。可我刚刚得知，她怀上了我哥的骨血。按我朝王法，我嫂嫂或可免受刑罚。请万统领明察。"

万玉城说："疯不疯，我们都看得见闻得着，怀没怀孕，你说了不算。叫牢医过来，立刻便知分晓！"

不一会儿，一个小老头跌跌撞撞跑来。先给万玉城施个礼，说："万统领，有何吩咐？"

万玉城说："你过去看看，这个人犯是否怀有身孕。"

牢医走过去，伸手要号脉，发现柳灿灿手腕上都是屎，没下手处。他狠了狠心，伸手抓去。

把了会儿脉，牢医眨着眼睛对万玉城说："小的看过，这位姑娘确实脉中有喜。"

万玉城对初九说："也罢。你快快领着这疯子离开这里。"

初九磕头道谢，搀起柳灿灿向外走去。

牢里的人犯扒在栏杆上捏着鼻子喊："快看啊！真他娘的有艳福，大牢里还能看见裸女！可惜胖了点，还他娘浑身都是屎……"

柳灿灿眼泪横流，手里捏着丁火的石头，扶着初九，向外走去。

11

这天晚上，初九领着柳灿灿来到平安包子铺。

掌柜霍平安坐在柜台后，看着她们俩。

初九问："灿灿，你吃什么馅的？"

柳灿灿说："那晚，丁火给我吃的是什么馅儿？"

初九说："那是多汁鲜肉。"

柳灿灿说："就吃那个。"

伙计端来三笼，柳灿灿边吃边掉眼泪。

初九拿过一个包子，咬了一口。看看左右，捏了一张纸条塞到包子里，扔在桌上。

初九说："灿灿，一会儿我先走，咱俩就此别过了。有人安排你去我们约定的地方。这往后，都得你自己照料了。"

柳灿灿抹了把泪说："我没事，我把丁火的灰和他的宝贝埋进冰里，我就没什么事情了。"

初九看了看她，说："事难如人愿，也许到了那里，和你所想不同。活着就好。另外，我拜托你一件事。"

柳灿灿说："你讲。"

初九说："你若见到一个叫琴中秋的人，跟他说句话，就说初九活着。"

柳灿灿说："好。"

初九起身，柳灿灿坐在桌旁，看着初九出门越走越远。

霍平安过来，把桌子擦干净，捏着初九扔在桌上的半个包子回到柜台后。他抽出纸条，看到上面蝇头小字："送此人至岛，所携异物，或可铸剑。"

夜慢慢深了，柳灿灿仍然坐在桌旁。霍平安走过来，拍拍她的肩膀说："姑娘，你跟我来。"

12

柳灿灿一路去向南方，半年后，来到大罗国的海边。

一个男人在海边的大道上找到了一脸茫然的柳灿灿。黑夜降临的时候，他带着柳灿灿走向大海，走向那艘当初接初九上岸的小船。

柳灿灿踏上左侧船尾，船尾猛地下沉，男人慌忙划动右侧船桨，船才平稳。

男人说："这位姑娘，胖是胖点，也不该这么沉？"

柳灿灿说："我不沉，是我男人和他的宝贝沉。"

花满楼

我每天一个人活成两个人，一个
放声笑，一个放声哭。热闹的时候，
我以为笑着的那个是我；夜深人静，
才知道，哭的那个才是我自己。

——花　梨

CHAPTER 5

1

从花满楼日渐红火的生意中，可以看出大罗国发展的迅猛。

尽管在更多的乡野田间，更多的人依然食不果腹衣不遮体，但这并不妨碍大罗都城这几年间疯了一般地扩建。

大王的寝宫挂着两张地图，一张大罗全国地图，一张都城地图。前者早已陈旧泛黄，而后者日新月异。

这两年，大王忙于宫中房事，无暇打理朝政。

这天早上，大王在五个嫔妃雪白交错的大腿间一觉醒来。太监徐平端金盆举过头顶，跪在床前，盆上雕着祥云瑞兽，盆里堆着各色神秘香料。

大王褪下裤子，抬手欲尿。憋了好久，尿不出来。徐平抬头问："大王无尿？"

说话间，大王尿出，呲了徐平满嘴。大王及时调整了方向，尿入盆中，浓烈尿气和香料混合，说不上什么味道。

大王尿完，抖了几抖。徐平端盆看看，咂了咂嘴，说："大王，您上火了！"

大王跳下床，走到地图前，问："都城地图今天有换吗？"

徐平说："五更时分，刚刚换过。"

大王说："你去漱漱口再来说话。"

徐平端盆去去即来。

大王盯着墙上的都城地图，说："我说这地图朕怎么看着这么眼生。"

徐平说："大王好久没看地图了，难怪眼生。大王洪福，大罗发展得太快了，都城不断扩建，一天一个样，地图都换了十几轮了。这不，今天又换了。他们说，城南的御花园已经建成，都城大道向西向东各延伸了十里有余。城北的天冷园昼夜施工，即将告成。其他民间新建不计其数。"

大王说："他们说？这是谁的都城？一天一个样，朕怎么不知道？"

徐平说："大罗是大王的大罗，都城自然是大王的都城。丞相来过几次，大王正忙……"

大王说："传他们来！"

徐平赶忙退下。

一个时辰后，左丞相张福堂、右丞相赵海城、都城大帅万喜年并肩进来，齐齐跪下，高喊："大王万岁！"

大王说："这是后院，不必客气，快坐快坐。"

三人落座，张福堂说："大王有何圣谕？"

徐平把茶端到大王面前，大王说："你泡茶前确定洗手了？"

徐平："规矩是三遍，奴才洗了六遍。"

大王点点头，端杯喝了口茶，慢慢地说："叫三位来，没什么新鲜事，只这两张地图，朕看不太明白，你们给朕仔细讲讲。"

张福堂说："大王哪里不甚明白，臣等愿解其详。"

大王说："这几年发展得是快了点。快比慢好，可快也有快的问题。那几年穷的时候，你们报忧不报喜，现在，开始报喜不报忧。步子越快，问题越大。地图越大，画得越不仔细。今天叫你们来，想听些不好的，仔细的。"

片刻无语。万喜年说："臣先说几句。"

大王说："徐平，怎么不上茶？"

徐平说："奴才该死，竟然给忘了。"说完一溜烟跑下去。

万喜年说："大王不召臣来，老臣也正要来见大王。朝堂群臣议事，拣好听的说，今天老臣多说几句——恕臣直言，大罗天时地利，独欠人和。前几年先是打仗，接着天灾不断，百姓受了罪。这几年，有家底的，有资源的，有背景的，有心机的，有手段的，纷纷发财，据我所知，日子过得比海外富国还要好，从都城到海边，置地盖房无数，圈里养着一水儿的汗血宝马。"

大王说："有些人先富起来不好吗？"

万喜年说："是，富比穷好。前几年都穷，大王您都吃不饱，也还罢了。可现在，富的太少，穷的太多。富的越来越富，穷的越来越穷。时日稍长，穷人怎能不恨？由此生乱。"

赵海城插了一句："穷富是个人造化，怎能怨得了别人？"

万喜年说："此言不错。可多少穷人家孩子不论如何努力，依然一无所获。富家子弟为所欲为，联帮结派，盘根错节，裙带结拜，路让他们占尽，他人无路可走。"

赵海城说："你我又能如何？"

万喜年说："苍生之福，即大王之福。王乃天下人父，岂有害天下人之理？问题是天下人不理解。百姓积怨越来越重，开始怨自己，后来怨别人，直到怨国，怨大王。大王有好生之德，怎奈众生无类。最近，动乱频发，可见一斑。造反的号称杀富济贫，替天行道。其实大多是走投无路，乱撒气。"

张福堂插言："万大帅所言极是。大罗界内所生之事，到头责任总在这里。我们也得想想办法。"

万喜年继续说："好在刀剑过去，造反也就平灭。但是，有些组织，有预谋有策划，道理有一套，执行上也有一套，善于挖掘穷苦百姓的心理，所以发展迅速，响应者众。"

赵海城说："说的可是屠熊会？"

万喜年说："正是。"

大王说："这到底是个什么玩意儿？"

万喜年说："老臣调查得仔细，正要禀告大王。屠熊会首领名叫唐慕天，打仗时，是我军一个末等兵士。说到此处，老臣先请一罪。"万喜年起身跪在地上。

大王说："老万何罪之有，快快起来。"

万喜年再坐下，说："容老臣慢慢讲来——唐慕天出身穷苦人家，祖上几辈没出过一个念书的人。他上面一个姐姐，下面一个妹妹。他爹在山上放羊，他娘在河里洗衣裳。即使严冬腊月也得砸开个冰窟窿洗，靠这个挣点糊口的银钱。唐慕天从小放羊，但他总把羊赶到村里有钱人家开的私塾窗子下面。里面人念书，他的羊在外面叫。私塾里几个捣蛋学生，趁黑在窗下挖了陷阱，坑底堆满尖利石头，坑口铺上鲜草。

"第二天，唐慕天又把羊赶到那里，羊吃草，他听里面念书。到晌午回家，发现羊少了四只。他满山遍野找，最后发现羊在陷阱里，死了三只，伤了一只。他爹抱着死羊哭了半天，拿羊鞭打折了他的左腿。骂他没有那个念书的命，还害死三只羊。

"唐慕天腿好以后，几年没说话，每天只是上山放羊，村上人说他让他爹打成了哑巴。十六岁那年，羊在圈里，唐慕天不见了。他爹伙同村里人进山找。找了三天，到了山间一座道观。观中老道说，人在观里，让他们在观外等候一夜。

"夜里忽然大雨如注，雷电交加。第二天一早，雨停了，天光大亮，观门打开，唐慕天走了出来。从此能言善辩，巧舌如簧，能知前生往事，善断福祸因缘。

"唐慕天的姐姐嫁到邻镇。嫁出两年，回娘家找他。说，我过得穷，我男人到都城做工，挣钱养家。走了再没音讯，一年过去，活不见人，死不见尸。唐慕天摆卦，算了半天，对他姐姐说，你真要听，我就对你说。但，我劝你不要听为好。

"他姐姐执意要听。唐慕天说，这一年之内，你家的米粮吃食有没有异样？他姐姐说，我家灶房多少剩点吃食，第二天就没了。家人以为有贼偷食，几次抓，都没抓到。唐慕天说，偷食的正是你的男人，他根本没去都城，一直离家不远，靠回去偷点吃食活命。你若想见他，从此看紧家里粮食吃喝。但你听我劝，不要再想找到他，你尽你的力，在灶房里多剩些吃食。别的，我不能再和你多说了。

"他姐姐回到家中，见夫心切。把一粒米看得比命还紧，断没再剩半点吃喝。半月以后，有人进山回来说，一个人吊死在山里树上，远远看去，像她的男人。他姐姐跑进深山，看见一棵松上吊着一人，细细地荡来荡去像根大松针。放下一看，果然是她男人，瘦得骨头快要撑破了皮。

"他姐姐哭了一天一夜不出山。哭完了，回去找到唐慕天，说，你既知道我不留吃食，他就会死，你为何不告诉我？唐慕天说，我能算了命，活不了命。我能劝的劝过，那是你们的命。他姐姐扭头而去，两年后病死。"

大王和左右丞相都听得仔细，万喜年喝了口茶继续说：

"唐慕天的妹子长到六岁那年，日子过得正苦。冬天，一家人到了晚上一条被子轮着盖。村上来了个卖货郎，三十来岁，扛着架子，挂满玩具饰物。他妹子跟着货郎从村东头看到村西头。然后就和卖货郎一起不见了。半个月过去生死不知。他爹说，你算算你妹子哪里去了。唐慕天说，我已经算死一个姐姐了。

"他爹说，那是要死，不是你算死。你算吧。唐慕天就摆了一卦，摆完放声大哭。他爹跺着脚说，也罢。不怨你，也不怨你妹子。怨我。怨家穷。

"从此，唐慕天闭关三年才开关摆卦。他也因此名声大振，方圆百里都知道，神嘴唐慕天，足不出户，能断姐妹生死。

"那年全国征兵。唐慕天正当壮年，虽然身有残疾，但军情紧急，随军入伍到了边城。刚去时，不显山不露水。半年后，营中风言风语，说这唐瘸子是个半仙。风声传到我这里，我派人暗地调查，回来跟我说，大帅，这唐瘸子果真是个半仙。我说这还了得？军营之中，怎容妖言惑众！我问，这瘸子都说什么了？他们说，他们家中陈谷子烂芝麻的事情都能算准。我问，有没有提到国事军事？他们说没有。

"老臣担心这是别国派来惑众的妖人，一面遣人去他老家细细查访，一面留意此人言行。派去的人回来，查到的情况就是老臣刚刚所讲。

"此人在军中也算本分，虽有人不断找他，好说歹说望他能给说两句。他大多一句都不说，略有交情者，随口说两句，即被奉为半仙。他身有残疾，不能杀敌陷阵，当时每日砍俘虏脑袋取血喂刀，他在铸刀营里掩埋尸体。

"有一晚，我着便衣独自来到铸刀营。没进主营，就在营外转。普通士兵也认不得我。我到了掩埋俘虏的大坑前，看见一人从主营里走来，一瘸一拐，捧着铁盘，盘上放着俘虏脑袋。别的士兵走到坑前，扬起铁盘，脑袋飞到坑里。他总是走到坑边，先蹲下，端着铁盘，面对脑袋嘴巴一动一动，好像在说话，然后，把铁盘子一歪，脑袋轻轻地滑到坑里，他才站起，回到主营。我想此人就是唐慕天。

"唐慕天再出来时，我走过去，对他说，我是后营运送粮草的老兵，夜里无事，转到这里，找不回去了。他说，那你速速离开，外营的人不得进到这里。我说，我转了好几圈，找不出去。他要送我出去。他扔了脑袋，拎着铁盘，一拐一拐地领我往出口走。半路上，我说，小兄弟，看你扔脑袋的时候，还和脑袋说话。你说什么呢？你是在可怜他们？他说，老伯你说错了，我不可怜他们。我可怜的是我们。我说，他们死无完尸，可怜至极。我们得胜在望，何怜之有？他说，胜者为王，败者为寇。我说，对啊，我们是胜者，死的是寇。他说，都可怜。

"我又问，听说铸刀营有个半仙，能断自己姐妹生死。你可认识？他闻言站住，回头看我说，你怎么知道？找他做什么？我说，营里传遍了。老汉我孤苦伶仃随军半生，家人生死不知，不知何时能回故里，过几天安生日子。若能找到他，求他给我算个命。他看我半天说，告诉我你的八字。我就说了我的生年月时辰。

"唐慕天右手提着铁盘，左手掐算，算来算去，他说，不对啊。我说，什么不对？难道我这辈子无望了？他看着我说，不对。老丈，你可是在诈我？

"想起当时当地，唐慕天的眼神，还真吓了老臣一跳。"

说到这里，万喜年喝了口茶，继续说：

"我说，我何曾诈你，老娘生我的时辰，我岂能乱说。唐慕天掐指又算，连说不对。我说，你别吓我，到底哪里不对，老汉命有这么差？他说，你的命非同一般富贵。你要么记错，要么诈我。你的命，我算不了，我送你出去吧。然后再不说话。

"我也没再多说，出营而去。第二晚战罢得胜，我叫来三名副将和铸刀师傅在我的帅营摆酒庆贺，吩咐人将唐慕天召来。

"他一拐一拐地低着头进来。我说，你抬起头来。他低着头说，老丈，昨晚的路可领得对？我说，路我原本知道，不需你领。今天，营里首领都在这里，请你给诸位都算一算。他说，军营之中，不算也罢。一名副将拔出刀来，说，大帅请你，你敢说'也罢'！我说，你可以不给别人算，但你身在铸刀营，不能不给你的首领算。我就让铸刀师傅周阿铁说了他的八字。

"唐慕天低着头，半晌无话。过了很久，突然抬头说，周师傅终究要死在自己所铸刀下。

"营里的人当时都愣住，转而大笑。唐慕天不说话，众人继续饮酒，四散而去。我留下唐慕天，对他说，你知道你该死吗？他说，我知道。我说，哪里该死？他说，替人算命，天本不容，我命早已该绝。我说，天容不容你，我不知道，我可容你。我知你不愿征战，你再帮我算一卦，我让你现在回乡。他说，算谁？我说，要算就算个大的。你给我大罗国算一卦。"

说完，万喜年喝茶，好半天不说话。

大王声音有点急："老万，此卦如何？"

"那唐慕天说，一人之命尚本不该算，一国之命如何算得。我说，家国一理，你给看看。他闭目掐指好久。突然睁眼说，大罗千秋万代，绵延不绝。"

大王长出了口气。张福堂赵海城齐声说："这卦原本就不需算。恭贺大王千秋万代，绵延不绝！"

大王喜形于色，转而沉下脸来说："我大罗国气数，岂在这个反贼口中！"

万喜年"扑通"跪在地上，连连磕头说："老臣断无此意。老臣当时正在征战，忧国忧民，才有此问。"

大王一脸不高兴，说："你起来吧。"

万喜年说："老臣不敢起。"

大王说："为什么？"

万喜年说："本来，老臣担心这唐慕天留在军中，早晚是个祸害。原想一刀宰了，绝了祸根。可一听他说我大罗千秋万代，心里高兴，脑袋一昏，竟然放了，让他离军回乡。如今他造了反，均系老臣一念之错，酿成现在大罗之祸。想到这里，老臣惶恐不安，请大王赐罪。"

大王叹了口气说："他能预知未来，你又怎能知道。不怨你，快起来吧。"

万喜年爬起来，咬着牙说："老臣也没料到，一个算卦的瘸子，会变成国之敌人。到了夜里，每每想起当时没有把他的脑袋砍掉，取其血喂了刀，就恨得老臣咬牙切齿。"

张福堂问："那个铸刀师傅呢？"

万喜年说："说来也怪，那周阿铁后来嗜血铸刀，走火入魔，疯了，自杀了。"

张福堂说："用自己所铸之刀？"

万喜年说："是。"

张福堂说："这反贼还真是神嘴。"

万喜年说："这反贼就靠一张嘴。回乡之后，上山结庐而居。明里摆卦糊口，暗地收买人心。大灾那几年，百姓绝望，让唐慕天钻了空子，借着灾事，蛊惑人心。他利用无知灾民病急乱投医，找他占卜问卦之机，表面宣扬天灾难免、人当自强的便宜道理，实地里鼓吹天灾实乃人祸，朝廷草菅人命的谋逆思想。同时装神弄鬼，借佛道之名散布些灾即是空空即是灾，苦海无边顿悟是岸的消极理论。找他算卦的，有银子给银子，没银子给东西，连东西也没有的，他也照算不误。百姓视他为救命的神仙，纷纷上山求卦。更有人干脆在他山顶茅屋旁边住下，甘拜门下，专心侍奉。

"那年，唐慕天安排手下在山脚下埋了块石头，上刻八字：屠熊屠熊，天地英雄。然后挖出来，称此为天意，就势成立了屠熊会，自命会主，称自己是天地派遣，佛道合一的终极教主，有度人入道，飞升极乐的屠熊大法。百姓大灾之余，无限空虚，膜拜者越来越多。"

大王脸色阴沉，说："这些事情，我怎一概不知！"

万喜年说："大王恕罪！容老臣回禀。这反贼刚有些声势，老臣就倍加注意。当时大灾初定，民不聊生，举国上下，灾后重建，稳定最为重要。唐慕天从精神上抚慰众生，对稳定的确起到了一定的积极作用。老臣着眼大局，采取了观望的态度，所以没有在朝中通报。

"后来，老臣觉得问题有点大了，本着先礼后兵的传统，先派人赴屠熊会。唐慕天表示，屠熊会只是进行一些纯精神层面的学术研究和集体修行活动。我警告他：第一，一旦发现屠熊会中出现惑众乱国的行为，见一个杀一个；第二，作为一个有盈利的民间团体，屠熊会必须严格按照现行相关法例，在当地衙门按时交纳税款。

"可那唐慕天阳奉阴违。表面低调，暗地张扬。屠熊会愈演愈烈，不仅穷苦百姓追随，逐渐竟有富豪加入。唐慕天大肆募集信众钱物，在山顶修屋建宇。起初名叫屠熊别院，而后改名屠熊殿。"

赵海城看着大王的脸，激愤地喊："殿？这不是直接和大王叫板吗？除去王宫，何处敢称殿！"

万喜年说："真正令人发指的是我今天刚收到的消息。"

大王、赵海城、张福堂三人齐声问："什么消息？"

万喜年说："三天前，唐慕天对会众公然声称，他夜得一梦，天神亲授密旨，称我朝非龙朝，是熊朝，是祸害万民的朝廷。他才是真龙化身。天授屠熊之名，正是要他替天行道，揭竿造反，推翻大罗，刺杀大王。"

大王一拍椅子站了起来，说："这还了得？朕是熊，他是龙？笑死朕了。"

万喜年说："因此，老臣来正式请命，镇压屠熊会。"

大王说："镇压！彻底镇压！"

万喜年说："屠熊会和那些小打小闹的小毛贼不同，需集合精兵，举大军剿平。"

大王说："啥也别说了，老万。你亲率大军，速速出发，现在就去，见一个杀一个，还是一贯原则，宁可杀错一万，不要跑了一个。"

万喜年起身跪下，三拜后说："老臣领旨。"

说罢万喜年起身扭头出宫，大王在后面喊："老万，你回来。"

万喜年转身回来。

大王问："这姓唐的，自己算卦说我大罗千秋万代，怎么还敢起兵谋反呢？"

万喜年答："所以说，唐慕天这样，不仅是与天为敌，与大王为敌，更是与他自己为敌。大王不必担心，等老臣的捷报。"

2

万喜年一走，大王长叹一声，说："这年头，算卦的也敢玩造反。"

大王指着墙上的都城地图，说："老赵，你先来说说天冷会的事儿。"

赵海城笑成了一朵花，说："大王洪福，天冷会各类事宜顺风顺水，怎一个顺字了得！"

大王说："历史经验告诉我们，越顺，越可能有隐患。"

赵海城说："大王精辟！老臣也是这么想。老臣时刻谨记大王训导——天冷会不仅仅是各个邦国派人来大罗比比刀子那么简单。一方面，能够举办天冷会，说明我大罗国力强盛，已经跻身于强国之列。我们定要举全国之力，励精图治，把本届天冷会办成有史以来最成功的大会，在列国面前，把大罗的脸露个淋漓尽致。另一方面，冷兵器的制造和使用水平是邦国经济能力、政治能力和军事能力的集中体现，比赛中，我们要力争夺冠，让怀有诚意的羡慕，不怀好意的嫉妒，怀有敌意的害怕。第三方面，俗话说，天冷会一办，银子堆成山。到时，大量外邦人来到大罗，将为大罗的商贸文艺等各个方面带来不可限量的收益。

"我大罗建国时间不长，又经历了大灾和战乱，没参加过往届天冷会。这次所谓十年不鸣，一鸣吓死他们。两年前我就亲率团队，远渡重洋，去举办上届天冷会的甘巴拉国考察，学到不少经验。回来后，我们按照惯例，专门成立了天冷工事部，老臣亲任主任——都是甘巴拉国的洋词，显得专业。

"首先，我们规划了天冷园的建造。当然，整体规划去年也给您看过了。我们在都城北边改道了两条河，砍了七片大林子，捉了三只老虎两头豹子几十头狼无数条蛇，才腾出地儿来。

"天冷会四大比赛项目——刀剑是两个大项，各设一馆，斧钺钩叉箭戟矛枪棍子鞭子流星锤等共用一馆，另有一馆专门用来举办开会盛典和天冷会期间的各种助兴表演，以及各类兵器优胜者的终极比赛馆。这四大场馆现都在如火如荼地建造中。

"还有专门让天冷会组织官员们及各国参赛选手入住就餐的天冷大客栈和大饭庄。还有众多的公用茅房——按照其他国的风俗，茅房都分了男女。还有多个供应各类日常生活用品的大市集。另外，到时人马流量势必十分巨大，所以将用上好石材修建天冷大道，在天冷园中纵横交错，直通王宫。

"总之，请大王放心，天冷园一定保证时间保证质量完成。落成之日，老臣恭请大王去园里走一走，看一看。"

大王点点头，说："那我国参赛的兵刃准备得如何？"

赵海城说："老臣竭力在办。但情况不是特别乐观。老臣召集大罗最好的铜铁匠人在郊外打造兵刃，可至今，还没出现拿得出手的利刃；另，我派队伍在民间地毯式搜罗，只要是铁物，统统收缴上来检验，一把勺子都不放过。但是，前几年，民间禁止私造兵刃，兵器数量大减。并且，民间毕竟是民间，手艺粗糙，原料混杂，也很难出来什么好东西。"

张福堂说："此事不难吧？当年与鱼南开战，不是就靠刀锋剑利取胜吗？那些战时的刀剑哪里去了？万大帅在时，你为何不问问他？"

赵海城说："说到万大帅，老臣有几句话不知当不当讲。"

大王说："讲。"

赵海城说："老臣以为，万大帅对举办天冷会总好像有点情绪。兵刃的事，我自然第一个找他商议。可老万要么说忙，要么说身体有恙，我连找了六次，才见了面。我说，武器兵刃，大帅了若指掌。当年打鱼南，正是大帅率精兵强将持宝刀利刃杀敌立功，壮我国威。如今天冷大会，那些宝刀利刃又能派上用场。

"万大帅冷笑一声，说：'好铁用在刀刃上，好刀用在沙场上。好刀好剑，或杀敌建功，或快意恩仇。比赛，就是虚比画，糟蹋了刀剑。再说，当年鱼南投降，别国调停，签了和约，鱼南献钱献地，大罗把战时所用武器全部销毁。那些刀剑，早已到大炉子里熔了。'"

大王说："是这么回事。"

赵海城说："说熔还真熔了啊？要再打仗怎么办？"

大王说："当时鱼南所献颇丰，就答应了。再说，兵器入库，放上几年，也就锈了，留着无大用。"

张福堂说："我可听说——但我不确定真假——我听说万大帅有一把用上古神铁打造的宝刀，正是刚才万大帅提到的那位铸刀师傅所造。"

大王一拍大腿，说："朕想起来了，那年，北边边陲小国进贡我朝一块东西，黑乎乎的，不是金不是银，不是铜不是铁，据说生在天地初分时，长在天地至北极地，吸收了日月精华，世间就这一块。摸上去冷冰冰，握起来沉甸甸。我很不高兴，骂了那进贡使者一通——送我这么个没用的玩意儿干吗。当个镇纸太重，当个板凳太小，一直扔在书房地上垫桌子。当时老万还在边城，来都城禀报工作，在朕书房看见，他喜欢，朕就给了他。"

说到这里，大王一拍大腿，说："没错，我记清楚了，他当时说了一句，这玩意儿能打些刀剑也未可知。"

张福堂说："那定是了。"

大王说："这事儿好办，要真有，等老万打了屠熊会回来，借他一用又有何妨。老赵，你办事朕放心。别的不多说了，朕把这事儿交给你，你多操点心。"

赵海城说："为大王，为大罗，别说操心，就操干老臣全身这把骨头，老臣在所不惜。"

大王说："老张，你有什么说的？"

张福堂说："具体事情老臣没有。刚才万大帅谈到我朝形势，老臣同样喜忧参半。喜的是我大罗国力鼎盛，发展迅猛。忧的是这好势头是把双刃剑，剑越快，越容易伤了自己。打仗受灾的时候，全国反倒容易团结。日子好了，力气就都用来生气了。

"如今，富庶地方，人挤得慌，还不断招来穷苦地方的人。富人家孩子锦衣玉食，穷人家孩子大冷天还光着屁股。这是什么？失衡。小地方的人对故土没了感情，对种地没了热情，大地方的人对人没了感情，只对银子有热情。这是什么？浮躁。究其根本，是人心没了平衡，那就只能躁动。

"怎么办？老臣想，除了各类法例政令严明，还得要让我大罗国民人人领会到大王的体恤爱民之心啊。"

赵海城问："怎么领会？教育？"

张福堂说："不教育不行，那就成了蛮族，要乱。百姓心里失衡浮躁，满脑袋银子房子婊子的根本原因是什么？空虚。怎么能让他们不空虚，除了扬我国威，百业兴盛之外，还要让百姓精神上有所追求。

"但这文化一定得低俗，低俗文化才能抓住大多数。越低俗越好，越低俗大伙儿才越能沉得进去，顾不上想别的。

"最近，我大罗各类文化娱乐场所就有一种很不好的倾向——往高雅处走。举个例子，我听说，都城第一大妓院花满楼，原来很好，达官贵人，贩夫走卒，欢聚一堂，其乐融融。万大帅刚才讲，大罗天时地利，略欠人和。说得没错。可这花满楼，借着提高品位的名义提高价格，这显然是在忽略百姓的文化需求。再者说，难道真的弹点古琴就是高雅？不唱淫曲不说荤笑话就是高雅？不尽然吧。"

赵海城低声插话："我听说——不知真假啊——花满楼好像是万大帅家的产业？"

张福堂说："我不管它是谁的产业，谁跟百姓为敌就是跟我大罗过不去。尤其可怕的是，花满楼带动起一股很不好的风气——大小妓院赌场酒馆纷纷媚雅，提高价格，妓院快成高雅之地了。学问不深银子不多都不敢逛妓院了。门槛高了，进不去的人何处去？大街上滋事，影响安定，遗患无穷。所以，老臣建议，对花满楼进行整顿，扭转这一股追求高雅的歪风邪气，让我大罗的文化重新低俗起来！"

3

几天后，花满楼被勒令停业整顿。

万玉城赶到花满楼，花梨、初九正和牡丹、芍药、芙蓉、水仙、春梅、夏竹、秋兰、冬菊八个头牌坐在一起喝茶。

万玉城一屁股坐下，开口骂："娘的，我爹刚带着兵出了城，就有人使坏。"

芙蓉一笑，说："停业好啊，老娘这两年来除了来身上一晚上都没歇过，终于能穿着衣裳和自家姐妹们喝酒了。"

万玉城瞪她一眼，转头问花梨："什么人来的？怎么说？"

花梨说："这回势头不小。宫里太监总管徐平领着监礼司和御林军一小队人马昨天夜里突然出现，演出中断，客人全部被赶出来。徐平带着大王口谕，说花满楼乱搞淫乱活动，勒令停业，责期整改，以观后效。"

万玉城说："去他娘的大王口谕，一听就是张福堂搞的鬼。他就是眼红，他的飞红院、飞红别院、耕春阁这三个场子加到一起都没咱花满楼进项大。就是绕着弯儿地搅和生意。我这就去找他。"

花梨送万玉城出了门，万玉城说："话说回来，最近花满楼也的确有点跑偏啊。"

花梨说："怎么了？"

万玉城说："当着里面，我也不好说。最近换这批演出人员有问题。初九好是好，可她那琴，人一听就想出家，谁还想着叫姑娘出台。光弹琴，不唱歌，偶尔唱首歌，不是壮怀激烈就是苦大仇深。搞清楚，咱这地方是干人的，不是感人的。还有那个纳兰，一张嘴就像刚被甩了，剩下那几个也给带坏了。不是说不能这样，是不能都这样。你跟他们说说，赶快调整调整。"

花梨点点头，万玉城跳上马车直奔丞相府。

正值初夏，突然天阴，雨洒下来。马蹄在大街的石板上密集作响，溅起朵朵雨花。

到了相府，雨也停了，万玉城挑帘下车。相府门人笑眯眯地跑过来说："万统领好！"

万玉城也笑眯眯地说："丞相在吗？我有要事禀报。"

"丞相在后花园钓鱼。您等着，我去回一声。"

不一会儿，门人出来，领着万玉城往里走。

相府很大，走了很久，才到后花园。

后花园两侧低矮白墙围抱，连接处拱起一个圆门，门两侧悬着木刻对联。

门人立在门口，躬腰说："万统领请进。"

万玉城咧嘴一笑，进了圆门。

张福堂的后花园四周一片空旷，院中间平地凿出一个大圆池子，池中水满与地持平，不知道池子有多深。池中水碧，隐隐随风泛波。池旁一块大石，刻着四个字：深水微澜。

这时雨过天晴，池中波光粼粼，刺人眼睛。

池子中心竖着一根细长圆形石柱，三四人高，两人合抱粗细。需要仰视，才能看见一人盘腿端坐石上，身披蓑衣，头戴草帽。手持细长竹竿弯挑半空，竹竿尽头，一根渔线垂下，在阳光里若隐若现。

万玉城绕着池子走了半圈，心里吃惊。因为他居然没有发现怎么样才能从池边走到池中那个石柱子上。

这时，石柱上那人大喊："玉城贤侄，你找个凉快地方等我一下。"

万玉城原地转了一圈，只看见一圈围墙。连只鸟都没有，一点阴凉没有。

万玉城抬头喊："没事，您先钓着，我在这站会儿。"

张福堂坐在石头柱子上，纹丝不动，偶有风过，渔线在风里似有若无地摇摆。

万玉城站也不是，坐也不是，走也不是，留也不是。站了一会儿，实在累了，干脆盘腿坐在地上，坐了一会儿，坐累了，干脆躺在了地上。睁眼看着晴空万里，一片云也没有。阳光灿烂，天地之间静悄悄，偶尔听见一声鸟叫，可又看不见鸟。就这样看了会儿天，万玉城闭上眼睛，睡着了。

不知过了多久，万玉城忽然睁开眼，坐了起来。张福堂正坐在他对面，笑眯眯地看着他。

万玉城擦了擦嘴角的口水，说："我睡着了。"

张福堂问："睡醒了吗？"

万玉城说："还有点迷糊。"

张福堂说："赶快脱了衣裳。"

万玉城一脸迷茫。

张福堂三下五除二脱个精光，光着屁股走向水池子边，把脚探到水里，哈哈大笑，说："好凉快。"

"快来啊玉城。"张福堂站在大池子边，像个小孩在喊，肥胖肿胀的身体在阳光下白得耀眼。

万玉城愣了一会儿，也脱了衣裳，走向水池子。

张福堂喊："一，二，三！"

两人齐齐跳起，扎进水里。

池水清澈，鱼在两人身体间游窜。两人游到池中央，扒着石柱对头说话。

张福堂问："玉城，你找我何事？"

万玉城愣了愣，忘了自己为什么来了。想了想说："是，福堂伯伯，我有要事汇报。"

张福堂说："什么事？"

万玉城说："我爹带兵出征前交代，让我有事就找您汇报。"

"你爹客气。出了什么事？"

"屠熊会有人到都城了。"

"多少人？"

"不清楚。"

"没关系，你爹出马，不用几天，就平了他们总部，大王对你爹很有信心。"

"可现在人在都城，万一搞点事情出来，吃不消。小侄负责都城日常安全，但凡有一点闪失，兜不起。"

"那你要怎么办？"

"我准备来一次大规模搜捕，把人找出来，以绝后患。"

"搜哪里？"

"小侄想来想去，应该先从各类娱乐场所下手。这些地方，藏污纳垢。"

"怎么搜？"

"我亲率都城守备军，兵分各路，突击扫荡都城大小妓院赌场酒馆。"

"动作大不大？集中行动，副作用大。抓到更好，万一没抓到，影响了百姓的文化娱乐活动，破坏了稳定，得不偿失。"

"屠熊会无小事，大王很关注。有点蛛丝马迹，务必刨根问底。抓到最好，如没抓到，正好借这个机会，肃清肃清文化娱乐场所。"

"怎么肃清？"

"全部勒令停业整顿，所有人员集中培训。然后择优再行录用，以观后效。"

"具体怎么做？"

"从大的开刀，以儆效尤。从花满楼、飞红院、耕春阁这几个开始。"

张福堂眯着眼睛看着万玉城说："你提到花满楼，我倒想起一件事。前几天大王找我谈话，点名批评了花满楼。说它作为业界老大，没有起到引导百姓玩物丧志的作用，反而带头搞高雅文化。大王很生气，当时就要下令关闭花满楼。"

万玉城说："花满楼关了正好，我又省点力气。"

张福堂说："我个人认为，关得有点仓促。我正准备找大王进言，不要把这么大的帽子扣在花满楼顶上。还是尽快开业，及时扭转方向。"

万玉城说："这些妓院，开一个不多，关一个不少。都关了，倒也清净。"

张福堂说："此言差矣。愚民之乐，没了乐子，百姓生事。屠熊会几个人进了都城，天子脚下，也生不了什么大事，百姓生事可就大了，所以先观望一下，不要打草惊蛇。"

万玉城说："好，小侄知道怎么做了。"

张福堂说："说到这个花满楼，我也听到不少议论。木秀于林，风必摧之，花开得最艳，就最容易让人摘下。都是些花花草草，一块土上长着，还是互相照应着一点好啊。"

万玉城没说话。

张福堂说："水凉了，咱们上岸说话。"

穿好衣裳，万玉城行礼告辞。张福堂呵呵一笑，目送万玉城。

走了几步，万玉城回过头来说："福堂伯伯，小侄还有一事想不通。"

张福堂说："何事？"

万玉城说："池子中间那根石柱好几人高，和岸边又没一丝连接，您是怎么上去的呢？"

张福堂一愣，哈哈大笑，说："这是个秘密。"

万玉城咧嘴一笑，说："那小侄就不叨扰了。"

张福堂说："我喜欢一个人坐在上面钓钓鱼，安静。冬天更好，四周白茫茫，对着池子，没有孤舟，也能独钓寒江雪。到时候，你再来玩。"

4

三天后，花满楼照常营业。

在这三天里，万玉城责令花梨召集楼里骨干多次开会，针对目前出现的问题反复斟酌。与会者不约而同地对初九和纳兰如若提出批评。大家一致认为，因为他们俩的表演，花满楼作为最主流和最一流的妓院，现在剑走偏锋。之前就算无人喝彩，可每天座无虚席。现在，叫好不叫座，演出冷清，房事也冷淡。停业前，居然出现了姑娘彻夜独守空房的现象。"这简直是花满楼建楼以来最大的耻辱！"一位昔日头牌愤怒地喊道。

有几位表示，停业这几天，别的场子不断来人来信，许以高职高薪，希望自己跳槽他就。但考虑到花满楼多年的培养和姐妹们的情谊，断然拒绝。

姑娘们群情激愤，初九和纳兰如若低头不语。

花梨首先做出了严厉的自我批评，并且对在座各位以楼为家的主人翁状态表示赞赏。

她说："楼大了，我这个楼主多有不周。花满楼能到今天，是大家一道为花满楼身体力行，呕心沥血。现在，出了问题，大家一起面对。"

会上，花梨当着众人，给了初九和纳兰每人一本《历代艳词辑录》，叮嘱道："你们好好看。"

重新开业后，初九和纳兰如若没有出现在演出名录上。按万玉城的话说，"让他们俩好好调整调整。"

纳兰如若每日关在房间里抱着琵琶打开书，左页春宫，右页艳词。

看了几日，纳兰出门去找花梨。

纳兰说："花姐，你给我那本书，没法唱啊。"

花梨说："怎么没法唱啊，全都城都唱这些，我给你这本最全。"

纳兰说："花姐，跟您说实话，我不是没唱过这些。可我来花满楼，就是想能唱些自己想唱的东西。"

花梨说："等你台上站住脚了，再唱自己的也不迟。"

纳兰说："要唱这些词，我也不必到花满楼来唱。"

花梨说："纳兰，你能明白到哪里都一样最好。至少你能站在最大的这个台子上。只要你还在台上站着，你就会有机会。不然，要么回地摊上唱，要么去别的楼里唱，或者干脆回家关起门，自己唱，想唱什么唱什么。"

纳兰想了想，回房接着调整。

初九调整得也不顺利。花梨抽空就去看看初九。

初九说："姐姐，对不住，我实在唱不了。"

花梨小声说："唱不了，也得唱。你我都活在人家刀下。"

初九说："我明白。我不是不愿意，我试了试，实在唱不了。"

花梨说："妹子，活着都不容易。我比你难。姐姐我也是唱歌出身。那些词真没什么不好。能做得，为什么唱不得？做得欢快，为何唱得痛苦？这是那些文人的做法。你的问题是，你没做过，你还不懂，男欢女爱不能唱，那就没什么能唱的了。回头我得空儿，帮你挑两首比较隐晦的。"

5

万喜年征剿屠熊会顺利得不得了。

他的大军还没到，屠熊会已经跑得没人了。

本来这些穷苦百姓上山造反，就是图个有吃有喝还能尽情吃喝，可一发现可能丢命，那还不如回家饿肚子。

探马报来消息，唐慕天马上召集心腹商讨应对方案。他们点着油灯商讨了一天一夜，熬得脸都绿了，终于定好了三套迎敌方案。可当他们伸着懒腰走出门外，准备部署方案时，发现连门外站岗的喽啰都已经不见了踪影。

他们发现，这个反造得有点草率。可反已经造了，大军已在路上。怎么办？

唐慕天站在山顶仰天长叹，叹完掐指一算，说："此乃大罗气数未尽，屠熊时候没到。众位不要气馁，我们过了此关，东山再起。"

一个心腹小声说："那会主怎么没有早点算出来，咱们好等一等再造反啊。"

唐慕天慢慢说："算出来又能如何？我们起事是顺天时，今日此劫也是天时。不是我算不出来，是算出来也没用。"

另一人说："既然这样，咱们该怎么办？"

唐慕天说："我们当即下山，暂且隐姓埋名，避避风头，等劫数一过，再起风云。"

众心腹马上各自回屋，收拾金银细软，才发现早被其他人偷了个精光。

众人不禁感叹道："这召集的都是什么人啊！"说罢分头下山，各自逃命。

万喜年大军来到山下，一路上山，一个人也没碰到。好像箭离了弦，快射到了，靶没了。不免都有些泄气。

万喜年兵分三路，一路在山上烧烧房子，第二路在远近周围搜寻屠熊会员，第三路，原地掉头，班师回都城。

很快，士兵们抓来数十名屠熊会员。

万喜年亲自审讯，主要是探寻唐慕天和其他几位首领的下落。这十几位都表示逃命逃得太快，没留意。

审来审去，也没审出什么端倪。万喜年又着人调查屠熊会在当地的恶行，查来查去也没查到，倒是发现好多屠熊会做过的善事。只好找了三四个原本就是村里泼皮，后来上山入了屠熊会的恶棍，就地斩了，杀一儆百。

最后，万喜年贴出告示：屠熊会逆谋造反，罪恶滔天。所幸苍天有眼，当朝有福，镇压及时，灭草寇于襁褓，扼祸端于摇篮。天恩浩荡，念百姓穷苦无依，一念之差，受人蛊惑，误入歧途，就地赦免，望改邪归正，安居乐业。屠熊会会首唐慕天及其骨干数人，但有捕获，格杀勿论。凡有揭发其行踪者，重金犒赏。

万喜年取得全面胜利，回到都城。大王高兴，封田赏金。万喜年谦虚地说："不是老臣勇猛，实在是天威厚重，屠熊会望风而逃，不战自破。"

6

初九来到花满楼不过一年，已被誉为都城第一琴师。

所谓第一，不仅是琴弹得好。经过上次的调整，初九像变了一个人。在她手中的古琴和淫词浪曲完美结合的同时，过去那种天然去雕饰的清纯气质和长期吟风弄月形成的奢靡风尘气也奇妙地混合在一起。

每每初九登台，万玉城就会对花梨说："你太会调教了！谁能看出来台上这姑娘一年前还是大街上的小叫花子。你看她那个眼神，那个身段，这就叫颠倒众生。"

花梨语气有点酸，说："这哪是我会调教，这是人家的天分。"

万玉城浑然不觉，说："是，我看也是，干什么也得讲究天分，不服不行。你看，这些词儿，别人一唱，那叫淫荡，初九一唱，简直是淫荡得荡气回肠。淫荡到最高级，跟仙女似的。"

花梨扭头而去。

有一夜，万玉城和花梨正在云雨，到兴奋处，他居然哼起了初九的曲子。花梨把他一把推到身下，冷笑着说："你这是想着谁给咱俩助兴呢？"半个月没让万玉城近身。

纳兰如若也渐入佳境。如果说初九演出像海，那么纳兰就是一条河，百转千折，万种风情。

不断有人找到花梨，提出想与初九一度春宵，而想要纳兰如若的男人也不少。花梨不得不重申："这两位只卖艺不卖身，我们这里只卖身不卖艺的多得是。"但来者仍不绝。

直到万玉城命人在给客人点曲的簿子上注明：演出人员，概不接客，各位客官请自重。

7

这天晚上，万玉城没有留宿花满楼。花梨来到初九的房间里议事。

关好房门，初九说："我昨晚去吃包子了。"

花梨问："有何新指示？"

初九说："还是那两点。一、大罗消息少而无用；二、天冷在即，盗刀一事进展如何。"

花梨说："你怎么回？"

初九说："我只能还那么回，在努力。"

花梨说："愁死我了，别提偷刀了，我来三年，连刀影都没看到。"

初九说："你提起过天冷会和刀的事情吗？"

花梨说："提过。每次提到，他都说，你把花满楼的事情做好就是。刀刀剑剑的不是你应该考虑的。你看他平日里疯疯癫癫，心里明镜似的。该说的没边儿，不该说的一句没有。"

初九说："那怎么办？"

花梨若有所思，好久没说话。

初九说："姐姐，你是不是心里真有姓万的了。"

花梨盯着初九看了看，眼里有了泪。

她说："你我相依为命一年了。姐没什么不能跟你说的，姐的心里话也没有第二个人能说。姐不知道你是什么原因被派来这里，但我想和你讲讲我。"

初九正色道："姐姐，你不一定非告诉我的。"

花梨说："我信你，妹妹。我每天人前风光，花满楼楼主，都城谁人不知。背着人，我眼里流出泪来，再咽回肚子里去。谁能知道？我每天一个人活成两个人，一个放声笑，一个放声哭。热闹的时候，我以为笑着的那个是我；夜深人静，才知道，哭的那个才是我自己。"

"你知道，我是怎么到了今天的吗？"花梨泪流满面。

说到这儿，花梨起身取酒，斟了两杯。端给初九，仰脖喝下，说："姐姐命苦。今儿晚上，陪姐姐喝个痛快。"

初九也把酒干了，看着花梨。

花梨说："姐姐本姓张，长在大罗边城郊外乡下。三岁，我娘一场病，死了。七岁，我爹跟我舅舅一起被抓了去当兵，都死在阵前。我跟着舅妈过活。灾荒一来，我舅妈一两银子把我卖到边城妓院弥香楼。楼里的人都叫我一两。

"那时，弥香楼的楚影和花晨名满边城。花晨喜欢我，认我做了干女儿，因我爱吃梨，就随她姓给了我一个名儿叫花梨。我干娘对我好，有点好吃的就给我，把我收拾得干干净净。十岁，楼里逼我接客，是她死活不让。直到十四岁，我才接客。

"我死也忘不了那一晚，老妈子在门外等着，我干娘给我画了脸，搂着我哭，我也哭，脸又花了。她又给我画了一次。画完对我说，梨儿啊，今天娘护不了你，心疼。我说，娘我不怕。她说，不怕，天黑了，挨过去，天就亮了。

"那人是个老头，二十两银子买我头夜。一直问我疼不疼，我疼得要死，咬着牙不出声。他让我叫。我光哭，死活不叫。他就打我，拽起单子往我嘴里塞。我拼了命，光着身子跑了出去。跑到我干娘房里，看见我干娘在床上接客。我站在地上不知道该怎么办。干娘的客人看见我，笑着说，这儿还有个嫩的。我干娘把他赶出门去，过来抱着我，给我擦腿上的血。我们两个人光着身子抱着哭了半宿。

　　"从那以后，我再没哭过。我知道这是我们的命。从那以后，我什么客都接，只有一条，干娘接过的客人，我不接，我觉得脏。我把我干娘当亲娘。

　　"我十六岁那年，大罗和鱼南重开了边贸。干娘当时已经停牌。有一个鱼南客人老来找她，出手阔绰，还说要花银子赎我干娘，干娘高兴得好像年轻了二十岁。那人说，要带干娘跟他去鱼南，投钱在鱼南也盖个弥香楼，让我干娘做楼主。干娘说，去可以，得带着花梨。那人出银子赎了我俩。

　　"那人是个好人。到了鱼南，果然依着边城弥香楼原样盖了一座。我干娘做楼主，我也再不接客，只帮干娘料理事务。就这样过了半年，这半年是我和干娘过得最好的日子。

　　"好景不长。那人一妻一妾两个老婆，知道了这事，找到楼里。叫我干娘和我打哪儿来回哪儿去。我干娘可怜，被逼得要跳楼。那人听闻，赶了过来，对他两个老婆说，你们要逼她，就是逼我。她不用跳，我跳。俩人不依不饶，指着干娘和我说，一日为娼，终身为妓，边说边打我们。那人对干娘说，本想给你和花梨几天干净日子过，到头来也不清净。说着取过一把刀，当着众人，一刀一个把两个老婆都捅了。捅完，对我干娘说，这样大家都干净了。

　　"那人连杀二人，被判了凌迟，只等秋后。弥香楼封了，我和干娘

174

流落街头，举目无亲。干娘每天跪在衙门口，见人就说，那人是为她杀人，问能不能让她来抵命。

"直到有一天，刘将军带走我们。后来的事就不用多说。刘将军让我来大罗做细作，干娘重开弥香楼。我为了我干娘，干娘为了牢里的那个人。不做，大家都得死。"

初九说："他们就爱这么干。"

花梨说："没办法。都不是为自己活着。干娘说，死易活难。"

初九说："死倒没什么。"

花梨说："自己死没啥。活着，就是想让自己在意的那几个人也活着，还能活好。姐姐我从三岁开始，就是活一天算一天。多活一天都是赚，少活一天也不赔。我干娘对我好，为了她，我怎么活都行。

"开始我不明白，为什么要用我，他们说，这叫以柔克刚，只有至柔能克至刚。"

花梨说到这里哈哈大笑，说："有时想，姐姐我就是妓女的命。好不容易，到了鱼南，再不接客，我以为，我这妓女当到头了。谁知道，一年以后，我还是得回来大罗继续。"

"你没做过。"花梨看着初九，眼泪汪汪地说，"你不知道里面的苦。有人出银子，你就得脱衣裳。你一点不爽，还得拼命地喊爽，只为了能让客人更快一点。客人多了难过，客人少了更难过。我想要让万玉城注意我，只有一个笨办法，就是让找我的客人越来越多。这一点，我很容易就做到了。我做了两个月，找我的人排队排了一个月。我来者不拒，我要保证，每个从我身上下来的人都还想着下一回。

"我这样玩命干，万玉城注意到了我。那天晚上，吩咐让我不去接客，去他房间。到了他房间，他端着酒坐在椅子上，笑着对我说，来，把你在客人身上的本事使一遍，让我明白明白为什么你这么红。"

"第二天，他就再没让我接客。

"后来的事你就知道了。我当了楼主，一年以后，花满楼在都城如日中天。

"玉城对我不错。有了我后，花满楼大小事情他慢慢不管了，全交给我。我只要对他一个人负责。楼里从前的几个头牌不服我，玉城一句话，全赶了出去。

"记得有一次，我从前的一个客人喝多了酒，找到我，让我陪他。我说，对不住了，花梨现在不接客。他说，你个臭婊子，你忘了当时你叫得有多欢了吗？第二天，这个人的尸首就漂在护城河里。玉城没说，但我知道，是他安排人干的。他杀个人不难，但为我杀人，我高兴。"

初九说："那你还记得你的任务吗？"

花梨说："我不记得我有什么任务了，我只记得我干娘。"

初九说："比起你干娘给你的，万玉城给你的好像更多。"

花梨呵呵笑了，说："你明白姐姐我的处境吗？"

初九说："明白。"

花梨说："鱼南国一直给我压力。刚来时，我的任务是杀万喜年和万玉城。我的答复是，杀万玉城简单，杀万喜年难。那边来命令说，只杀万玉城也行。给我三天时间，杀了万玉城。那三天，我和万玉城天天睡在一起，每时每刻在想怎么样杀他。你不知道那是怎样的一种感受。

"我不在乎我的命，我知道，杀了玉城，我还能活着，有人安排我离开。可我下不了手。

"第三天晚上，玉城高兴，和我喝酒。我怀里揣着毒药，挣扎了一个晚上。我有无数次的机会，把药撒进他的酒里。我盯着玉城的酒杯，心里想着，下一杯就下药，下一杯就下药。直到玉城喝完了一壶酒，醉倒了，躺在我的怀里睡了，我都没下药。

"我倒了一杯酒，放了药。抱着玉城说，再喝一杯。他迷迷糊糊地坐起来，接过杯子，眼睛闭着脸上笑着说，花梨，你知道吗？我白天忙来忙去，心里好烦，只盼着晚上赶紧来。和你喝杯酒，躺在你怀里睡着，什么事都不用想，什么话也不用说！说着举杯要喝。我一把打了杯子，抱着他看了一夜。

"第二天，我写了张纸条儿，说我杀不了人，愿意回鱼南谢罪，只求饶了我干娘。我拿着纸条去吃包子，结果收到命令，我的任务变了。不要我杀人，改作让我偷刀。我感觉像我自己死而复生。"

初九问："你现在计划怎么办？"

花梨抹了把眼泪，说："我没计划，但我知道我该怎么办。我知道我和玉城没有结果。"

初九说："你和他这么长时间，连把刀都见不上吗？"

花梨说："说起这把刀，我也奇怪。鱼南国知道万喜年有把绝世宝刀，居然是我干娘说的。平安包子铺给我的任务条上写，花晨道，万喜年处有宝刀，盗之。"

初九说："这不奇怪。鱼南败给大罗，就败在刀上。刀都出在万喜年处。"

花梨说："这个我不奇怪。我是不明白这和我干娘有何关系。"

初九说："也许就是想提醒你，别忘了你的干娘在他们手上。"

花梨说："我也这么想。接到任务的那个晚上，大罗举国欢庆赢得天冷会举办权。大王摆筵，请都城百官喝酒。玉城喝得大醉，来到花满楼。我提起天冷会，玉城冷笑说，比刀？谁的刀能快过我爹那把。我说，那到时候，大元帅拿出刀来，咱大罗岂不是必赢？他说，我爹的刀可不是拿来和别人比的，我爹这把刀，我都只见过一次。

"我问，元帅的刀能有多快？他说，爹有次过生日，高兴，五年没喝酒，那晚喝得不少。我陪他喝到半夜，我爹看着天上的月亮，说，让你看把刀。说完取来一个盒子。对我说，你知道最快的刀有多快吗？我说不知道。我爹端酒站起，大声读了一首诗——李白那首——弃我去者，昨日之日不可留；乱我心者，今日之日多烦忧。长风万里送秋雁，对此可以酣高楼。蓬莱文章建安骨，中间小谢又清发。俱怀逸兴壮思飞，欲上青天揽明月。抽刀断水水更流，举杯销愁愁更愁。人生在世不称意，明朝散发弄扁舟。

"玉城说，爹反复读'抽刀断水水更流，举杯销愁愁更愁'这一句。然后对我说，明白吗？最好的酒可以忘愁，最快的刀可以断水。他让我举起杯，说，你把酒泼出来。我端酒泼在空中，我爹伸手一挥，泼出去的酒被齐齐砍作两段。我爹坐下接着喝酒，我看呆了。第二天，我爹叫我过去，只说了一句，刀之事，勿向外人提。

"我说，谢谢你没把我当外人。玉城说，你当然不是外人。

"从那以后，玉城再没提到过刀的事。好几次我拐弯抹角说到这里，他都不再接茬。"

初九说："那现在怎么办？万玉城尚且只见一次，我们更连边都沾不到。"

花梨说："玉城把我当作一壶能浇愁的酒。但我知道，我不是最好的那壶忘愁酒。我能为他做任何事，他酒一醒，马上能忘我。我没能力让他把刀从万喜年那里拿来。但我现在知道谁有。"

初九说："谁？"

花梨说："你。"

初九说："什么意思？"

花梨说："玉城对你，我能看出来。倘若现在能有一个人让他做任何事，那个人肯定是你。"

8

纳兰如若出事了，因为他打伤了卓老六。

卓老六原先在都城南边开了一个养猪场，都城三分之二的猪肉来自这里。

卓老六年近四十不婚。发达以后，提亲的更多了，卓老六总是微微一笑，不拒不接。

有人说，卓老六只喜欢年轻俊秀的屠宰工。有人来到卓氏猪业，发现这里喂猪宰猪一水儿的少年英俊，个个玉树临风，全身上下一尘不染。

有人发现，这些少年穿戴格外讲究，花银子格外阔绰。

大家都说，他们白天喂猪杀猪，晚上轮流到卓老六房里接受犒赏。

卓老六从来不去任何妓院，直到听说纳兰如若的出现。

从很多年前开始，卓老六的身上就已经再没有出现过任何和猪有关的气味。但他对这一点总是很不自信。他每天洗三次澡，他让手下泡一大盆热水，热水中必须漂满时下开得正艳的鲜花。卓老六躺在水中，四个到六个不等的手下分别负责把他的每个部位搓洗干净。

卓老六仍不放心，他让手下近距离地闻遍全身，确定没有一丝异味，再把从别国重金购来的由奇花异草经年炮制而成的香水从头到脚喷洒一遍，从里到外换上新衣。

这时，他才会坐上异香扑鼻的马车，直奔花满楼。

卓老六的香气往往在隔着半条街的时候就传到了花满楼门口。时间一长，花满楼的看门小子只要刺溜一下鼻子，就会大声喊道："卓掌柜到。"

虽然卓老六深知，第一，花满楼的客人非富即贵，但真正比他腰包鼓的没有几个；第二，没有一个人没吃过他卖出去的猪肉。但这两点都不能让他满意，他更喜欢没人知道他就是那个卖猪肉的寡头。他更希望别人认为他是一个喜欢文艺又不用努力去挣银子的神秘富豪。他很不喜欢听到"猪"这个字眼。如果有人说到这个字，他就会认为这包含着最大的敌意。

每当卓老六身着都城一流裁缝亲手缝制的锦衣，手摇当朝最负盛名的书法名家题写的折扇，香喷喷地坐在花满楼演出台前的时候，纳兰如若在后台的一片脂粉气中就已经准确地闻到了卓老六的气息，他的心就一紧。

纳兰的担心并不多余，整个花满楼都能看出来那位每夜第一个到来，坐在最前台，香气盖过花满楼所有脂粉裙钗的卓掌柜是奔他而来。在别的人演出时，卓老六只是缓缓饮酒，偶尔微微一笑。只有纳兰如若出场时，卓掌柜的眼睛像突然点燃了两支火把，直直地，热热地盯着台上的纳兰如若。纳兰唱什么曲子不重要，重要的是他在唱。只要他在台上，卓老六就能忘掉天地。每当纳兰一曲终了，卓老六犹如从天上掉回地上，软在椅子上，有气无力地一摆手，身后的手下马上往台上送银子。

卓老六非常不喜欢别人送出的赏银比他多，他更不喜欢和别人单纯地比拼银子的重量。他开始赏黄金，当别人也开始送金子的时候，卓老六微微一笑，说："金银何其俗也。"他开始送起了古董字画、翡翠玛瑙。当别人把大盘金银堆在台上时，卓老六的手下经常捧着一个小锦盒缓缓上台，缓缓打开。

花梨总是在这时走上台去，捧过锦盒，里面不是一颗光华夺目的夜明珠，就是一个颤巍巍抖着的祖母绿凤凰钗子。花梨捧着盒子，绕台行走一圈，大声说："卓掌柜洪福！"这个锦盒就盖过了满台黄金白银。

在这个时候，卓老六总是低着脑袋，微微点头，突然抬头，盯着台上的纳兰如若，后者赶紧低下头去。

卓老六作为花满楼唯一一位只看演出从不找姑娘而花银子最多的客人，自然受到最好的礼遇。

纳兰如若数次找到花梨，表示对卓老六这种行为的担心。花梨总是说，你好好唱歌，别的事你不用管。

花满楼其他人对纳兰的这种担心嗤之以鼻，每当纳兰忧郁地坐在院子里练琵琶的时候，她们总是说："都说当了婊子还想立牌坊，没见过还没当婊子，就先立牌坊的。"

所有人都认为卓老六不会这么单纯下去。尽管大家都知道，卓老六送给纳兰如若的东西，没有一样真正落在纳兰的手里。但这一点早已被忽略不计。大家只关注卓老六还有没有东西可以送，还有什么东西可以送，以及他还要这样不计回报地送到什么时候。

直到这一天，时近中午，花满楼还没有营业，守在大门的一个门子靠着墙根打盹。他似醒非醒地闻到了熟悉的香味，习惯性地站起来大声喊道："卓掌柜到！"旁边的人给了他一巴掌说："你他娘的看看，日头还在天上，卓掌柜这时候还在喂猪呢。"话音未落，立刻住了嘴，因为卓掌柜的马车果然停在了门口。

卓老六依然香气扑鼻地下了马车，门子问："您今儿来得早。咱还没开张呢。"

卓老六说："我找花楼主。"

门童赶忙通报，花梨迎了出来。

落了座，卓老六打开折扇摇了起来，花梨说："卓掌柜好清静，快冬天了还觉得热。"

　　卓老六合上扇子，说："花楼主，我有一事相求。"

　　花梨一笑，说："卓掌柜一句话，别说一事，只要花梨能做到，百事千事尽管提。"

　　卓老六说："我想请咱们花满楼的人挪个地方。"

　　花梨说："这事儿大了，您是让我们关门解散还是怎么着？"

　　卓老六说："我倒不是这个意思。你也知道，我做着点小买卖，买卖做到今年，整整十年。下月有个好日子，我想搞一个十年庆典。请花满楼的演出班子腾一天时间，到我那里演一场。"

　　花梨说："卓掌柜十年大庆，是大事。可我这里夜夜也是宾客盈门，没有出去演的先例。"

　　卓老六说："卓某向来低调。可这十年大庆，想隆重些。不瞒花楼主说，别的唱念做打见得不少，我说句话，都是肯帮忙的。可我就想花满楼的。银子好说，请花楼主斟酌斟酌。"

　　说完卓老六起身告辞。

　　几天后，花梨率花满楼演出班底来到卓氏猪业，卓老六率众夹道欢迎。

　　大家纷纷找到花梨理怨说，好不容易出来一次，就来这么臭烘烘的一个地方，卓掌柜既然只为纳兰，让他一个人来好了，何必大家陪着来看猪。

　　夜色降临，台前一片通明，演出就要开始。台下坐着卓氏猪业数百个人。花梨站在台上说："承蒙卓掌柜抬爱，花满楼在这里谢了。"

　　台下掌声稀拉，卓氏猪业的众多英俊少年眼里闪着冷冷的光。

　　演出开始，在花满楼，历来是初九压轴，今天也改成了纳兰如若。

当纳兰如若上场时，台下少年们眼中的光冷得像一把把刀子。

纳兰如若神情自若，不顾台下冷淡，完成了演出。

只有卓老六始终保持着热情。演出完，他找到花梨说："花楼主，借一步说话。"

两人来到僻静处，卓老六说："花楼主，我对花满楼不薄。"

花梨说："花梨深知。"

卓老六说："今天我的大喜，容我再有一事相求。"

花梨说："卓掌柜尽管吩咐。"

卓老六说："我只求你，让纳兰给我单独弹一夜的琵琶。银子好说。"

花梨说："花满楼的规矩卓掌柜也知道。银子好说，规矩坏了，我也担不起。"

卓老六说："我要是不守规矩，也不必这样。"

花梨找到纳兰如若，说："今夜你不留不行了。你记住，只弹琵琶，别的不谈。弹着琵琶，你就听不见猪叫了。但有他求，不能从。"

花满楼一众离去，只留纳兰如若。

显然，卓老六不仅仅抱着单纯听琵琶的态度。听了两个时辰，卓老六凑到了纳兰身旁，说："如若，你知道吗？你不是在拨着琵琶弦，你是拨我的心弦。"

纳兰说："卓掌柜过誉。"

卓老六说："你的心弦谁来拨？"

纳兰似乎听见窗外猪叫，手上不想再弹，站起身说："卓掌柜，夜阑猪静，我要走了。"

卓老六说："你要给我弹一夜的琵琶。"

纳兰说："琵琶可以弹，只请您坐回去。"

卓老六说："昨晚我做了一个美梦，我梦见我变成了你手里的琵琶，任你弹拨。今夜，放下你的琵琶，弹我好了。"

说着，卓老六开始脱衣裳，纳兰起身开门欲出，打不开门。卓老六哈哈大笑，说："今夜你是我的。"

纳兰靠在门上，对卓老六说："卓掌柜，请自重。"

卓老六说："我早已想你想得没有我自己了，何谈自重？"

纳兰情急，双手雨点一样落在琵琶上，琵琶声骤雨一般响起，卓老六光着身子扑上去，琵琶弦一根根崩断，纳兰把琵琶砸在了卓老六头上。

卓老六伸手摸头，血从指缝中滴落。

卓老六满脸是血，瞪着眼睛不断扑来，琵琶不断砸在他的头上，直到他倒在地上，不再起来。

两天以后，卓老六从昏迷中醒来的第一句话就是："如若，你何苦这样对我。"

手下狠狠地说："那个戏子已被衙门带走，只等您醒来，好问罪于他。"

可当衙门问话时，卓老六却做出了让人吃惊的解释。他说，他是在大醉以后，听纳兰弹琵琶入了神，神魂颠倒，继而走火入魔，夺过琵琶，自己砸了自己。

衙门的人说纳兰自己已经认罪，承认用琵琶砸伤了卓老六。卓老六声称纳兰一派胡言，如果衙门听从纳兰一面之词，欲加之罪，他势必要竭己之力，为纳兰讨个清白。

纳兰是花满楼万统领的人，而卓老六是传说中的都城首富，在衙门上下众人身上使过不少的银子。本来捕快们很头疼，正不知道该怎么处理。看到卓老六这样的情况，正好顺水推舟，乐得两全其美。

纳兰被无罪释放，三天以后重新登台。还没走到台上，他就又闻到了那熟悉的香味。上台一看，卓老六坐在老位置上，神态自若，除了头上缠着金色软纱以外，一切和往常一样。

纳兰一曲终了，迅速回到后台。刚坐下，卓老六走了进来，随从怀抱一个紫红缎面四角镏金的大锦盒跟在后面。

花梨赶忙迎上，后台其他人都围了过来。

花梨赔笑说："卓掌柜，别来无恙？还没赶上登门谢罪，您就来了。"

卓老六说："无恙无恙，谢哪门子罪？"

花梨说："纳兰如若不懂事，还望卓掌柜大人大量，不要放在心上。"

卓老六说："过去的事不必多提。我今天来，是给如若送东西。"

说完，卓老六拿过锦盒，双手捧起，对纳兰说："卓某酒后乱性，头上的伤事小，毁了纳兰的琵琶事大。说来正巧，前天卓某购得这个东西。特意送来，略补卓某过失。"

纳兰站着不知道如何是好。花梨过来捧起锦盒，对纳兰说："卓掌柜一片赤诚，纳兰，你还不赶紧接过？"

纳兰接过锦盒，放在桌上。他左右看看，看到众人的目光都在盼着他打开。他打开锦盒，一把琵琶放在里面。纳兰浑身一抖，抱出琵琶，上下左右看，伸指轻拨了一根弦，弦声清脆而厚重，戛然而止，余音不绝。这一声里，纳兰如若听到了只在传说中出现过的古意，他的眼里掉出泪来。

纳兰缓缓盖上锦盒，说："请卓掌柜收回吧，这把琵琶，纳兰弹不得。"

卓老六脸沉了下来说："是看不起这样东西，还是看不起卓某？"

纳兰说："纳兰不敢。这把琵琶不是凡物，纳兰每日弹唱些淫词滥曲，不配弹它。"

卓老六脸更阴沉了，说："如若，你这么说，我就更不高兴了。宝刀赠英雄，红粉送佳人。这个世上，你若不配弹这把琵琶，我看没人能用。你要不用，不如再用卓某的脑袋砸了它。"

说着，卓老六掀开锦盒，抱出琵琶就往自己的头上砸，顿时一阵琵琶声乱响。花梨等人齐齐过来，按住卓老六。

纳兰哇的一声哭了出来，跪在地上说："纳兰谢卓掌柜知遇大恩。这把琵琶我收了。"

9

那天后，纳兰每晚演出完毕，就坐着卓老六的马车回到卓氏猪业。他的身上出现了和卓老六一样的异香。众人都说他找到了好归宿，他说，这不是归宿，是找到了知音。

对万玉城和花梨来说，这并不是一件好事。因为这样一来，卓老六就不会在花满楼赏东西了，他完全有更多的时间把想送给纳兰的东西当面送出。可如果阻止，那连卓老六日常的银子也收不到了。想来想去，只好睁一只眼闭一只眼。

当纳兰找到知音后，人们自然地想到了初九。事实上，向初九示好的客人比比皆是，其中不乏堪比卓老六的权贵富商。卓老六成功包养纳兰如若，让这些人备受鼓舞。他们仿效卓老六的做法，纷纷加大了赏赐的数量和质量。很多客人四处打听哪里可以买到上好的古琴。都城仅有的几家制作售卖古琴门可罗雀的店铺一下子生意兴隆。之前束之高阁无人问津的琴被纷纷买走，送到了同一个去处。

但大家很快知道，想成为初九的知音，并不是送珍珠玛瑙翡翠猫眼或是一把好琴就能够做到。甚至当他们也表示如果初九不收，他们就用脑袋把琴砸烂的时候，初九依然丝毫不为所动，扭头而去。

又有人发现初九经常在夜半时分，乘着马车到平安包子铺吃几个包子。很快，平安包子铺——包括包子铺旁边的酒摊的生意都比往常好了几倍。这些本是底层百姓吃喝的地方，居然每到夜半，四周总是停满最好的马车。

万玉城对初九夜半出门吃包子的做法很不理解，他表示担心初九的安全。但初九说，她作为一个叫花子初来都城，饿得奄奄一息，是平安包子铺的两个包子让她活了下来。现在，如果隔段时间不吃两个包子，她浑身都不自在。

万玉城说："让包子铺把包子送来花满楼，或者着人去买来不就完了，何必专门去吃。"

初九不依，万玉城只好作罢。为了避免初九受到骚扰，他特派两名守备军的精壮士兵，专门负责陪初九去吃包子。士兵应初九要求，只能骑马远远跟着，远远看着，没有情况发生，绝不近前。

花满楼很多人对初九得到这样的待遇深感不满，她们说，吃包子尚且这样，要是去吃鲍翅该怎么办？

万玉城说："我保护的是花满楼的摇钱树。你们要是能给花满楼带来这么多客人，你们拉屎我也派士兵抬着。"

10

天冷会就要召开。都城的安全级别提升到了最高，万玉城的工作越来越繁忙。

连着几天，万玉城都没来花满楼。这天晚上，他突然出现在后台，花梨过来说："玉城，你脸色不好。"

万玉城说："这几天睡得比狗晚，起得比鸡早。"

花梨说："喝杯茶，今天晚上我好好伺候伺候你。"

万玉城说："初九演完了吗？演完你们过来见我。"

一会儿，初九来到后台，施了一礼。

万玉城对花梨和初九说："屠熊会的人死而复生，秘密集合到一起，渗透到了都城。另外，陆续抓了几个鱼南国的细作。我连审了三夜，鱼南可能趁着天冷会有动作。这段时间都城有点乱，你们都注意着点，和楼里其他人也说一下，能不出去就别出去。"

初九说："万爷，我听说你有天下无双的宝刀，何惧屠熊会？"

万玉城说："你听谁说的。"

花梨说："玉城恕罪，前天晚上我和初九喝酒，天南海北地瞎扯，就和初九讲了。"

万玉城一笑，说："倒也无妨，都不是外人。"

初九说："什么时候，万爷把刀带来，让我们两个开开眼。"

万玉城说："你们还真有这个福气。不知谁跟大王说我爹有把刀。大王找我爹，让我爹把刀借出来，去天冷会上比赛。"

花梨说："啊？借出去了吗？"

万玉城说："还没，我爹视此刀如命，怎肯借去给别人用呢？我爹说，都城安全任务重，那把刀我拿着，以备不测。我爹让我明天去拿刀，晚上我带来给你们开开眼。"

第二天，万玉城早早起来，回到元帅府。

万喜年坐在堂中，捧着刀对万玉城说："我不愿别人碰这把刀。玉城，从今天起，刀你带着。好生保管。"

万玉城接过刀说："玉城明白，人在刀在。"

万玉城料理完事务，天色已晚。他把刀揣在怀里，带着两个手下，来到花满楼。

这天晚上，花满楼里座无虚席，天井中摩肩接踵，万玉城领着两个士兵，挤进人群，像三滴水掉进开水盆里。

万玉城坐到台下第一排为他预留的桌前，对老妈子说："把我昨儿存的酒拿来。"

万玉城注意到旁边桌上两人，衣着朴素，一副乡下人打扮。居然坐在收费最高的第一排，万玉城心想，不知道这又是哪里蹦出来的暴发户。两个人中，一个中年汉子脸带匪气，另一个年轻汉子不时冷冷地打量一眼自己。万玉城眼光过去，那年轻人就扭过头去。

演出已经开始了，花梨讲完话，初九登台唱了一首名叫《剑胆琴心》的新曲子，照例满堂彩。

初九唱完，花满楼八位头牌在台上一字排开。花梨开始拍卖她们的一夜。台下群情激昂，各位头牌的价格一涨再涨。

转眼拍到了最后一位头牌。这时，两个汉子站在台前，提出各用一千两银子买花梨和初九的一夜。

万玉城心里暗自冷笑："不知天高地厚的乡下汉子，敢在花满楼撒野。"

客人借酒撒疯、闹事并不少见，万玉城准备静观其变。可眼看花梨反复解释，这两个汉子不依不饶，他们身后，居然还有好几条汉子，大声叫喊助威。万玉城看见有一个汉子扯开了衣裳，胸前露出刺青大熊。万玉城心中明了，扭头对两个手下低声说："屠熊会。"

万玉城示意手下别动，笑着对那两个男人说："爷在这儿喝酒高兴，谁的裤裆开了，露出了你们两个扫兴的玩意儿？"

两条大汉有眼无珠，反问万玉城："你算哪棵葱？"

万玉城说："我是谁，你们也没有资格知道。今天是个好日子，爷很高兴，别的不说，不愿意扫了这满楼的雅兴。给你们个机会。从哪里来，就滚回哪里去。赶明儿，别让爷在都城里看见你们，算你们捡了条命。"

两条大汉还没看清形势，扭脸对万玉城说："行，这一千两银子你不让我们花出去，你一人给一千两银子，我们哥俩扭头就走。"

万玉城回身坐下，从怀里拿出一把刀，又从身上解下一块玉佩放在桌上刀旁，说："我给花楼主面子，今天晚上不麻烦别人。你们两个要银子，我身上没带那么多。这块翡翠玉佩价值百两黄金。你们要有本事，尽管过来拿。"

在一个汉子伸手去拿玉佩那一刻，万玉城手起刀落，留住半块玉佩和汉子的三根手指。

两个汉子见万玉城身后众人拔刀相向，方才领着后排几条汉子冲出花满楼。台上初九琴声一动，喊价声再次响起。

万玉城吩咐手下追堵仓皇逃走的屠熊会会众。两个时辰以后，闹事的几条汉子在都城大街上被都城守备军团团围住，一举拿下，只是跑了断了手指的那个汉子。

这个插曲过后，花满楼的狂欢似乎更加热烈。万玉城来到后台，把刀放在桌上，对初九和花梨说："过来开眼吧。"

11

大王颁布政令，都城上下，所有人都得时刻保持笑容。万玉城和他的都城守备军也不例外。

每天都有疑似屠熊会会众被一脸笑容的守备军抓获，带到郊外，砍了脑袋。

万玉城到了花满楼，卸下笑容，脸上生疼。他对花梨说："这定又是张福堂的馊主意。花满楼的人就别出去了，初九也别去吃包子了，我的兵现在忙得不够用，没人跟她。"

这天晚上，演出完，初九和花梨说了一声。抱着琴下了台，没有回自己的房间。她从花满楼的后门出去，坐了马车，直奔平安包子铺。

初九进了包子铺，霍平安端来热气腾腾的两个包子，初九吃了一个半，左右看看，无人注意，拿出一张纸条塞进了包子，转身离开。

霍平安收拾了桌子，来到后面，抽出包子里的纸条，看到上面写道：刀已现，择机盗之。

初九上了马车，听着马蹄在都城大街上嗒嗒作响。马车走过一个一个守备军所设关卡，士兵们远远地就认出了这辆花满楼的马车，全部放行。

初九估摸着花满楼应该到了，可马蹄不但没有停下来的意思，反而突然没了青石路上的清脆，似乎跑在了泥上。初九急忙掀开帘子，发现四周一片漆黑，马车奔跑在一条她从没走过的路上。

初九大声喊："停车！"

车夫听到了初九的呼喊，不但没停，反而奋力扬鞭，马车跑得更快了。

初九喊："你再不停车，我要跳了。"

车夫停下车，回过头来一笑，初九看到了一张她从未见过的脸。

车夫回手一拳，初九倒在车里，昏了过去。

12

不知过了多久，初九醒了过来。

她刚睁开眼，听见有人说："会主，妖女醒了。"

一个人笑眯眯地说："我是屠熊会会主唐慕天。"

初九动了动身子，发现自己被绑在椅子上。

唐慕天说："昭阳，给初九姑娘松绑。"

左昭阳过来，解开初九身上的绳子。说："见了会主，你还不赶紧施礼。"

初九揉了揉手，说："你们带我来这里干什么？"

左昭阳说："找你来，了解一点情况。"

初九说："我只会弹琴，什么都不知道。"

唐慕天说："你和我们多讲一点万家的事情，说不定还能放你回去弹琴。"

初九说："我不比你们知道的多，你们还是放了我吧。"

左昭阳说："小姑娘，你应该知道不配合会有什么后果。"

但无论唐慕天和左昭阳如何软硬兼施，威逼利诱，初九始终没有说出一句他们想要听的话。两天两夜过去了，他们俩只好放弃。

左昭阳说："明天誓师大会，我们就在全体兄弟面前，把这妖女宰了，为我们的行动歃血，鼓舞鼓舞兄弟们的士气。"

唐慕天看着初九说："姑娘，你这如花似玉的模样，你自己不觉得可惜，我都为你可惜。"

初九说："你们杀了我吧。"

初九在漆黑的山洞里关了两天。这天晚上，有人进来说："妖女，出来。"

那人领着初九走出山洞，沿着一条小路走向一块大石。初九听见人声鼎沸，从大石那面传来。

她听到左昭阳尖厉的声音："这妖女名叫初九，籍贯父母年龄均无考，号称都城第一琴师，只为这些权贵饮酒时抚琴作乐。前晚，她在花满楼抚琴助客淫兴，夜半吃包子路中，被我兄弟抓来。我们轮番审讯，这个妖女居然死不开口。她平日里，为权贵抚琴，今日，她须为我屠熊会的兄弟们抚琴作歌一首，我们再杀之取其血，为我屠熊会英雄壮行！把初九带上来！"

初九沿着石后凿出的石阶慢慢走上大石。眼前一片大亮。她看到大石下面的山谷中大片空地，四处燃着熊熊火把。一眼望去，黑压压不知道有多少人，这些人分成了三拨坐在地上。大石正中一把椅子，唐慕天端坐椅上，左昭阳站在大石前方。

初九被押到左昭阳身侧，一个壮汉抱着一张桌子放在初九身前，又一个壮汉抱着初九的琴放在了桌子上。

左昭阳断喝一声："妖女初九，你为这满山谷真正的英雄最后唱一首曲子吧！"

初九笑了一笑，轻声说："我站着弹不了琴。"

看着左昭阳咬牙切齿地搬来椅子，催她快唱。初九一笑，坐上木椅，抚琴而歌，唱了那首《剑胆琴心》：

初见君来泪如雨，再见君来雨欲晴。君心似铁弦似剑，英雄如刀琴如虹。江山一骑绝无尘，美人万古泣有声。纵使天地迸裂处，犹记花月满都城。

一曲歌罢，山谷里寂静半响。初九站立起身，听见大石上传来左昭阳的声音。

他说："诸位英雄听明白了，她就是用这样的淫词浪曲迷惑众生。这个只为权贵而歌的妖女，在最后时刻，能为我们苦难的兄弟们唱一曲，是她的福分。来人，押下去斩了，用她的血为我屠熊会的兄弟们壮行！"

13

初九俯下身子，嘴贴着琴，低声说："中秋，我就要回凤凰岛了。"

说完，初九站起身来，走到大石的最前面，两个壮汉过来站在她身后，其中一个抱着刀。左昭阳喝令："跪下！"

初九站着不动。左昭阳伸脚蹬在初九腿后，初九跪在了石上，还要站起，一个壮汉过来摁住，另一个壮汉对准初九脖子，比画几下，高高举起刀来。

山谷中死一样寂静，风吹过，屠熊会的大旗猎猎作响。

众人猛然听见一声大喊："等等！"

壮汉的刀停在半空，初九抬起头，看见一人向着大石走来。左昭阳看得清楚，正是周小铁。

左昭阳大声说："周小铁，怎么又是你？"

周小铁走到石下，曹云鹏跟在后面。周小铁抬头说："请饶这姑娘一命。"

众人一片哗然，左昭阳说："周小铁，你把屠熊会当作什么了？我屠熊会广纳贤才，你既然能来，就是我会之友，我尊称你一声周义士。你不入会不文身，都可容你。可你不断造次，我能容你，这满山谷的兄弟岂能容你。"

周小铁说："你们屠熊会这么多条汉子，做的是替天行道的大事，怎么就不能容一个小姑娘。"

左昭阳说："这个姑娘不是一般的姑娘。她是万家的嫡系。"

唐慕天说："请这位英雄上来说话。"

周小铁走上大石，唐慕天说："你说饶这姑娘一命，凭什么？"

周小铁说："我把万喜年的脑袋给你，换这位姑娘的脑袋。"

唐慕天哈哈大笑，说："这个可以，你拿万喜年的脑袋出来。"

周小铁说："我现在没有，但我有这把刀。"

石下一片哗然，刚才发言那位断了手指的汉子冲到石前，喊道："就是这把刀，砍了我的手指！"

唐慕天看着周小铁说："果然是这把刀伤我的兄弟吗？"

周小铁说："伤你兄弟的是万玉城，和这把刀无关。"

唐慕天说："那你这把刀哪里来的？"

周小铁说："刀从哪里来不重要，重要的是只有这把刀，能够和万喜年的刀相抗衡。"

左昭阳问："何以为证？"

周小铁说："你试试便知。"

说完，周小铁走到初九身后，拔刀轻轻一挥，壮汉手中的刀变为两截，刀尖落在石下，深深扎在泥土之中。壮汉握着半把刀不知所措。

唐慕天说："果然是把好刀。可我要取你性命，留你这把刀，你又能如何？"

周小铁说："你的人再多，也在数十步之外。我就在你面前，五步之内，我们可以看看谁先见血。"

唐慕天哈哈大笑，说："你说得有道理。可你回过头看看。你杀了我，你也走不掉。"

周小铁说："我杀一个够本，多杀一个赚一个。"

左昭阳说："周小铁，为这妖女，你何必如此？"

周小铁说："我为自己，不是为她。你把这个姑娘借我，我就有机会接近万家父子。"

左昭阳说："你又怎么能保证这个妖女能帮你，我今天放了她，明天她就能让姓万的取你性命。"

周小铁说："我今天救她，明天就能杀她。既然都是死里逃生，谁能顾得了那么许多。"

唐慕天心念一动，突然问："小周，你可否告诉我你的生辰八字？"

周小铁愣了一愣，说："你说什么？"

唐慕天说："我看看你有没有这个命。"

左昭阳说："唐会主知晓阴阳，善断生死。"

周小铁冷笑一声，说："我生在戊午年壬戌月丁巳日午时三刻。"

唐慕天扭头看着初九，问："初九，告诉我你的生辰八字。"

初九跪在地上说："我出生的地方，不讲究这些。我只知道，我生在九月初九的早上。"

唐慕天说："你今年多大？"

初九说："今年十九。"

唐慕天手掐兰花指，指在手上飞舞，闭上眼睛，嘴里默念，不一会儿，睁眼叹气说："罢了。"

左昭阳急急问："会主何意？"

唐慕天说："让他们俩去吧。"

左昭阳急了，问道："我会誓师，怎么能临阵突变？"

唐慕天说："天意如此，不变不行。你和大家说一声吧。"

左昭阳沉默一会儿，只好站在石前，大声说："周小铁和初九感屠熊会威势，业已投靠本会，唐会主饶了二人性命。准二人离开，戴罪立功，倘无功，再杀不迟。"

说完，初九站起来，抱着琴随同周小铁下了大石，曹云鹏跑了过来，急急地问："兄弟，你玩英雄救美，怎么也不和哥哥先说上一声？"

屠熊会有人过来，给周小铁、曹云鹏和初九三人眼上蒙了黑布，推上马车，马车离了山谷，向都城方向奔去。

天色将亮，偌大个山谷，只剩下唐慕天和左昭阳站在大石上。左昭阳的心里一阵空。

他憋了半天，对唐慕天说："会主，兄弟们折腾好些日子。你一句话，就把人放了。"

唐慕天说："不是我一句话，是天意不能违。这姓周的是天上熔金销铁之火命，果然有斩龙毙虎之时，那初九是地上之木，命里可燃巨焰，二人匹配，可成大事。姓周的和初九合力，或可灭万。再者，两人均命不该绝，合该相遇，随他们去吧。"

左昭阳默默不语半晌，说："有句话昭阳不知该不该说。"

唐慕天说："你想问，我能算这么多，为什么不给自己算算。"

左昭阳说："昭阳绝无冒犯之意。"

唐慕天说："我能算众生，可我算不了自己。"

第六章

醉者生，梦者死

这话我信。我爹也这么说。他说，
刀有形，人心无形，刀杀人见血，人
心杀人不见血。

——万玉城

1

马蹄声停了，车外的人压低声音说："下车。"

我下了车，马车转瞬不见。我摘掉脸上的黑布，像摘掉一场黑梦。

此刻拂晓。站在潮湿的青石板路上，四周雾气弥漫。透过雾气，我看见曹云鹏和初九站在身边，摘掉黑布，怔怔地看着我。我也看着他们，好久没说话。

站了许久，我说："要不要吃点东西？"

曹云鹏说："好几天没吃点热乎的了。"

初九说："跟我来。"

初九抱着琴在前面行走，我和曹云鹏后面跟着。街上的人睡眼惺忪，恍如仍在梦里。

转了几个弯，迎面一个包子铺，门前插着大旗，上写"平安包子铺"五字。

初九挑帘进门，喊："三屉包子、三碗鸡蛋汤。"

一个中年男人过来，嘴上带笑，满眼疑虑地看着初九，初九说："霍掌柜，还没睡醒啊。"

霍掌柜说："初九姑娘，今天真早。"

初九说："有朋友在，快上包子。"

霍掌柜应声转到后面，过一会儿，端来三屉包子和三碗鸡蛋汤。

初九对曹云鹏说："这个热乎，吃吧。"

我吃得很快，从来没觉得包子和鸡蛋汤这么好吃过。我埋头吃完，抬头看见曹云鹏早已清盘。初九问："要不要再来两屉？"

曹云鹏说："最好再来两瓣蒜。"

吃完，初九喊："结账！"

霍掌柜拿着一杆精短羊毫和徽宣订成的本子过来，笑着说："初九姑娘，签个字，改日一并结算就是。"

初九说："不必了。你记上就是。"

霍掌柜笑一笑，我们三人出了平安包子铺。

2

站在大街上，人已经多了起来，过往的人都打量我们三个。

初九问我："我是不是挺脏的？"

我上下看了看她，说："天亮了，看着是有点脏。"

曹云鹏说："脏倒无妨，关键是衣裳都破了。"

初九说："去哪里能洗把脸？"

我说："你不回花满楼吗？"

初九说："我不回，你们俩有没有去处？"

我想了想说："那只能回'有凤来仪'了。"

我和曹云鹏带着初九回到有凤来仪客栈。刚进门，客栈掌柜就冲了过来，说："你们两个整晚不见，跑哪里去了？店里给你们留了一夜门。"

我说："对不住了，出门办事，不想办了一夜。"

掌柜说："你们两天没交店钱喂马钱了。钱没交，可店让你们住着，马草也一顿没少。"

我说："谢了，我们累得不行，先歇息一会儿，待会儿我出来给你结账。"

掌柜看看初九，说："过了一夜，还领回个姑娘。我们有凤来仪可不是不干不净的小店。你们两个男人带一个姑娘是什么意思？"

我看看初九，说："这是我妹妹，刚从乡下来，舟车劳顿，又脏又累，先借我这里休息片刻，过会子就走。"

客栈掌柜看看初九，又看看我，说："你们兄妹倒是长得挺像。"

我说："我妹子婆家都城有亲戚，只是刚到，不愿意脏乎乎地投奔，来这里洗漱一番，好干干净净见亲戚。"

客栈掌柜又上下左右打量几遍初九，说："我去烧热水，你赶紧着交钱啊。"说完转身去了。

我们三人都松了口气，曹云鹏说："奶奶的，这都城的人，个个比苍蝇还烦，他要再啰唆几句，老子一把火把他客栈点了。"

初九看着我说："你怎么骗人都不眨眼睛，谁是你妹妹？"

我说："人家都说你长得像我，你就当我妹妹，不然你怎么洗澡？"

初九瞪了我一眼，进了房间。我和曹云鹏把炕上收拾过。初九放下琴，坐在炕沿上。我和曹云鹏站在地上，不知道该做什么。

初九说："你们俩怎么不坐？"

我和曹云鹏也坐在了炕沿上。这时，客栈掌柜在门外喊："水热了，要洗快洗。"

初九笑着叫我："哥哥。"

我愣了一下，说："怎么了？"

初九说："妹子要洗澡，跟你借几件衣裳。"

我从炕头扯过我的包裹，打开一看，我的干净衣裳也没几件，都是谢小扇给我亲手缝的衣裳。我干脆打开铺在炕上，说："你看，有你能穿的吗？"

初九拿了两件，转身出去。

不多时，初九推门而入，门外的光线从她后面铺洒进来，我的衣裳在她身上很宽，显得她很小。曹云鹏瞪着眼睛看看初九，说："这个小姑娘，洗干净了，还真是好看。"

初九笑着盘腿坐到炕上，往后一下子躺倒，说："好几天没睡觉，洗了澡好困。"

我说："你要是不介意，就在这里睡会儿，我们俩也去洗洗。"

说完，我和曹云鹏关上门，出来洗澡。

我们俩泡在客栈澡池子里，泡到水都凉了，手指上的肉都陷成一道道沟。曹云鹏靠在池边睡着了，鼾声阵阵。突然一头滑进池子里，呛了口水，咳嗽着说："吓了一跳，做了个梦，还以为他娘的大水来了。"

洗完澡，刮了胡子。我俩出了澡堂，想不出还能再去哪儿，只好回去。

初九蜷在炕上，睡得正香。曹云鹏小声说："能在两个大男人的炕上睡着，这花满楼出来的人是不一样。"

我俩坐在炕的另一边，不知道干点啥。曹云鹏努嘴指指地上的酒坛子。我点点头。

喝了三坛子酒，太阳落山。初九还睡着。直到屋子里点起蜡烛，初九醒了。

她坐在炕上，迷迷瞪瞪看着我俩，说："怎么睡了一觉，认不得你们了。"

曹云鹏说："刚刮了胡子，我都差点认不出自己。"

初九手举烛台跳下炕来，把烛台伸到我脸前，说："刮了胡子，挺俊的。"

曹云鹏把脸凑过来，问："我呢？"

初九说："你还是留着胡子好一些。"

曹云鹏迅速把脸撤了回去。

初九问："你们俩喝酒怎么不叫我？"

我说："要不是你睡觉，我们俩也不喝酒。"

初九说："那咱们一起喝。"

我说："天色已晚，你早点回去吧？"

初九说："饭也不让我吃，酒也不让我喝，就让我回去？"

我说："这酒烈。"

初九说："所以说，你们俩可千万不要让我给喝倒。"

听到这话，我和曹云鹏来了精神。曹云鹏给初九满上一杯。

初九说："干喝啊？"

曹云鹏对我说："给我银子，我去买点下酒东西。"

曹云鹏出了门，初九端起杯对我说："谢谢你。"

我对她笑了笑，端起杯干了。

初九说："明天你和我一起去花满楼。"

我说："我去干吗？"

初九说："你不是要杀万喜年吗？你救我不是为了接近万家父子吗？"

我说："我不那么说，他们能放你吗？我要杀万喜年是真，但跟你没关系。"

初九说："你知道我是花满楼的人，你还敢救我？就不怕我告发？"

我说："你要那么做，我也没办法。"

初九说："你还真相信别人？"

我说："不信，也没办法。"

初九说："那你为什么要杀万喜年？"

我说："他杀了我爹和我娘。"

初九说："你的刀怎么那么快？"

我说："要不是这把刀，我也没必要杀人。"

初九说："你想好怎么杀万喜年了吗？"

我说："没想好。"

初九说："你为什么救我？"

我想了想，看着初九说："我去过花满楼，听过你弹琴。"

初九看着我说："你要喜欢，以后我多给你弹。"

我说："我可再去不起那个地方了。"

初九说："明天我就带你去，帮你杀你的仇人。"

我说："我救你只为不让你死。我不需要你做什么。"

初九说："我不是为了报答你。"

我说："那你为什么帮我？"

初九看了看我说："我一见到你，就喜欢你。"

我笑了，说："你比我还会编故事。"

初九说："好吧，我告诉你，你的仇人也是我的仇人，你杀了他，就是帮我。"

我摇头又笑。

初九说："刚说你容易相信人，马上就不信我。"

我严肃地说："丫头，我和你说的都是真话，血海深仇的事，不是儿戏。"

初九很严肃地说："我也一样。"

我说："好，我信你。你告诉我怎么做。"

初九说："今晚喝酒，明儿你按我说的做就行。"

正说着，曹云鹏提着很多熟肉干果回来。进门说："太不够意思了，我去给你俩买东西，你俩先喝上了。"

我记不清那天晚上喝了多少，好像喝着喝着又出去买了几坛子。我们和初九学会了很多酒令。她说，花满楼的姑娘和客人们就是这么玩着喝酒的。我和曹云鹏被这些五花八门的酒令搞得晕头转向。开始我们还以为，酒量在这儿，输多一点没什么。慢慢发现，我们可不仅仅是输在酒令上。初九喝多喝少都一个样。到后来，我和曹云鹏都仅仅希望自己能够在这个小姑娘面前比另一个男人倒得更慢一点。我很高兴地看见曹云鹏在我之前倒下。紧接着，我就什么都不知道了。

3

第二天早上，睁开眼，发现我躺在炕上，初九躺在我的胳膊上。吓了一跳，赶紧四处看看，所幸曹云鹏四仰八叉躺在地上。

我轻轻把胳膊从初九脑袋下抽出来，走出门去。

客栈掌柜正站在我的房间门口。见我出来，恶狠狠地盯着我大声问："你妹子呢？"

我说："在。"

掌柜说："老曹呢？"

我说："也在。"

掌柜说："你们两男一女同居一室？"

我说："酒喝多了。"

掌柜说："别的我管不了，可你交的两人的店钱，睡三个人，这可不行。"

我说："我补上，一定补上。"

掌柜要走，我突然想起来他今天居然没有面带笑容。我问："掌柜，你为何没笑啊？"

掌柜回头又瞪我一眼说："大王有新令，不能笑了。"

我洗了把脸，正要回房间。初九迎面出来，我说："你起来了？"

初九说："你陪我出去走走。"

我们两沿着大街走，初九一路讲她的计划。一路上，大约有三辆豪华的马车在我们俩身边停下。有人探出头来说："初九姑娘，好些日子没在花满楼见着你了，原来你在逛大街。"

初九一概不理，只顾跟我说话。我说："认识你的人还真不少。"

她说："我现在就你一个熟人。"

我努力回忆昨晚都做了点什么，可脑子里一片空白。想问问初九，又忍住了。

初九交代完她的计划，我们正好走回了有凤来仪客栈。初九去洗脸，我进屋把曹云鹏从地上叫起来，和他交代了几句。

我们三个一起走到大街上，果然看到了城墙上贴的新告示：我大罗泱泱大国，一众嬉皮笑脸，十分不成体统。即日起，恢复平常表情，待人接物之态以凝重肃穆为宜。不可无故发笑，坚决抵制轻浮举止。凡违背者，有损我大罗形象者，初次口头警告，二次杖责三十，三次坐牢五年，四次砍头，五次灭九族。

街上的人个个表情木然，我们三人也面无表情地走向花满楼。

还没到门口，三个门子跑来，纷纷说："初九，你可回来了，快进去吧，楼里都快疯了。"

初九笑笑，带着我和曹云鹏进了花满楼。

4

花满楼所有的人都迎了出来。

我看见花梨跟一个小子说："快去通报万爷。"小子得令，飞一样跑出门去。花梨走到初九面前，两人抱头落泪。

花梨看着我俩问初九："这两位是谁？"

初九说："我来给姐姐介绍——周小铁，曹云鹏。我刚认识的两位朋友。"

花梨招呼人安排我和曹云鹏在大堂坐下，看茶。两人相拥着进了房间。

众人逐渐散去，万玉城急急冲了进来，大声喊："人呢？"

定睛看见了我俩，说："两位客人来早了吧？"

老妈子过来，说："初九姑娘和花姑娘在房间里说话呢，这两位是初九姑娘的朋友。"

万玉城没有答话，径直往房间里走。还没进去，初九和花梨开门出来。

初九施了一礼，轻声说："万爷。"

万玉城上下左右看看，说："小姑奶奶，我让你别去吃包子你偏去，整个都城我翻了个遍，你这是打哪儿冒出来的？"

花梨说："咱们进里面说话。"说着对我和曹云鹏说："两位也进来吧。"

万玉城看看我俩，看看花梨，大步进了房间。众人坐下，花梨关了门。

初九走到万玉城面前，又施一礼说："万爷海涵，初九不懂事，添麻烦了。"

万玉城说："赶紧告诉我，怎么回事？"

初九说："那晚，没听万爷的话，我一个人带了辆车去吃包子。回来的路上，让屠熊会的人劫了去。"

万玉城说："这个我知道，马车我找见了，车夫尸体我也找着了。你说后来。"

初九说："后来，他们把我关在一个山洞里，逼问我万爷的事情。我死活不说，他们要杀我。"

万玉城说："然后呢？"

初九说："就是这两位大哥把我救了出来。"说完指了指我俩。

万玉城扭头看看我和曹云鹏，说："你们俩讲讲。"

我说："我们俩那天晚上在客栈喝酒，喝多了，出门在大街上溜达。迷了方向，一辆马车过来，迷迷糊糊把我们俩拉到一个地方。酒醒了，原来是屠熊会。他们逼着我俩入会，我们俩不从，也被关在山洞里。那晚，有人对我俩说，再不入会就要砍头，我俩好汉不吃眼前亏，就答应了。趁他们不备，逃到了山里。正好碰上两个屠熊会汉子押着初九姑娘，要砍头。我俩不能见死不救，就把初九姑娘救了下来。"

万玉城看着我，过了好久，问："你们还能找到他们藏身的地方吗？"

我说："去时，酒喝得多了。他们用黑布蒙着眼睛。那晚月黑风高，我们没命地跑，只好像记得，那个地方在南边，但能不能找得到不敢保证。"

万玉城扭头问初九："琴呢？"

初九说："琴在。"

万玉城说："难得啊。"

初九说："他们要杀我，我说，我只有一个要求，这把琴从我生来就不离不弃，只愿葬在一起。他们就同意了，两位大哥救我，连琴带了出来。"

万玉城说："押你的人有兵刃吗？"

初九说："他们个个身带利刃。"

万玉城说："这二位了得啊，能在刀下救出人来。"

我说："我们两个还有把子蛮力，对他们心里憎恨，也没想那么多。虽然手无寸铁，但救人心切。我们夺过刀来，杀了那两个汉子。"

万玉城说："打进门，就看着二位眼熟，怎么也想不起来在哪里见过。"

我说："万爷贵人忘事，前些日子，我们兄弟俩来花满楼喝过一次酒，就坐在万爷桌旁。"

万玉城说："是吗？我一点都想不起来。二位在哪里高就？"

我说："我俩打乡下来。我杀猪，他种田。父母早亡，常在一起喝酒，跟亲兄弟一样。攒了点钱，听说都城遍地都是银子挣。就约着一起想来都城做个小买卖。谁料，没见遍地银子，正心里苦，喝酒解闷，遇到这档子事。"

万玉城说："都城没那么好混。"

我说："是啊，要早知道，我们也不来，来了就回不去了。乡里人都知道我俩来都城发财，这么赤条条回去，怕人耻笑，所以苦闷。"

初九说："两位大哥都跟我讲了，初九感念他们救我，答应求万爷赏碗饭吃。"

万玉城说："你们俩有什么能耐？"

我说："我没什么能耐，杀猪是一把好手。老曹种地每年都比别家收得多。"

万玉城说："杀猪种地在我这里都不太合适。卓老六倒是需要杀猪高手，我可以推荐推荐。"

花梨说："这两位一看都是实在人，咱楼里也正缺人。安排个差事还是可以的。"

万玉城说："你们救了初九，忙我要帮。我想想，明天你们来领信儿吧。"

我和曹云鹏赶忙谢过，告退。万玉城说："别急。花梨，你安排厨房，准备准备，留两位喝个薄酒。"

我刚准备推辞，看见初九眨了眨眼，就闭了嘴。万玉城说："你们先坐。我出去一趟。"

花梨和初九带着我和曹云鹏四处参观。我们从一楼开始，盘旋而上，直到四楼。

每个房间的陈设各不相同。有的到处金饰，富丽堂皇；有的四壁图书，桌上墨迹未干，分明一个读书人的房间；有的居然小桥流水人家，要的是乡间野趣；有的整洁肃穆，有如庙堂；有的满壁画着春宫，淫荡不堪。曹云鹏不断发出感慨："怪不得收这么多钱。"

花梨说："我们根据客人的不同需求和姑娘们的各自特点，合体裁衣量身打造，就是想让客人们觉得咱们花满楼是用心的。你们知道，虽然干的事是一样的，但不同的环境，不同的人，感受怎么能一样呢？"

曹云鹏说："我们山下镇上的窑子，就一个黑屋子一张床，吹了灯，摸着都一样。"

花梨笑笑。

我问："咱们有多少位姑娘？"

花梨说："接客的有九十六位姑娘。退下来的姑娘，不愿意离开花满楼的也有二十三人，凡在花满楼工作三年以上的姑娘，不愿从良，或者没人赎身的，我们也给安排差事，终身养着。"

我说："开销可够大的。"

花梨说："可不是。外面都骂花满楼，收费高，可谁知道大有大的难处，多少张嘴等着吃饭，来钱的道儿只有一条。收费再低，就活不下去了。楼里翻新维护改建重修，姑娘们做新衣裳，添新首饰，逢年过节各种福利，挪挪身子都是银子，难啊！"

花梨正抱怨，有老妈子上来说："花姑娘，饭得了。"

花梨说："我们吃饭去。"

吃饭是在五楼，正中一个大厅，进了门，一张大圆桌，可坐得二十人。我，曹云鹏，花梨，初九坐了，老妈子们陆续上菜，桌上堆满了我和曹云鹏见所未见的菜式。

曹云鹏看呆了，说："花姑娘，咱们是多少人吃饭啊？"

花梨说："咱四个，还有玉城，五个。"

曹云鹏说："五个人吃，吃得了这么多吗？"

花梨说："你们两位大功，玉城交代过，不要客气。"

菜上齐了，万玉城进来，走到门边墙角，墙上镶着一朵镏金大花，他搬着金花，向左转了三圈，就听见"嘎吱吱"脑袋上面作响。我抬头一看，房顶从正中裂开，分四瓣闪开，露出硕大四方的一片天，秋高云淡，一行大雁南飞，叫声可闻。

万玉城回到圆桌旁，问："今儿喝什么？"

花梨说："三十年的老白汾酒。"

万玉城说："两位贵客，怎么能喝这个酒。派人去楼下，挖两坛子老边城上来。"

不一会儿，四个小子抬着两坛子酒上来，酒坛子还掉着土渣，封口的绸子早已破旧，依稀可辨血红本色。

万玉城站起来走过去，抬脚把抬酒的一个小子蹬在地上，骂道："真你娘的不会做事，就不能把坛子擦洗擦洗，沾着土就上来，脏了我的地，你给我舔干净。"

小子爬起来，四人七手八脚开酒，忙活半天，打不开。

万玉城从怀里拿出一把刀，拔出鞘，对准酒坛子口一挥，酒坛子纹丝不动，一股酒香却扑了出来。万玉城回刀入鞘，伸手捏着酒坛子盖，轻轻拿起，酒坛子盖齐齐离开酒坛，酒是满的，溢了一地，房里酒香大盛。

初九道了一声："好刀！好酒！"

万玉城扭头对我说："两位兄弟，过来搭把手。"

我和曹云鹏赶忙过去，抬酒到桌前，花梨端来碗，一一斟满。

万玉城端碗站起，说："先干三碗！"

大家连干三碗，曹云鹏抹了把嘴，说："没喝过这么好的酒。"

万玉城哈哈一笑，说："这酒有来头。那年大旱，我爹去边城打仗，大军到了，吃水是个问题。我爹四处勘探水源。那日在深山里，忽地发现一块大石，暴晒在烈日下，居然湿润阴潮，长满绿苔。我爹当即断定这石下有水，叫人移去。最后，用炸药把这石头炸开。石下有股大泉喷涌而出，我爹着人开道引泉，把这泉水直接引到大营之中。这泉水冰凉彻骨，饮之甘甜，我爹说是老天助之。除了满足大军饮用，这水还用来做了两件事。第一，我爹随军带着铸刀师傅，用这水打了一批举世无敌的刀；第二，我爹找来大罗最好的酿酒师傅，用这水酿了一批举世无双的酒。仗打完了，又是几年大灾。有一夜，泉水突然枯了。这酒成了绝响。我爹来都城时，此酒只剩三十六坛。赏给我十坛，这座楼建成那年，喝了两坛，当时名叫弥香楼。后来花梨来了，改名叫花满楼那年，又喝了两坛。现如今只剩六坛。今儿，我们再喝两坛。"

我端酒站起，说："万爷，我兄弟两个乡下小子，怎受得了万爷这般盛意。"

万玉城也端起酒来说："英雄不问出处，这酒也不是谁都配喝。我在都城，身边尽是些纨绔浮浪之辈，两位自己身处险境，还能挺身而出，万某心下佩服。不要客气。"

我点点头，曹云鹏也站了起来，三人连干三碗。

桌上的菜几乎没人动，大家只顾着喝酒，突然乌云压顶，雨滴到酒里，溅起花来。

花梨走上前去，扭动墙上金花，头上又是声声巨响，房顶合在一处。万玉城吩咐一声，众人进来点起无数蜡烛，房间内亮如晴日。

我说："万爷，敢问，你方才开酒的刀可是您所说的和这酒一样的泉水打就？"

万玉城取出刀放在桌上，说："你们不懂，打刀最关键的步骤就是淬火，我爹在边城打出天下无敌的刀，除了是因为用那神泉水，更重要的是，用人血。"

花梨说："什么叫淬火？"

万玉城说："刀成形，得让它冷了，这道工序就叫淬火。刀快不快，全靠这一步。"

花梨说："干吗要用人血淬火？"

万玉城说："天地间流动之液，莫过人血。以此淬刀，所以我大军所用之刀天下无敌。"

花梨说："去哪里找那么多人血啊？"

万玉城说："鱼南国的俘虏多得是。"

我说："万爷这把刀，想必就是用鱼南俘虏之血打成的吧，怪不得如此之快。"

万玉城把刀放在桌上，说："我这把刀和那些还不一样，我这把是刀中之刀，那些刀再快，毕竟是凡刀，比不了。"

我耳里听着，嘴里连喝几大碗酒，心里通通跳，像酒在心里烧。我说："我斗胆，敢问可否把刀借给我看一眼。"

万玉城看看我，说："可以，不过这刀可比你想象的要快，别伤了自己。"

说着把刀递过来，我接过，手里一沉。我仔细把刀慢慢抽了出来，乌黑刀身，隐隐似有血光闪动，眼泪差点忍不住掉了下来。我低着头，咬了咬牙，冷静下来，说："这刀看上去无色无光，不像个宝刀的样子。"

万玉城哈哈一笑："都么说。我当时和我爹也这么说，你猜他怎么着？"

我说："怎么着？"

万玉城端起酒杯，见上面是屋顶。放下酒杯，对花梨说："你出去看看还下不下雨。"

花梨出门进来说："不下了。"

万玉城说："把屋顶打开。"

花梨过去抱着金花扭了一圈，屋顶再次打开，天色已经有些暗了，月亮若隐若现挂在天上。

万玉城举杯对着月亮大声读："弃我去者，昨日之日不可留；乱我心者，今日之日多烦忧。长风万里送秋雁，对此可以酣高楼。蓬莱文章建安骨，中间小谢又清发。俱怀逸兴壮思飞，欲上青天揽明月。抽刀断水水更流，举杯销愁愁更愁。人生在世不称意，明朝散发弄扁舟。"

读完，万玉城对我说："你端一杯酒。"

我不明其意，端酒站起。万玉城说："把酒泼出来。"

我端杯扬手一泼。烛光下，酒像一道金链甩在半空，万玉城挥刀砍向这道金链。刀过去，这道酒从中间齐齐斩为两段，跌在地上。

大家目瞪口呆。万玉城说："我爹说，水乃至柔，唯有至刚能克至柔，世间至刚，唯有此刀。"

初九突然问："万爷，这刀只有一把吗？"

我看着初九，瞪大了眼睛，初九咧嘴一笑。

万玉城说："初九，你知道什么叫天下无双吗？我到现在，只知道两个东西天下无双，第一就是你的琴，第二就是我这把刀。"

初九说："万爷抬举了，我这琴如何能与万爷的宝刀相比呢。"

万玉城说："不必谦虚，我说得没错。"

接着扭头对我说："你还没听过我们初九弹琴，听过，就知道我说得没错了。弹琴不好的，只到耳朵里，弹得好的，能到心里，初九弹琴，能到血里。"

初九说："万爷，我拿我的琴换您的刀，如何？"

万玉城哈哈一笑，说："只要你愿意，换什么都行。"

初九捧过琴来，举到万玉城面前，说："现在就换。"

万玉城说："你要这刀有什么用，我要这琴有什么用？"

初九说："初九就想看万爷是真愿意还是假愿意。"

万玉城愣了一愣，突然放声大笑，看着花梨说："我愿意跟你换，花楼主可不愿意，你没了这把琴，晚上的演出怎么办？"

花梨笑着说："楼又不是我的，你拿这楼换东西我也没什么好说的。"

万玉城说："还不是你的啊，我现在来都跟客人似的——初九，良辰美景，你正好给大家来一曲。"

初九看看我，说："好吧，我弹一曲可以，你们各喝三大杯。"

万玉城说："他们很快就知道，能听你弹琴，喝五坛子都行。"

初九搬把椅子坐在中央，看着我说："万爷说了，两位救我，初九无以为报，送一首歌。"

说完琴声一动，唱了起来："玉炉冰簟鸳鸯锦，粉融香汗流山枕。帘外辘轳声，敛眉含笑惊。柳阴烟漠漠，低鬓蝉钗落。须作一生拚，尽君今日欢。"

初九连唱数遍"须作一生拚，尽君今日欢"。

头顶的天空暗了，月亮亮了。初九唱完，万玉城鼓起掌。曹云鹏说："真好听。"

万玉城说："我爹说得不对，至柔的不是水，是我们初九的歌声，这刀再刚，砍不断这歌声。"

初九说："万爷说得再好，还是舍不得拿刀换我的琴。"

万玉城说："小姑娘家，要把刀干吗？"

初九说："我就觉得好玩，一把刀怎么就能那么快。"

万玉城说："这真没什么好玩的，离它远点比较好。"

一坛子酒喝光，万玉城要开第二坛，花梨说："玉城，喝差不多就行了。"

万玉城说："那怎么行，初九的恩人在，要尽兴。"

他把刀递给我，要说话，突然愣了愣，转回头问初九："你这恩公叫什么名字我都给忘了。"

我说："我叫周小铁。"

万玉城说："听着耳熟。周小铁，你去把那坛子酒开了。"

我拿刀过去，挥刀砍了坛盖，提着坛子来到桌前，给大家都斟上了。万玉城说："小铁，刀使得够熟的。"

我说："万爷忘了，我是杀猪的。"

万玉城哈哈大笑，拍着脑门说："是忘了，忘了。可你杀猪用的刀能和这把刀一样吗？"

我说："只要是刀，就差不多。"

万玉城说："刀和刀怎么能一样呢？有的刀杀猪，有的刀砍人，有的刀什么都不砍，就是让人看着。"

我说："心里有刀，手上没刀，照样杀人。"

万玉城说："这话我信。我爹也这么说。他说，刀有形，人心无形，刀杀人见血，人心杀人不见血。"

曹云鹏说："你们说得我听不懂了。这样的好酒，不赶紧喝还等什么？"

万玉城说："好，不要多说了。现在明月高照，美人奏琴，好酒满斟，朋友对坐，此时此刻，夫复何求？干了！"

5

第二天上午，我还睡着，迷迷糊糊醒来，发现自己躺在有凤来仪的炕上。初九站在我的炕前，笑意盈盈。

我看看身旁，不见曹云鹏，说："我是怎么回来的？老曹呢？"

初九说："你们都喝多了，老曹躺在地上抬都抬不起来，干脆给他盖了被子，就在花满楼睡了。两个小子扶着你把你送回来的。"

我说："是吗？我没说错什么做错什么吧？"

初九说："挺好，万玉城好像和你还挺投机。"

我说："那你呢，你怎么也在这儿？"

初九说："我一大早起来，来看看你。"

我坐起来，晃了晃头，头就像不是我的，疼得恨不得摘下来。

初九说："我给你买了包子，冲了杯茶，快吃一点，好受一些。"

我看见桌子上热气腾腾的四个包子一杯茶，初九给我拿来一个，刚吃一口，差点吐出来。我倒下，说："还是让我再睡一会儿吧。"

初九脱鞋上炕，盘腿坐着，把我的脑袋抬起来放在她的腿上，使劲按我的头顶。边按边说："这样是不是舒服一点？"

确实舒服，我也就没说什么，就让她这么按着。按着按着我又睡着了，不知过了多长时间，又醒来，初九还是这么按着。我说："你不累吗？"

初九说："不累，就是也有点困。"

我说："对啊，你昨天也喝了不少。你不头疼吗？"

初九说："酒倒没事，我还演出了呢，就是没睡好。"

我说："干吗没睡好？"

初九说："一睡着就梦见你，一醒来就想你，没睡好。"

我抬眼看看她，说："你想我什么？"

初九说："我想和你睡觉。"

我吓了一跳，忽地坐起，脑门撞了初九的下巴，头更晕了。初九揉着下巴说："你很害怕吗？"

我说："倒也不是，你要想睡，就躺在这里睡。"

初九说："我想抱着你睡。"

初九说着扑了上来，抱住我的脖子。我浑身一阵无力，只好也躺下了。

就这样抱着躺了一会儿，初九问我："接下来应该怎么做？"

我实在忍不住了，伸手脱初九的衣裳，初九浑身颤抖，我的手碰到她的肩膀，手指滚烫。初九看着我说："你会吗？我不会。"

我当然会，我一层一层脱了初九的衣裳，直到脱掉最后一个兜肚。

雪白的初九躺在我的面前，我脑中一片空白，不由分说，把自己衣裳扒光，扑了上去。

初九喊疼，我也没在意，完了一看，炕上一片血迹。

我说："你是第一次？"

初九点点头。我没说话，心里一阵慌。我们俩分开躺着，看着屋顶。

初九想了一会儿说："那天在屠熊会，我看着你从人群中走出来，就觉得你像一个人。"

"谁？"

"琴中秋。"

"这人是干什么的？"

"琴中秋是我父亲，他每天弹琴、喝酒、唱歌，我也不知道他是干什么的。"

"我和他哪儿像？"

"不知道，就是像。"

"你觉得我像你父亲，所以来和我睡觉？"

"那天晚上，他们要杀我，我就想，也好，我马上就要见到琴中秋了，正想着，你就走了出来。我觉得，你就是琴中秋派来救我的。"

"你怎么就直接叫你父亲的名字？"

"怎么不能叫呢，我从小就是这样。你父亲叫什么名字？"

我没有回答。又过了一会儿，初九问我："你喜欢我吗？"

我想了想，说："喜欢。"

初九又笑着过来，抱住了我。我脑中一片空白，再次扑了上去。

完了，我又睡着，突然醒来，发现我躺在有凤来仪客栈的炕上。我浑身精光，初九也浑身精光躺在我的怀里，睡得香甜，脸上带着笑。

我的胳膊麻了，可我要抽走，初九肯定醒了。我就没动，看着她睡觉。

这样躺了很久，初九醒了，看着我不说话。我说："你想什么呢？"

初九说："我小时候，邻居大婶说，我会变成女人，就是第一个男人让我流血的时候。现在是你让我变成女人。"

我说："这是什么邻居，小小的就和你讲这些。"

初九说："你答应我。"

我说："答应什么？"

初九说："等这一切都风平浪静，你陪我一起去凤凰岛。"

"凤凰岛在哪里？"

"在海上。"

"好啊，我还没见过海呢。"

"那你就是答应我了？"

"我答应你。"

6

我和曹云鹏牵马上街。看我们俩卖马心切，又不懂行情，没人出高价。刚卖掉，就有人过来说："你们俩上当了！"

付了有凤来仪的店钱。客栈掌柜问起我俩的去向，我说："我们俩去花满楼工作。"

掌柜很惊奇，脸上首次出现了真诚的笑，他说："两位可要常回来看看。"

我说："我们住的那个房间，你给我留好了。"掌柜满口答应。

万玉城给我们俩配了刀，封我俩为带刀侍卫。我是左侍卫，曹云鹏是右侍卫。所谓侍卫，就是有事没事四处看看。事实上，都城谁不知道花满楼是万家的地方。没人在此闹事，除了上次屠熊会几个没头脑的闹事结果丢了头脑以外，最多就是偶尔有个把客人酒喝大了，提一些无理要求，对于这样的情况，万玉城的交代就是：一劝二骂三砍。往往不等我们抽出刀来，客人的酒就已经醒了。

我记得有个客人一直换姑娘，去一个姑娘不满意，换一个还不满意，连换六个都不满意。我和曹云鹏及时赶到，走进房间，拔出刀来说，六个你都不满意，我们俩你满不满意。客人只好把前面的六个都叫回来，一晚上花了六晚上的银子。

当然，这种情况仅属个例。花满楼绝不是街边黑店，这里的姑娘从来都是物超所值童叟无欺。即便是刚刚提到的那个客人，事后也不禁感慨，要不是那晚喝多了，怎能有机会享受坐拥六美的盛事？

我和曹云鹏吃住都在楼里，酒饭管饱，独门独屋，每月还有二两饷银，虽然去外面吃几顿饭喝几次酒也就没了，但好在衣食住无忧，也不用花什么银子。他们都说，这真是一份好工作。

我和老曹每天早上起来，吃早饭，四处转转，吃午饭，下午时分，客人上门，我们楼里楼外再看看，吃饭，夜半时分，楼里静了，再吃饭。周而复始，数月如一日。

楼前的叶黄了，叶掉了，直到一天早上，打开门，雪满都城，白茫茫一片。楼里给大伙量身子做棉衣，花梨对曹云鹏说："老曹，给你做棉衣得用两个人的料。"

曹云鹏决心让自己瘦下来，可每当看到酒肉上来，他的决心就不见踪影。尤其是夜半时分，我们俩陪初九去平安包子铺的时候，他总是不顾任务在身，吃一个包子就四瓣蒜。

偶尔，我和曹云鹏提起来都城之前的理想，他显得很茫然。他总是说，等机会吧，着急也没用。

我很着急。我好像又回到了几年前，每当夜幕降临，我躺在床上，躺到夜深人静，拿出刀来，左右看看。想想现在的自己，睡在仇人开的妓院里，领着仇人的饷银，看见仇人的儿子的时候，不由自主地满脸堆笑。越想越急，越急越没办法。夜夜喝酒，喝醉了更难过。

白天，我作为周左侍卫在花满楼左右巡视，晚上，我作为周小铁躺在床上左右翻转，难以入睡。以前，常常在梦中手刃仇敌，现在，仇敌就在身边，我一筹莫展。好几次，我想，一刀杀了万玉城，也算报了一半的仇，可要是这样做的话，我又何必等到今天？

我能感到屠熊会的人也在盯着我，好几次，我巡视到茅厕的时候，有客人有意无意地让我看到他的屁股，上面文着"者能"二字。我知道，他们是在提醒我，我答应他们的事情。

即使，我杀了万喜年和万玉城，我又怎么能全身而退？

日子就这样一天一天过着，所幸还有初九。

7

每天最开心的，就是站在台下听初九弹琴唱歌。每当台下的客人疯狂行赏，得到初九一个笑容就心满意足的时候，我会站在一角，高兴地想，你们都是瞎忙，那是我的女人。

那些客人我都不在意，让我在意的是万玉城。同是男人，我当然能看出万玉城对初九的心思。让我不高兴的是，每当我和初九悄悄谈起此事，她总是说："不可能，还有花梨姐呢。"

我说，难道你看不见万玉城盯着你的眼神吗？她就说，我只看你，哪里还有眼神看他。

我和初九只能偶尔去有凤来仪客栈幽会。这是我们最幸福的时候。只有在这个时候，我什么都不用想，可片刻过去，所有的事又涌上心头。

初九问我："你怎么了？"

我说："你说我怎么了？我怎么了你不知道吗？"

初九说："慢慢来，别着急。"

我说："我能不急吗？"

初九说："我比你还着急你知道吗？可我们只能一步步来。"

我说："你着急什么？你有什么好着急的。要报仇的又不是你。"

我们经常这样不欢而散，每次我都后悔，初九从来不说什么，尽管下次我仍然如此。

我不明白的事情有很多，比如，初九为什么跟我好？围在她身边有银子有势力有才有貌的比比皆是，她一句话，最高的房子最好的马车都在等着她。虽然大罗严令，除了大王，一夫一妻，但事实上，稍有权势或者略有财力，都是家有娇妻，外面养姿蓄妓。不说别的，自打我来花满楼，就至少有十数个姑娘被富商出银两赎身，置好房屋，雇好仆佣，养在外面。很多大财主养的不止一个。出台的姑娘们尚且如此，初九清白演出姑娘，更是求者如云。

那些富商巨贾不消说，让我印象最深的是一个读书人。长相俊秀，举止斯文，每天一到时候，就干干净净地来到花满楼，没银子坐在前面，就远远地站在后面，只等着初九出场。来得多了，老妈子们就爱调笑他两句说，小相公还不赶快找个姑娘高兴高兴？他脸都红了。他对所有姑娘都没兴趣，只看初九。每天，他都用上好的宣纸，写一首诗，送到后台，只说一句："给初九姑娘。"

有次正好我在后台门口，他把纸送到我的手里，托我转交初九。我说："你何不自己进去给他？"他说："相对无言何如尺素书雁。"

我进去丢给初九，说："你的小相公又送诗了，还吃素数盐，太酸了。"

初九抿嘴一笑，说："不是人家酸，是你喝了醋。"

我悄悄和初九说："说实话，我觉得你俩还挺般配。"

她说："为什么？"

我说："你看，你弹琴唱歌，他写诗作画，才子佳人，戏里都是这样。"

她说："你是不是不想要我了。"

从那以后，每到那个时候，我就正好转到后台门口，等着送诗。初九把小相公的诗每一张都抻展对齐，整整齐齐地放在化妆的桌子前，日子一长，厚厚一摞。我说："你这又是什么意思？"

她说："没什么意思，毕竟人家一番心意。"

我说："人家一番心意，你千万别辜负了。"

那一天，小相公又来送诗，刚站在门口，准备把诗交给我。初九在里面说："让他进来吧。"

我说："兄弟，进去吧。"

小相公脸红了，扭头要走。我拽住他的胳膊，说："有话当面说，不比写诗痛快吗？"

小相公只好走了进去，初九坐在椅子上扭过头来冲他一笑，他连头都不敢抬。

初九说："多谢了，每日费心。"

小相公红着脸不说话。

初九说："我数了数，连今天这一张，整整一百张。难为你了——你写了一百首诗，你现在提个要求，我来还你。"

我很担心这小子提出过分的要求，所幸他还是不说话。沉默了半天，他抬起头来说："我没什么要求，只是想写给你。"

初九从桌上捧起那厚厚一摞纸过来说："我不值得你写这些的，你找个好姑娘写给她吧。你从这一百首里挑一首出来，赶明儿你来，我唱给你听。但往后，就别再往这儿送了。"

小相公低头不语，接过纸来，一张张翻过，眼泪滴在纸上。挑了一张，递给初九。我凑过去一看，上面写着：初闻初九声，恍见中秋月。月缺复月圆，声残万籁绝。

初九说："我也喜欢这首。你去吧。"

第二天晚上，我看见小相公穿戴异常整齐，早早站在人群中。

初九登台说道："我下面唱这首诗送给一位朋友，匆匆而就，聊表谢意。"

说罢抚琴而歌，唱的正是小相公所作。我看见小相公在下面听得浑身颤抖，泪流满面。初九唱完，他转身而去，后来再没见过。

8

这天晚上，我陪初九去吃包子。

冬天的都城大街清冷寂静，平安包子铺的热气显得格外升腾。到了门口，一人正往外走。突然站住，盯着我看，我也盯着他看，似曾眼熟。

那人看着我大喊："你不是周小铁吗？"

我仔细看他，认了出来。原来是北门镇上开酒店的老宋，在北门镇时，我常去他的小酒店喝酒。

老宋说："你怎么在这里？"

初九回头，我说："你先进去，我和老乡说几句话。"

初九点点头进去。我和老宋站在外面说话。

我说："你怎么在这里？"

老宋说："你还问我，你怎么在这里？谢小扇找你找得快要疯了！"

我心里一紧，说："你说什么？"

老宋说："你都不知道吗？"

我说："知道什么？你快说！"

老宋说："你岳丈谢忠贵骡马生意败了，死了。你老婆谢小扇抱着儿子去边城找你，找不着。你居然在这里和姑娘吃包子。"

我说："他们现在怎么样？"

老宋说："我出来两个月了，他们现在怎么样我不知道。你快回去看看吧。"

我说："我在这里有事。你什么时候回去？"

老宋说："我三天后回去。"

我说："劳烦你回去和我的家人说一声，说我在都城，一切都好，不要挂念。"

老宋说："话我可以传，但我还是劝你赶紧回去看看，什么事能比老婆孩子更重要呢？"

我说："事成之后，我马上回去。"

老宋看看我说："还有找你的呢。我来之前，朝廷派人到北门四处打听，说是要开什么比刀子大会，有人说了，没人的刀比我们这里杀猪的周小铁更快。他们去了你家，你老婆说家里也找不着你。说你去了边城，那些人可能去边城找你了。"

我说："你怎么回北门，多长时间能够回去？"

老宋说："咱老百姓，能怎么回去，用腿走啊，三天后走，过年前准能回去。"

我说："宋大哥，我送你一匹快马，劳烦你赶快回去，替我传个话。"

老宋说："那敢情好。可是，这一路上喂马还不知道要花多少银子。"

我说："不必多虑，我再给你几两银子，辛苦了。"

三天以后，我买了一匹马，来到有凤来仪客栈门口，老宋在这里等着我。我另外封了五两银子和一封家书，托他带回。

老宋说："你老婆要问我，你在都城做什么，什么时候回去，我怎么说？"

我说："我在都城最大的屠宰场做屠夫，过得很好，再干一段时间，我就要自己开屠宰场了，到时我会回去，把他们一并接来。"

老宋骑马而去。

我回到楼里，找到初九说："到底什么时候，我才能见到万喜年？要还是不行，我就冲进大帅府，结果了万喜年，不用你帮忙了。"

"那样要行，我们还用等到今天？小铁，你怎么了？"

"我怎么了？你别老问我怎么了行吗？我来都城，可不是他娘的要在这儿给一帮婊子当侍卫。"

"我不是一直在想两全之策吗？你现在就可以带着刀去大帅府，可你能进去吗？就算能进去，你能找到万喜年吗？就算找到了，你能杀得了他吗？就算杀了，你怎么办？你能活着出来吗？"

"我也想不了那么多了。总比在这儿窝着强。"

"你以为我愿意在这儿每天卖唱吗？我为了什么你知道吗？"

"我不知道你为了什么，我现在都不知道我自己为了什么。"

"你忘了你答应我什么了？"

"我答应你什么了？"

"你答应我，事成之后，和我去凤凰岛，忘了这里所有的人和所有的事，我们一起打鱼，喝酒，生好几个孩子，一起活到老死。"

"我答应过你吗？"

初九看着我不说话。

我叹了口气说："我正是因为想早日那样，才这么着急。我不知道还得等到什么时候。"

9

曹云鹏眼里只有花梨。从他看花梨的眼神中，我就知道这个人已经完全忘掉了来都城的目的。我不止一次地问他，老曹，你还记得我们来都城前，你说过你的理想吗？

他说："我有说过吗？"

我说："你说过。你对我说，你要做一件轰轰烈烈的大事，你要替天下人杀两个人。"

他说："你要不说，我都快要忘了，现在这不是杀不了吗？"

我说："花梨是万玉城的人，我劝你不要痴心妄想，惹火上身。"

他说："姓万的对花梨一点都不好，他就把她当成替他挣银子的工具，他要是真对花梨好，为什么还要让她每天抛头露面，我看不惯。他霸占着花梨，又对初九有心思，你看不出来？"

我说："万玉城能给花梨的你给不了。我们说过，来花满楼就是为了接近万家，好下手。你不要忘了。"

他说："我没忘，你只顾和初九谈情说爱，我都看在眼里。你又做了什么？"

说到这儿，我无话可说。

我和初九的事，只有曹云鹏知道。在别人面前，初九和我都刻意保持着距离。但时间一长，众人还是看得出来一些端倪。

有一天，初九对我说："万玉城找我了。"

"找你做什么？"

"他让我离你远一点。"

"凭什么？"

"他说，我和一个乡下来的屠夫没有未来。"

"不是咱俩没有未来，是他想和你有未来吧。要不是花梨，他早就下手了。"

万玉城对我的态度也开始变了，多次指责我态度不端正，说我护楼不力。我说，楼里不是好好的吗？他说，要等到出事就晚了。他下令，改由曹云鹏做初九的贴身侍卫，往后初九吃包子，概由曹云鹏作陪。

有一夜，盗贼潜入花满楼，盗走数位姑娘首饰细软。那夜正是我当班，万玉城大为光火，撤了我的刀，停了我的职。花梨和初九当面求情，我才被责令自行反省，视反省情况，择时再用。

第七章

郎心似铁

操你娘的周小铁，我儿子要是没了，老娘我要你碎尸万段！

——谢小扇

1

黑狗出生那晚，北门镇阴云密布。北门镇第一接生婆黄婆早早到谢家候着。

谢忠贵在西厢房早早备了一坛"天地红"，这是北门镇的规矩。男女合婚，女方长辈即取当年或来年高粱地里最红、穗最饱满的高粱酿酒，年景好时，一亩高粱地，也大约能取一秆两秆。只酿一坛，余者四处丢洒在山间河流。而酿造这一坛，总要数百上千秆高粱。故规矩虽有，也往往只有富足人家才能做到。尤其大灾刚过，谢忠贵为了这一坛酒没少花力气。

一坛子酒，在姑娘临盆当夜分为三份，第一份让接生婆在接生前洗手，第二份让孩子降生剪了脐带后洗澡，第三份用来举家饮酒庆祝。

那天下午，谢小扇羊水大破，周小铁来到后院骡马圈里，牵了一头驴，骑着直奔黄婆家中。黄婆早已收拾停当，头发身上一尘不染，坐在自家门口，缓缓喝了杯浓到发黑的大叶子茶。看着驴跑近，站起来，对气急败坏的周小铁说："别急，生有时辰死有命，时候还没到呢。"

黄婆年过古稀之人，上驴的架势比周小铁还利索。两人还没到谢家门口，远远就听见谢小扇哭爹喊娘的声音。谢忠贵站在院子里，搓手跺脚满院子来回走，嘴里嘟囔："你娘死得早，喊也没用。你爹在，也是干着急。"看见黄婆落驴，谢忠贵几步跑过来，说："您老人家可是来了。"

黄婆没说话，先进谢小扇屋里看了一遭。走出来说："且得一会儿呢。不急，先喝着茶。"

谢忠贵陪黄婆在西厢房喝着茶，周小铁进屋陪着谢小扇。正是炎夏，谢小扇汗如雨下，脸色苍白，抓着周小铁的手，只是叫喊，不说话。

天渐渐黑了，黄婆进屋摸了摸谢小扇肚子，说："再过两个时辰。"

谢小扇听见此言，放声大哭，说："怎么这么费劲啊！"

黄婆一笑，说："二十三年前，我从你娘肚子里接你，你娘也这么说。这一转眼，就到你了。急也没用，女人辈辈都这么过来。"

天突然大阴，一片云如同一片墨罩在北门镇上空，似有雨，却迟迟不下，闷热得要死。

谢忠贵几次想催黄婆再到屋里看看，黄婆却只顾一边喝茶，一边扯些不咸不淡的闲话。谢忠贵有一搭没一搭地应承着，黄婆说："你老婆当年生小扇的时候，也没见你这么急过。"谢忠贵说："我老婆要还活着，我也不用这么急。姑娘受罪啊。"

谢忠贵问："您看小扇，是男是女？"

黄婆说："是男是女，生了便知。"

又喝了两壶茶，黄婆说："倒酒。"

谢忠贵像被抽了一鞭的驴，奔去抱起那坛子"天地红"，咕咚咕咚倒在一口铜盆里。黄婆伸手在盆里仔细搓洗，足足洗了一炷香工夫。然后把一把剪刀放进酒里，又洗了一炷香工夫。黄婆说："换酒。"谢忠贵把这盆酒倒了，捧过坛子，又倒一盆。

黄婆端着铜盆来到谢小扇屋里，对周小铁说："你出去吧。"

谢忠贵和周小铁站在屋外，你看看我我看看你，也不知道说什么，只等屋里消息。

半个时辰过后，谢小扇的叫喊声突然平息下来。黄婆破门而出，两手淌血，握着那把剪子。黄婆厉声说："不好，这孩子屁股朝前，脐带缠着脖子，生不下来。"

谢忠贵睁大眼睛，说："这可如何是好？"

"你们要大的，还是要小的。"黄婆说。

"要大的怎么讲？要小的怎么讲？"周小铁大喊。

"要大的，把孩子硬拖出来，生死不保，要小的，剪开下面，大人生死不保。"黄婆也大喊。

"我都要。"周小铁说。

"爷爷你别都要，都要，没准都要不成。"黄婆急了。

"还有什么办法吗？"周小铁说。

黄婆摇头。

周小铁突然像箭一样射到自己屋里，转瞬间，提着把刀射了回来，对黄婆说："让我来吧。"

谢忠贵和黄婆同时说："你要干什么？"

"人我没做过，猪我可做得不少。劳烦您准备针线。"周小铁对黄婆说。然后扭头对谢忠贵说："爹，您去准备最好的止血疗伤药。"说罢冲进屋里。

谢小扇躺在炕上奄奄一息。

周小铁撩起谢小扇被血染红的裙摆，烛光下肚皮雪白。周小铁把刀扔到铜盆"天地红"里，双手浸入，泡了一炷香工夫，又拿出刀来，在烛下左右烧过。这时，黄婆拿着针线跑进屋来，周小铁说："穿好针线，酒里泡着。"

说罢，周小铁举刀在谢小扇肚子上左右比画。黄婆看着心惊："小铁，你可有把握？"

周小铁说："顾不了那么多了。"说着，手起刀落，谢小扇雪白肚皮上多了四五寸长浅浅的一道印子。转眼间，印子渗出血来，越渗越多，黄婆扭过头去，不敢再看。

周小铁把刀扔进酒里，扒开谢小扇肚皮上的印子，伸手进去左右摸索。等黄婆再扭过头来，看见周小铁双手捧着一个血淋淋的肉团，脐带缠着肉团数圈，连着谢小扇肚皮，谢小扇的肚子瘪了下去。

周小铁一手托着肉团，一手伸进铜盆，提刀一挥，脐带断为两截。周小铁把肉团扔给黄婆，伸手从谢小扇肚子里扯出胎盘，扔在一边。拽出酒里针线，在谢小扇肚皮上飞针走线。

谢忠贵在屋外高喊："药来了。"黄婆大声喊："是个爷们儿！"递出铜盆，取进药来，周小铁已然缝好，取药涂抹在谢小扇肚皮上。血渐渐不流了。

谢忠贵在屋外高喊："酒来了。"黄婆端进盆来，把孩子泡进去，搓洗一番，头冲下拎出，伸手在屁股上重重一巴掌，孩子没有反应。连打三巴掌，还是没有反应。黄婆急得脸都黄了。周小铁凑过头看了看，说："这不是眨着眼呢吗？"

黄婆把孩子头朝上，脸对脸看看，急忙把孩子丢给周小铁，大喊："真在眨眼，我接生五十年，没见过这样的。"

2

回到西厢房，谢忠贵端酒过来，黄婆连饮三杯。谢忠贵拿过早已封好的银子递给黄婆，说："辛苦了。"

黄婆笑笑，推辞不受。谢忠贵再三递上，黄婆说："银子我绝不能要，酒我倒想再喝两杯。"

谢忠贵只好再敬酒，黄婆又喝了几杯，起身要走，谢忠贵赶忙送出门去，临到门口，黄婆站住，说了一句："打今儿起，我再不接生了。"

果然，黄婆从此再不接生。北门镇的人对于黄婆从谢家出来后出现的这个变化颇多猜测。面对猜测，黄婆总是笑而不答。

谢小扇在第三天醒来。醒来就看到她的儿子躺在身边，眨着眼睛。抱起孩子，她就忘记了肚皮上的剧痛。

这个光眨眼不哭不出声儿的孩子愁死了谢忠贵和周小铁。谢忠贵左右没有办法，出门来到镇外西山上的白云观来找白云道长。白云道长听了他的描述，又问了孩子的生辰，掐指一算，算来算去不得要领。又问谢忠贵："他果然是这个时辰所生？"

"没错。不过……"谢忠贵说，"姑娘难产，生不下来，是我那女婿拿刀割开肚子，取了出来。"

白云道长说："怪不得，他命不该生，用强取出，这八字做不得准，贫道算不了。"

谢忠贵说："不生就得死，无论如何，也是生了，他的命就不可测了？"

白云道长说："阴阳转换一瞬间，即为生。不知生，焉知死，这虽不是我道家语，却有道理。而不知生，遑论生死之间。"

谢忠贵只好下了山，抱着外孙脸对脸眨眼睛。除了不出声，孩子一切正常。谢家三口，喜欢得不得了。

到取名字的时候，谢忠贵说："这孩子生来沉默，就叫周默吧。"又说："默即黑犬，又生在狗年。就取小名叫黑狗，好养活。"

黑狗长到一岁，突然开始夜夜啼哭。谢家三口轮流照看，不能止哭。连哭七夜，谢忠贵只好又来到白云观。白云道长说："这是他前世未断，即来到今世，一年来，所观所想皆是前世，一年阴阳始断，才始啼哭。带我下山看看。"

谢忠贵领着白云道长到家，说来也怪，道长刚一进门，黑狗正在啼哭，看见道长，旋即收声。道长看这孩子眉目清秀，心里高兴，摸摸黑狗的头，看见黑狗头顶正中左右对称两个发旋儿，又看看黑狗掌纹，出门问周小铁说："这孩子是你亲手从娘胎里带出来的？"

周小铁点头。道长说："说句话你莫怪，他与你前世有仇，今生有怨。你身为他父，一定莫离莫忘，好生看管。"

周小铁说："我把他从血污中救出，怎么还能有仇有怨呢？"

道长说："谁说使人生之即为救人？生而不养，莫若不生。"

说完，道长扬长而去。

3

黑狗的到来让谢家上下欢喜无边，但没有让成为父亲的周小铁更加高兴，相反，他突然变得心事重重，这让谢小扇疑惑不解。

周小铁的郁闷一直到了这年除夕，他提着他的刀和一铁壶酒来到他爷爷和父亲的墓前。

他坐在墓前喝酒，边喝边对着那两座坟墓说话。就这样，他从午后直坐到夜晚如同母亲的怀抱一样降临。这天晚上的风很冷，像刀子刮在脸上，远处的镇里传来狗叫，这狗叫声让周小铁想起了铁蛋，以及许多年前铁蛋叫声中那个无比黑暗的夜晚。在这无边的黑暗之中，周小铁仿佛回到了二十年前的边城。他的父亲周阿铁说过的话如同这寒冷的风一样刮在他的脸上。他知道，楚影刀里有着他娘和永不再谋面的弟妹的血和肉，他的父亲用尽最后的力气把楚影刀交给他，不是让他用这把天下最锋利的刀去宰杀那些猪马牛羊。想到这里，往事带来的仇恨和愧疚伴随着烈酒像根火捻子噼噼啪啪烧进他的胸膛，炸得心痛。这粒火种既然再次扎根，他的心里就像长了草一样不能自拔。

周小铁在黑暗中坐了一夜，在夜晚将尽，朝阳的光芒铺满山梁的时候，他跪在地上，对着他父亲周阿铁的坟墓说："爹，我也当爹了。当了爹，我才明白了你。现在，我知道我应该做些什么。"

过完年后的春天，周小铁收拾了行囊。对谢小扇说："你在家照看好爹和黑狗。边城机会多，我去看看有没有发财的机会。"

谢小扇说："我们在这儿不是活得好好的吗？"

周小铁说："我小时在边城，我当时想一定要在这样大的城里做出一番事情来。这是我的理想。"

谢小扇说："那我和黑狗呢？"

周小铁说："给我几年时间，我接你们一起去边城。"

尽管谢忠贵以及全家人都不能理解周小铁的行为，但看到周小铁执意从之的神态，大家都没说什么。

谢小扇拿出两人所有的积蓄交给周小铁，说："到了边城人生地不熟，起头难，不行就回来。"

4

三个骡马贩子从关外来到北门镇，直接来到谢家。给谢忠贵开出极高的价格，要买他圈里的骡马驴。谢忠贵算了算，这个价格出了手，后半辈子再不用愁。可紧接着，骡马贩子的要求让他放心不下。

贩子说："这年头，买卖不好做，我敢开这么高价格的原因，是想能先把骡马带走，放三成银子，余下银子，两个月后送来。"

谢忠贵一听这话，马上摇头。他说："没这么买卖过。"

贩子表示如若不信，可派人跟去，一块儿卖了，带银子回来。

谢忠贵说："我家里除了这几十匹牲口，就是一个我，一个姑娘，还有一个不到三岁的外孙，剩下就是喂骡子喂马的下人。没人跟你去。"

他说完这话，给他喂了十几年牲口的刘大站了出来，说："老爷，我愿随他去关外，卖了牲口，带银子回来。"

谢忠贵看着刘大，就信了。谁知刘大随骡马贩子一去不返。三个月过去，谢忠贵才知上当。喂养三年的牲口一匹不剩，给的三成银子还不够本钱。谢忠贵气恼攻心，一病不起。两个月后竟然死了。临死前，对谢小扇说："爹对不起你，从小死了娘，给你找了个女婿，现在又不见踪影，原本想卖了牲口，往后衣食无忧，结果牲口也不见踪影。只留给你这一处院子，一包银子，一辆马车和一匹老马，你去找黑狗他爹回来，把日子再过起来。"

谢小扇埋了他爹，带了银子，抱着黑狗，由喂牲口的徐老三赶着马车去往边城。

边城路遥，黑狗年幼。这一路上吃了不少苦。所幸，徐老三念谢忠贵旧日恩情，一路尽心照看。沿路所见之人，看她可怜，照顾不少，借宿送饭的不少。盛夏时候到了边城。

到了边城，住了店。徐老三陪着谢小扇母子遍寻边城，打听周小铁的下落。没人知道，倒是有年长之人说起当年边城里有一个打铁出身的军官名叫周阿铁。谢小扇说，这是我丈夫的爹。我要找的正是他的儿子周小铁。

在边城的烈日下，三人找了一个月，银子花了不少，一点眉目没有。谢小扇与徐老三合计，打道回北门。

回了北门，徐老三拜辞谢小扇而去，谢小扇要把马和马车送给徐老三，徐老三推辞不受，谢小扇说："你先用着，还能讨个生活。"徐老三说："等姑娘用时，我再送来。"

自此，谢小扇带着黑狗守着院子过活，人前强颜欢笑，人后暗自落泪。

直到这天，已是深冬。镇上开酒馆的老宋从都城回来，先来到了谢家。进门就说："你的丈夫周小铁在都城呢。"

谢小扇急忙问："他在都城做什么？"

老宋说："他在都城最大的屠宰场做屠夫，过得不赖。他说再干一段时间，就要自己开屠宰场了，到时回来，把你们一并接去。"

谢小扇说："你可跟他讲家里的事情？"

老宋说："我说了，他说他的事情正在紧要关头，一旦事成，就回来了。"

谢小扇拿出一两银子感谢。老宋看了看她，推辞不收，转身离去。谢小扇打开周小铁的家书，看到上面写着：小扇，我在都城，一切尚好，勿念。

谢小扇拉着黑狗来到徐老三家说："三哥，我家小铁现在都城，有劳再送我一趟。"

徐老三的老婆奔了过来，大声说："你倒真没完了，去完了边城去都城。找不到自家男人，别缠着别人家汉子。"

徐老三满脸歉疚，看着谢小扇不敢言语。

谢小扇满脸通红，一路跌跌撞撞流着泪回家。

徐老三赶着马车从后面追上来，对谢小扇说："姑娘，对不住了。

三哥不能送你，你看能不能再雇个人送你去。"

谢小扇赶做了一套崭新的棉车篷子，把车篷里垫好棉被棉褥。出门雇车夫，可找遍北门镇，没人愿意送她。表面上都说，快过年了，不愿出远门，其实谢小扇知道，不是车夫的婆娘不愿让男人送她一个孤身姑娘，就是男人嫌她克走丈夫，克死亲爹，不愿接近。

倒有几个镇上的泼皮闲汉，听了消息，上门主动提出相送。谢小扇知道他们不怀好意，一概推辞。

这一夜，谢小扇抱着黑狗，守着蜡烛，泪流不止。

黑狗问："娘，你怎么了？"

谢小扇说："娘没事，娘这就带着你去都城找你爹。"

5

天寒地冻，马老车旧，谢小扇的赶车功夫又不好。尽管谢小扇把车篷已经尽量搞得暖和，可黑狗仍然不断在车里哭喊："娘，冷！"

谢小扇只得走一走，停一停，钻进车里抱着黑狗暖和一会儿。白天赶路，夜里投宿。有时夜里前不着村后不着店，就在车里抱紧黑狗睡一夜，天一亮，接着赶路。

沿途不断有盗贼注意这辆马车，可拦下一看，谢小扇形容枯槁，孩子冻得发抖，没人忍心打劫。还有强盗扔给她些散碎银子。

这一天，天色将晚，冷风吹起，下起鹅毛大雪。眼看茫茫原野渐渐白了，远处仍不见人烟，谢小扇心里着急，只顾扬鞭赶路，走了许久，突然发觉竟然一直没听到黑狗哭喊。连忙停车，回身一看，车里空空荡荡，没了黑狗。

谢小扇觉得天都塌了下来，扔下马车，回身往回奔跑。天黑了，月光底下，雪花像一片片白色的刀子在黑色天空中飘舞，雪落在路上，像撒满了盐。一路赶来的马车车辙已经消失不见。谢小扇摔倒再爬起，爬起再摔倒，嘴里喊着："黑狗！"雪夜里，这声音撕人心肺。

谢小扇快要跑不动的时候，终于看见白色的大路远处一个小小黑点。谢小扇没了命地跑过去，果然是黑狗，站在雪里，快要变成一个小雪人。谢小扇把黑狗一把抱起来，撕开自己的衣裳，露出热乎乎的胸脯，把黑狗死死抱住。

谢小扇抱着黑狗跑回马车，取出火折，点起蜡烛。借烛光，才看到黑狗嘴唇发紫，脸冻得雪白。谢小扇拖过棉被，给黑狗脱了衣裳，贴着肉抱在怀里。黑狗头上身上的雪很快融化，冰冷的雪水流在谢小扇怀里。水渐渐干了，谢小扇感觉黑狗的身体变得滚烫。她取出一枚针，借着烛光，从黑狗的手指开始，一针针放血。针扎下去，流出的血乌黑。十个指头扎遍，黑狗一动不动。谢小扇接着给他扎人中，然后是眉心。

眉心扎过，黑狗突然一口气上来，睁开了眼睛，看着谢小扇，喊了一声娘。谢小扇放声大哭，边哭边喊："操你娘的周小铁，我儿子要是没了，老娘我要你碎尸万段！"

6

谢小扇和儿子黑狗来到都城的时候，已是腊月。

如果有人在一个月前见过他们两人，那么现在肯定认不出这对母子。

在此之前，两人已经十几天没有找到店家。两人身上满是泥巴，脸冻得青一片紫一片。

远远望去，都城的影子越来越近。车前的老马突然仰天嘶叫一声，双膝扑地，随即倒在地上，打了几个响鼻，再无声息。

谢小扇和黑狗都滚在车前，谢小扇爬起来摸摸马的鼻子，竟然已无呼吸。谢小扇明白这匹马是拼死送她和黑狗到了都城，不禁泪流满面。她抱着黑狗跪在马头前说："老马，你随我爹多年，老了，落得死在他乡冰天雪地，小扇不能帮你好生安葬，不要怪我。大恩大德我们娘俩记下了。"

说完，谢小扇站起来，扯出车里的棉被，卷起黑狗，抱着他走向都城。

看着近，走起来远。等到走到都城城门下，谢小扇已经精疲力竭。

谢小扇咬着牙，沿着都城大街寻找客栈。年关临近，好多客栈都停了买卖。只有有凤来仪客栈还在营业。

谢小扇抱着黑狗走进有凤来仪大门的时候，扑通倒在了地下。掌柜赶忙招呼伙计把他们俩扶起，谢小扇说："我住店。"

客栈掌柜开了房间，嘱咐伙计，把这房间的火生得旺旺的，炕烧得热热的。掌柜娘听说，也跑了过来，看看这情形，回身熬了姜汤，嘱咐灶房做了热粥热饭，张罗谢小扇硬撑着坐起来吃了，又给黑狗喂饭，边喂边说："造孽，这大冷天儿的，让孩子遭这般罪。"

谢小扇和黑狗吃了饭，躺在滚烫的炕上，三个时辰以后，渐渐地有了力气。

掌柜娘烧了热水，谢小扇抱着黑狗洗了个澡。黑狗在热水里恢复了活蹦乱跳的劲头。他站在水池子里扑打着水花，咯咯笑着。水花溅了谢小扇满脸。

谢小扇想起周小铁走的前一天晚上。她早早地把黑狗送到爹爹屋里。烧热满满一大木盆水。周小铁脱光衣裳，坐在盆里。她用铜盆舀起一盆盆热水浇在周小铁头上。她用毛巾给周小铁搓遍全身，搓到周小铁两腿间的时候，两人再忍不住了，她也脱光了衣裳，挤在盆里。那晚，他们俩从盆里到床上，后来又回到盆里，水早已凉了，都没有感觉。她问周小铁，你去了边城，会和别的女人做一样的事吗？周小铁想也没想说，我不会。

想着想着，谢小扇觉得身上有点热。直到黑狗说："娘，冷。"她才发觉水已经凉了。

当谢小扇和黑狗都换了衣裳，干干净净地来到客栈掌柜面前，手里捧着大大一锭银子说："谢谢掌柜了。我先付一个月店钱。"客栈掌柜不禁感到吃惊和高兴。

"我想找都城最大的杀猪场。"谢小扇说。

"都城最大的杀猪场，那当然是卓老六的卓氏猪业。都城里的小孩都知道，没吃过猪肉，没见过猪跑，可也知道卓氏猪业。"

"请告诉我怎么走。"

"那地方在都城北郊，可着实不近。眼看已近黄昏，您不如明天再去。"客栈掌柜笑眯眯地建议。

"你告诉我，我此刻就去。"谢小扇冷冷地说。

7

客栈掌柜帮谢小扇叫了一辆马车，对车夫说："拉我的客人去卓氏猪业。银子回来我这里一并算。"

在这样的冬天，这显然是一桩大活。谢小扇抱着黑狗跨入车篷，车夫扬手一鞭，马蹄踢开路边积雪，向北驶去。

由于客栈掌柜专门交代，车夫没敢绕路，挑最近路线跑去。即使如此，当他们来到目的地的时候，天已大黑。

谢小扇挑车篷帘子下来，抱出黑狗。车夫高高挑起了马灯，对谢小扇说："前头就是您去的地儿，我就在这儿候着您。"

谢小扇看到斗拱雕梁的巨大山门，全用上好石材砌就。数人高的门上悬挂一块巨大金匾，匾上四字：卓氏猪业。旁有落款：张福堂题。

匾上山门顶端用汉白玉雕琢一个硕大猪头，鼻长耳大，笑容可掬。山门两侧挂着无数猪形灯笼，映着金匾夺目，猪头剔透。山门后面乌压压一片，似乎是猪场，无数头猪的叫声此起彼伏。

谢小扇说："不就是个杀猪的地儿吗，搞这么大的排场？"

车夫说："你看见匾上的字了吗？那是当朝左丞相题的。你就明白这可不是一般的杀猪地儿。腊月天，是杀猪最忙的时候。您仔细听听，听没听见猪叫？这里面，养着的活猪有上万头，每天要杀的猪有上千头，昼夜不息。您要找人，就请快进吧。"

谢小扇拉着黑狗向门口走，黑狗趔趔趄趄连摔几跤。谢小扇只好抱起他走。走到山门，两个男子拦住了她。

前面一个笑眯眯地说："姑娘您做什么？"

谢小扇说："你见过姑娘抱孩子的吗？"

男子说："那这位大嫂您做什么？"

谢小扇说："我来找我的丈夫。"

"丈夫？"两个男子哈哈大笑，说"您找错了，我们这儿没一个是别人丈夫的。"

"我的丈夫名叫周小铁，在你们这里杀猪。"

"大嫂，首先，我没听说过这个名字；其次，您可能不了解我们这里，这里有猪，也有杀猪的人，但绝对不可能有你的丈夫。"

"我的丈夫就是杀猪的，他杀猪杀得很好。你们让我进去找找。"

这时，黑狗说："我要找我爹。"

两个男子又是哈哈大笑，说："还有孩子，太不可思议了。我指着大门上的猪头发誓，您找错地方了。"

谢小扇执意要进，两个男子执意阻拦。这时，飘过一阵香气，香气越来越浓，袭人眼鼻。一辆马车从里面奔出，车头车尾燃着六盏车灯，映着车身上镏金镶银，车轮正中嵌着大红色宝石，裘皮车篷，缝着碧绿孔雀尾巴。马车过来停在门口，香气熏得谢小扇喘不过气，黑狗连声咳嗽。

两个男子表情严肃，身体挺直，面对马车。车篷侧面掀起小帘，探出半个脑袋，肥头大耳，满面浮肿。那人说："干什么？"

两个男子弯着腰，说："回卓掌柜，这位大嫂找丈夫，非要进去。"

卓掌柜看看谢小扇，说："妹子，你找错地方了。"

谢小扇说："这里是都城最大的杀猪场吗？"

"这个没错。"

"我的丈夫周小铁说他就在这里杀猪。"

她刚说完，卓掌柜的脑袋收了回去，探出另一张脸，苍白秀气，眼如点漆。这人问："周小铁？"

谢小扇说："我丈夫名字是周小铁。"

那人说："我倒认识一位周小铁，可不知道是不是你的丈夫。"

谢小扇说："我丈夫周小铁从北门镇来都城，有一把举世无双的宝刀，杀猪如同庖丁解牛，他在都城最大的杀猪场杀猪。"

那人说："没错，我认识的周小铁从前倒是个杀猪的，但他没有宝刀，他也不在这里。"

谢小扇说："在哪里？"

"你上车来，我带你去找。"

"我自己带着马车呢。"

"那你跟着我们。"

8

谢小扇的马车跟着纳兰如若一路来到花满楼。

雪又飘了下来，卓老六先下车，四五个小厮忙不迭跑来伸手扶持，嘴里纷纷喊："卓掌柜，您慢着点。"卓老六顺手拽出一把碎银子扔在雪地里，小厮们趴在地上纷抢。纳兰如若随后下车，走到谢小扇面前，说："这位姐姐，你稍等一下，我叫周小铁出来。"

纳兰如若到了楼里，四处寻找周小铁，老妈子说，周侍卫还在自己屋子里自省着呢。纳兰如若跑到周小铁位于后院二楼的房间里。推开门一看，周小铁躺在床上睡觉。纳兰过去推他，不动。纳兰凑到周小铁嘴边，闻到浓重的酒味。他又凑到耳边，小声说："周侍卫，你老婆和儿子来找你了。"

周小铁猛然从床上弹起来，大喊："在哪里？在哪里？"

纳兰哈哈大笑，说："你还真有老婆孩子啊。"

周小铁揉揉眼睛，看着纳兰，从梦中醒来。他说："你说什么呢，纳兰？"

纳兰说："你快起来，出大门去看看吧。"

周小铁看着纳兰，纳兰表情认真。

周小铁夺门而出，一路撞了许多人。初九正站在一楼拐角处，看见他大叫："周侍卫，你去哪里？"周小铁头也不回，直奔大门。

出了门，周小铁猛然站住。他看见雪舞漫天，大红灯笼照耀着雪地泛出血色光芒。远远地，谢小扇一手拉着黑狗，站在雪里，头上身上都是雪。

周小铁几步跑过去，跑到谢小扇面前，又猛然站住。呆呆地看了一会儿，说："你们怎么在这里？"

谢小扇拽了拽黑狗，说："叫爹。"

黑狗抬着头轻轻地叫了一声："爹。"

周小铁擦了一把脸上的泪，说："你们怎么在这里？"

谢小扇说："我们找了你一年了。"

周小铁伸手拨打谢小扇头上的雪花，谢小扇往后退了一步。周小铁蹲下，抱着黑狗，让黑狗的脸蛋贴着自己的脸，冰凉冰凉。他在黑狗耳边说："还认得爹吗？"黑狗摇摇头。

周小铁站起来，不知道该说些什么做些什么。

谢小扇看着花满楼，说："你说在都城杀猪，就是在这里杀吗？"

"小扇，你什么时候来的，你在哪里住？我们别站在这雪地里说话。"

"你先别管我在哪里住，我倒想知道你在哪里住，你不领我进去看看吗？"

"我在这里工作而已。"

谢小扇不语，仍然盯着花满楼的大门。周小铁回头，看见初九、纳兰、花梨和几个小厮站在门口远远向这边望来。周小铁对谢小扇说："你等等我。"

他回身走到门口，众人都看着他。他对初九说："初九姑娘，劳烦你来一趟。"

他来到自己屋里，钻在床下，找到了楚影刀，双手捧刀对初九说："这把刀你帮我看好，我过几日就回来。"

初九说："你还回来吗？"

周小铁说："你和刀在，我会回来。等我回来，再与你细讲。"

初九说："你不需讲，我能再见到你就好。"

下了楼，众人还在。周小铁对花梨说："花楼主，来了亲戚，我请一些日子假。"

花梨点点头，没说话。

周小铁扭头回到谢小扇面前，低身抱起黑狗，对谢小扇说："我们走吧。"

9

马车里，黑狗说："娘，饿。"

周小铁说："我们去吃顿好的。"

车夫掉转马头，直奔都城最豪华的大罗天宫酒店。酒店楼高八层，金碧辉煌。进了大门，看见一色汉白玉铺地，所见之处烛火通明，排排桌子全是食客。谢小扇说："这么晚了还有人吃饭，在北门镇，这个时候，狗都睡了。"

周小铁不言语。

侍应拿来厚厚一本酒菜单子，周小铁翻来翻去，不知道点什么。谢小扇轻声说："我带着银子，你尽管要。"

周小铁把酒菜单子递给谢小扇，说："今儿我请你。"

谢小扇笑了笑，没说话。看了看单子，又递给周小铁，说："还是你点吧，我下不去手。这一个菜够一头驴一年的草料钱。"

周小铁说："姑娘家不要用这样的比喻。"

"儿子都三岁了，还姑娘家。"

"你在我眼里永远是个姑娘。"

"嘴学得够甜的——赶紧给黑狗要吃的吧，他爱吃甜的。"

周小铁叫来侍应，要了四个菜：松仁玉米，糖醋里脊，糯米藕，拔丝梨。谢小扇说："说一句你儿子爱吃甜的，你就点四个甜的。"

周小铁马上作出调整：糖醋里脊和拔丝梨去掉，换作辣子鸡丁和香辣牛肉干。他说："我忘了，你爱吃辣。"

侍应说："今儿有南边鱼南国进贡的深海凤凰鱼，西边呼度国进贡的处子驼峰，北边冰岛国进贡的冰熊掌，东边马奶国进贡的深山巨蘑，要不要尝个鲜？"

周小铁说："处子驼峰是什么东西？"

侍应说："沙漠里的骆驼，用上好草料喂养，不得交配，成年时，活着把驼峰砍下，肉味鲜美，吃了长精神。"

周小铁说："多少银子一斤？"

侍应说："不论斤，看您要单峰还是双峰，单峰七两，双峰十两。"

"单峰七两，双峰两个应该十四两才对啊？"

"您有所不知，双峰是家养，单峰是野生。"

"野生的为何比家养的贵呢？"

"野猪不是也比家猪要贵吗？"

"你这么说我就懂了。可既是野生，你们怎么知道它交配过没有呢？"

侍应挠挠头说："您把我问住了。"

周小铁说："你还是给我要的四个菜吧。"

侍应说："三位喝点什么酒？"

"有什么酒？"

"我建议您尝尝我们特制的'陈年大罗红'，此酒乃精选高粱酿造，酒香浓郁，入杯挂杯，入口挂舌。"

"什么叫挂杯挂舌？"

"就是好呗，年份酒，天长日久，酒变黏稠，不比普通米酒稀里哗啦。"

　　"我儿子刚生下就泡在高粱酒里，几十亩地才能挑出酿一坛子的高粱，你们的酒是多少亩地的高粱酿的啊？"

　　"客官，您又把我问住了。"

　　"最便宜的酒是什么酒？"

　　"最便宜的酒没名儿，就在柜上酒坛子里，三钱银子一两。"

　　"先来半斤。"

　　侍应嘟着嘴走了。

　　不一会儿，酒菜齐了。黑狗拿着筷子扒拉着吃饭。

　　周小铁举起酒说："像是做梦，突然见了你俩，好像昨天黑狗还吃着奶，睡一觉醒来，都能自己用筷子吃饭了。咱们俩干一杯。"

　　谢小扇说："你知道我喝不得酒的。"

　　"此情此景，怎能不喝？"

　　谢小扇干了一杯，呛得咳嗽。黑狗说："娘，渴。"

　　周小铁说："只顾喝酒，就没看看儿子喝点什么。"

　　谢小扇说："要杯水就好。"

　　周小铁喊侍应。

　　侍应慢腾腾地过来，说："客官，有何吩咐？"

　　"有什么东西给我儿子喝？"

　　"给您来杯水？"

　　"要喝水还用来这里喝吗？"

　　"那就喝奶——有雪山熊奶，草原羊奶，大漠驼奶，高原牛奶。"

　　"最好的是哪种？"

　　"最好的？得说是南海鲸奶。"

　　"鲸是什么？"

"鲸是一种大鱼，小的也没见过，听说一条鲸比一百头牛还大。"

"牛羊熊我知道，没听说过鱼有奶的。"

"别的鱼没奶，鲸有奶。此奶实乃天地精华，您想，一条鲸比一百头牛还大，它的一口奶还不抵上一百口牛的奶。"

"挤牛奶我见过，可这鲸在海里，比一百头牛还大，你们怎么挤它的奶呢？"

"客官，您又把我问住了。我明白，这就去给您端杯水来。"

"别，就来一杯鲸奶。"

"三两银子一杯。"

"让你拿你就拿，问你价钱了吗？"

"您是冷喝还是热喝？"

"三岁孩子，能喝冷的吗？"

侍应应了一声，乐呵呵去了。一会儿，用一个拳头大小翡翠杯子盛来一杯奶。白色奶水冒着热气映着碧绿翡翠晶莹剔透，奶里插着一把血红玛瑙小勺。

"刚给您在七宝琉璃锅里蒸过，烫，您慢用。"侍应说，"另外，这翡翠杯玛瑙勺劳您仔细，易碎，贵。"

周小铁举起杯说："黑狗，我和你娘端酒，你端奶，咱三口子干一杯。"

10

"酒喝了，小铁，你说说吧。"

"说什么？"

"你没什么要说的吗？"

"吃完饭喝完酒再说不行吗？"

"我不想再等了。"

"爹是怎么回事？"

"你还知道问问这个？"

"我怎么能不知道？我不想刚一见面就提不好的事罢了。"

"不好的事我也不想提，不好的事发生的时候，你都不在。"

"我知道你想责怪我。"

"我不想责怪你。再说，我不应该责怪你吗？"

"应该。可你不知道我这么做是为了谁？我一个人在外面，还不是为了你，为了黑狗，为了我们这个家吗？"

"我不知道。你撂了一句话就走，从此没有消息。家里买卖败了，爹死了，黑狗三岁了。你在哪里为了我们？你为了我们做了什么？我不知道。你说你去边城，我赶到边城，没人见过你。你说你在都城，好，我赶过来，天寒地冻，没人帮我，我和黑狗差点死在路上。你说你在杀猪，我找到杀猪场，结果别人领着我去了妓院。我看着你从妓院里出来，领着我们来吃饭，就好像昨天我们还在一起。现在你告诉我，你是为了这家。你说，我应该怎么想？"

"小扇，我知道你受了很多苦，我对不住你。你不要哭不要激动别把黑狗吓着。你听我说。我没有骗你，我是要去边城，可还没到边城，有人对我说，机会还是都城多。我就来了都城。可等来了，和我想象的完全不一样，差事找不到，银子花得倒挺快。我发现，除了杀猪宰羊我什么都不会。都城的杀猪业基本上是卓老六垄断了，要想进去做屠夫，得首先不是个男人，这个我不行。去别的杀猪小作坊倒也不难，可我千里迢迢来到这里杀猪，还不如待在北门。我很难过，无路可走。想家，想你，想黑狗，不知道你们怎么样，可路途遥远，连个传信的人都没有。都怨我，头脑太简单，靠一股子热血就来了，家扔了，过去都扔了，一个人在这么大的地方，没人认识，自己也不认识自己了。越这么想，我就越怨自己，越不想回去，既然来了，一点成绩没有，我又有何面目回去见你？"

"你这么说，我更不明白。我没图过你什么。一没有三媒六聘，二没有八抬大轿，我嫁了你。你一个人过来，不算入赘，黑狗姓周。家里那时光景好，你想杀猪就杀猪，不想杀猪就看书。你要走，我没说一个不字。银子给你带上，儿子给我管着。我图你什么？我只图这个家，图你这个人，图你对我好，我对你好。我说过，外面这么大，这么难，不行就回来，我们日子还长。有银子宽松点，没银子也紧巴不到哪里去。小地方好活人。"

"这我都知道，我就是不服。北门镇太小，抬眼是天，低头是地，中间左右是那几个人。都城大，看的想的都不一样，来了就不想回去。不但我想在这里，我想让你和黑狗都来都城。"

"来这里干什么？和你一起在妓院里，和那帮姑娘们一起待着吗？"

"你不要误会。我在花满楼谋了一份差事，带刀侍卫。"

"带着刀侍候和保卫那些姑娘？"

"我去那里，是为了做一件大事。"

"我不知道除了过好日子，还能有什么大事。"

"这事我得从头说起。你也知道，大罗要开天冷会……"

"我知道，他们找到了家里，找你的刀。我说，我都两年没见着人了。"

"这样最好，最好不要找到我。你听我说。大罗要开天冷会，世界各国的人来都城比刀子。花满楼弹琴的初九是鱼南国特使。她对我说，我这把刀天下无敌。我可以代表鱼南国参加天冷会，别说得了天下第一，只要能中三甲，鱼南国会给我一辈子都使不尽的银子。"

"小铁，咱就是个杀猪的。你说的这些，我听不明白。"

"不明白吗？你的丈夫，要得天下第一。"

"我不要天下第一，我要的是丈夫。小铁，我不管你说的是真是假，我和黑狗来找你，只望你能跟我们回去。家里还有点积蓄，我们杀猪也好，做小买卖也好，一家三口把日子过起来。我有丈夫，黑狗有爹，你有家。"

"我知道你不相信我，我自己知道就够了。你再给我一年，等我有了使不尽的银子，在都城置宅置地，把你和黑狗接来，过荣华富贵的日子。"

"我不是不信你，我若不信你，不会让你走。可我等不了，我怎么等你？爹死了，家业散了。人走茶凉，孤苦伶仃，在镇上怎么活？还有点银两，可古话说坐吃山空。黑狗一天天大了，明白事儿了。别家的孩子都有爹，他没有。有一回，他站在门口，看他的伙伴小刘三跟爹放风筝。一直在那儿站着看，人家叫他，黑狗黑狗你也过来玩，他不过去。回头对我说，我也要爹。"

"你别说了，我也难过。你不知道我一个人躺在床上，想起你们的时候流过多少眼泪。可现在不能功亏一篑。我多想现在就把你们接在身边，可现在还不行。你若不支持我，天下没人支持我了。"

"你还要我怎么支持你？"

"你们先回去，等我的好消息。"

"我来一次不容易，你让我再回去等你？我等你这么久，还要我等到什么时候？你的事要是没成呢？"

"事若不成，我马上就回去。"

"你还能回去吗？"

11

这一晚，周小铁喝得大醉。呕吐和噩梦伴随了他一夜。他第一次梦到了母亲的背影，这背影越走越远，他在梦中步步追赶。直到前方一片火海，母亲回过头来，竟然变成了一个白发苍苍的老者。他正在诧异，父亲周阿铁出现在身旁，胸口一个巨大窟窿，汹涌地喷着血。父亲大声叫喊，说那个老者正是仇人万喜年。周小铁伸手拔刀，刀却不见。父亲说，你的刀呢？周小铁在梦中无言以对。这时，万喜年说，刀在我这里，你们都是一片痴心妄想。万喜年的胡子像火焰一样飞舞，挥刀砍来。快到近前，万喜年突然变成了初九，父亲变成了谢小扇。初九说，你的刀在我这里，谢小扇说，刀在我这里。周小铁回身便跑。跑进了一片大海，海水汹涌，灌进嘴里，他在梦中清醒地看到自己漂浮在茫茫大海之上，任凭他大声呼喊，无人应答。

他在夜半惊醒，发现躺在有凤来仪客栈的炕上。炕前的火盆里火苗跳跃，屋里很温暖。谢小扇正在酣睡，黑狗蹬了被子，窗外洒进月光，黑狗的屁股白晃晃，圆溜溜。

他坐起来，给黑狗盖好被子。倒下头又睡了。

12

都城这年冬天出奇地不冷，每天都有太阳。周小铁把黑狗扛在肩膀上，一手拉着谢小扇，去遍了都城所有好玩的地方。

周小铁带着黑狗吃饭，陪黑狗玩耍，装成一条狗，让黑狗骑在他的背上；他给黑狗买都城最好吃的小吃，买都城的孩子们最喜欢玩的玩具，去最好的裁缝铺给黑狗做新衣裳，然后亲手把黑狗扒个精光，再给他从里到外穿上；他和黑狗一起洗澡，一起睡觉；他每天晚上给黑狗讲故事，不知道该讲什么，他就编，编各种英雄故事，直到黑狗在故事中把自己想象成为英雄，带着笑容、口水和英雄梦睡去。

看着黑狗在太阳下面灿烂的笑，周小铁就想，真希望永远这样。

13

除夕早上，谢小扇和黑狗还睡着。周小铁走出门外，才知昨夜一场大雪，都城白茫茫一片干净。他踩着雪上了街，买了三碗豆浆，六根油条。回来，客栈掌柜说："都城今晚有烟花，别忘了带着你老婆儿子去看。"

他叫醒谢小扇和黑狗，两人不肯起来。他说："谁先起来，今晚带谁去看烟花。"黑狗马上爬起，说："爹，烟花是什么？"周小铁说："烟花就是天上开花。"

吃了早点，周小铁说："咱们上街去买点好菜好酒，再买点炮仗。"

周小铁给黑狗换上一身大红绵绸新衣裳，扛在肩上，走出门去。街上人来人往，雪早已被踩得泥泞不堪。谢小扇左躲右闪，怕脏了新鞋。

黑狗一身大红衣裳跑在雪地上，像那晚鲸奶里的玛瑙小勺子。

周小铁买了十二个大红炮仗，正掏银子。旁边有声音说："千古神铁，终不能百炼成钢；万年奇木，怎奈何七弦入土。"声音入耳，词语刺心。

他转头一看，旁边有个卦摊，一人站着，衣衫褴褛，长发盖脸，和胡子混成一片，看不清眉目。身前一张小桌放着笔墨纸砚，另有一块木头，钻了许多眼儿，一个眼儿里插着一根糖葫芦。桌侧插一杆旗，旗上五个大字：铁嘴糖葫芦。

周小铁对谢小扇说："你带黑狗前面走着。"他走到卦摊前，说："先生刚才声音很是耳熟。"

算卦先生将长发朝脑后一撩，睁开眼睛，周小铁认出他来，正是屠熊会会主唐慕天。

周小铁看看四周，压低声音说："你怎么敢在这儿？"

唐慕天看他一眼，说："周英雄别来无恙。"

"你怎么这身打扮？"周小铁说。

"这才是我的本行。"唐慕天说，"周英雄你忘记了吧？"

"我忘记了什么？"

"你用万喜年的脑袋从我这里换走一个姑娘。"

"我没忘，只是还没成事。"

"只是在花满楼和姑娘，现在和儿子，高兴得忘记了罢。"

"我答应你的，就会做到。"

"什么时候？等你的老婆儿子回到北门镇以后吗？"

"你怎么知道？"

"你当着我会几百兄弟带人就走，至今没有交代，你以为你忘了，我忘了，我屠熊会几百兄弟能忘吗？你要明白，我能在都城摆摊算卦，我的兄弟们就能在北门镇打家劫舍。"

"天冷会一开，我就能把人头给你。"

"我可以等你，别忘了就好。"

谢小扇抱着黑狗过来，问周小铁："你卜卦了？先生怎么说？"

周小铁说："没有，我和这位先生闲聊几句。"

谢小扇说："先生能给我卜一卦吗？"黑狗踮起脚来伸手够桌上的糖葫芦。

"三钱一卦，送一串冰糖葫芦。"唐慕天说着，捌下一根糖葫芦给了黑狗，指着桌上笔墨对谢小扇说："写个字吧。"

谢小扇看看周小铁，又看看黑狗，提笔写了一个"默"字。

唐慕天看了许久，说："好卦。默即黑犬，黑乃五行之水，犬乃地支之戌，戌指木，水生木。合之乃默，大音希声，声乃耳之智，水主智。明年正是辛卯，大木之年，你这个字是大水之势，水生木，木生火，火生土，土生金，金又生水，明年必是合家大富之年。"

谢小扇听了，笑嘻嘻地看了看周小铁，掏银子给唐慕天。唐慕天说："大嫂好卦，又值除夕，我也沾点喜气，银子我不收了。"再三推辞，谢小扇只好收回道谢。

周小铁看看唐慕天，唐慕天微微点头。

一路上，谢小扇念念不忘这一卦，她对周小铁说："看来你是真的要发财了，你听先生说的，明年是咱们全家大富之年。"

周小铁说："富不富，也不能指着算卦的说。"

"大过年的，说点好听的高兴呗，又不是指着他。"谢小扇看周小铁脸色阴沉，赶忙说，"指着你，我们娘俩都指着呢，指着你天下第一，指着你发财，置地置宅子……"

"好了，别说了。"周小铁脸色更阴沉了。

谢小扇说："你这是怎么了？是不是想起过了年我们就要走，心里不痛快啊。"

"是。"

"没事，我都没不高兴，你不高兴什么啊。等我们走了，你也不用再整日陪着我们了，赶紧去做你的事，你会高兴的。今儿过年，咱们紧着乐呵行吗？"

14

天黑了，客栈外面传来了炮仗声。周小铁和谢小扇喝了两坛子酒。客栈掌柜在外面喊："看烟花去。"

周小铁说："咱先去把咱的炮仗放了。"

来到院子里，只听见炮仗声越来越密，一道一道光飞到天上，炸成一团一团的光。

周小铁进屋点了一根香，递给黑狗，捏着二踢脚，对黑狗说："点！"

黑狗把香凑近二踢脚的火捻子，凑了几次点不着。

周小铁说："不要怕，你一点着，它就飞走了，炸不着你。"

黑狗终于点着了，火捻子嗞嗞冒着火星烧完，二踢脚一动不动，黑狗大气都不敢出。二踢脚突然在周小铁的手里"咚"的一声飞了起来，飞到天上，天比刚刚漆过的棺材板还黑，二踢脚在天上炸了，比最亮的星星还要亮。

放完二踢脚，还有一挂鞭炮。周小铁说："黑狗，这个你放。"

黑狗说："爹，我不敢。"

周小铁说："听爹的，不怕。你用手拿着这头，爹给你点着那头。你记住，不管多害怕，不要松手。"

黑狗用小手捏着鞭炮这头，周小铁点着了那头，鞭炮像一条毒蛇噼噼啪啪一节一节炸开要上来咬黑狗的手，黑狗扭过头去，死死闭上眼睛，不松手。等他再睁开眼，鞭炮已经变成地上的一道灰。

放完炮仗，三人走出门去。不知从哪里冒出那么多人，众人同往一个方向走，周小铁一家三口也随着众人亦步亦趋。人越来越多，大街小巷摩肩接踵，人挨着人，虽是冬夜，挤着竟不觉得冷。

众人挤着，闪过一个路角豁然开朗。众人来到一大片平地，抬头一看，正是王宫门楼。

门楼上朱红柱子缠满龙形长灯，一排士兵佩刀排开，楼下朱门紧闭，城墙上垂下无数条长绳，绳上首尾相连系着灯笼，楼前人山人海，被瞬间照亮。

人群中欢声大起，震耳欲聋。

门楼上士兵两边闪开，中间走出一人，一身红色长袍，站在城楼中央。

有人说："看见了没，都城大元帅万喜年！"

人群中，周小铁睁红了眼睛。见到仇人的瞬间在他的心里想过百遍千遍，但没想到会是在这个夜晚。尽管相距太远，万喜年又高居城楼之上。但周小铁的目光仍然越过人山人海，穿过喧哗的声浪，死死地盯在万喜年的身上。

楼下士兵挥刀示意，众人的声音平息。万喜年在城楼上大声说："时值盛世，欣逢华年。在这个千载难逢的除夕之夜，我大罗万民欢聚于此，共同辞旧迎新。我谨代表我王万岁，与民同欢同乐，共祈来年天冷会圆满成功，大罗国风调雨顺，国泰民安，福泽绵长，永享繁华。"

万喜年的声音苍老而有力，周小铁一个字都没有听进去。他只听见了最后一句："放烟花！"

话音刚落，王宫内炮声大作，道道火光直入夜空，瞬间绽开，瞬间消逝，万紫千红，此起彼落。王宫城楼所有灯火突然熄灭，所有的人在烟花笼罩下，乍明乍暗，忽绿忽蓝。当烟花在空中绽放，众人的欢呼声沸腾，当烟花凋零，四周归于无声。当夜空点亮，每个人都看到身边挤满着不计其数的人，当烟花熄灭，每个人都在黑暗中，好像只剩下了自己。

周小铁死死盯着城楼。烟花明灭间，城楼上已经不见万喜年。周小铁左右看看，所有的人都抬着脑袋，张大嘴巴，睁大眼睛，在烟花绚烂的光中，眼窝深黑，脸色苍白，他发现谢小扇和黑狗已经不在身边。烟花再次熄灭，他如同一个人身处黑暗寂静之中。

周小铁像疯了一样在人群中奔跑，他在乍熄乍灭的烟花中高声呼喊着他们的名字，他的声音迅速被众人的喧哗和炮声淹没，不论怎么呐喊，似乎总是无声。他突然觉得自己身处一场噩梦，周围的人好像潮水，任他左右推搡，都像推在水上，一波未平，一波又起，永无退时。

各种各样的念头在他的心里此起彼落。他想，让我找到他们，我什么都不要了，我不报仇，不当天下第一，不要刀，不要未来，不要过去。让我找到他们，我只要现在。在这忽明忽暗之中，他看到身边的人仿佛变成了他认识的人，周阿铁、楚影、花姨、花梨、初九、万喜年、万玉城、曹云鹏、唐慕天、左昭阳、纳兰如若、花满楼各大头牌，还有他的爷爷。唯独不见谢小扇和黑狗。他意识到他喝醉了，刚才的酒翻到了头里。他在人群中低头，蹲下，用手抠着自己的喉咙，让自己吐出来，直到吐出了水，吐无可吐。

他的眼泪大滴大滴落下，他大声叫喊，左冲右突。终于找到了人群的出口。这时，烟花已散尽，城楼上重新洒下灯光来，在士兵的指挥下，人群有序退去。周小铁被人群撞来撞去。他泪流满面，逆人群而进，见人就问："你看见我的老婆和儿子了吗？"有人摇头，有人头也不摇，甩开他径直而去。他找到士兵，说："你看见我的老婆和儿子了吗？"士兵舞动着手里的长枪，示意他赶紧退下。

直到人群散尽，他看见空空荡荡的平地上站着一个人，这个人抱着一个小孩，向他走来，对他说："你去了哪里？怎么也找不到你。"

周小铁放声大哭，边哭边说："我以为再也找不到你们了。"

15

　　谢小扇和黑狗要走了。

　　说过的太多话，在这个寒冷的清晨好像全部冻结。黑狗站在地上，看着周小铁和谢小扇默默地收拾行囊。

　　马车在门外等着，谢小扇在前面走，周小铁抱着黑狗紧随其后。

　　上车的时候，黑狗把嘴巴贴在周小铁耳旁说："爹，我不想离开你。"

　　周小铁的眼泪掉了下来，他说："爹也不想离开你。"

　　他把黑狗放进车篷里，看着谢小扇，伸手给谢小扇擦掉脸上的眼泪，谢小扇也帮他擦掉脸上的眼泪。谢小扇和周小铁互相看着，想说什么，到最后也没有说话。

　　车夫挥鞭，马车轧过地上的残雪，动了起来。

　　谢小扇掀开车篷的帘子，看见周小铁在车外面跟着车走，她对黑狗说："跟你爹说句话。"黑狗坐在车里，脸上一抽一抽，掉下眼泪，谢小扇抱起黑狗，放声大哭。

　　马车在都城大街上越跑越快，周小铁跟不上了，站住，看着马车消失在远处。

浴火凤凰

天外神铁，上古寒冰，千年梧桐，
深海白鲛，加上异族混血。我们要再
打不出一把神兵利刃，对得起谁？

——刘将军

CHAPTER 8

1

小船拉着柳灿灿向着海的深处走了三天三夜。

第四天的清晨，柳灿灿四仰八叉躺在小船中央，还在熟睡。船夫推醒了她。

睁开眼，柳灿灿看见一艘大船停在眼前，船帆上金光闪闪绣着"鱼南"两个大字，晃得柳灿灿睁不开眼。

大船上扔下一根绳子，船夫把绳子系在柳灿灿腰上，对她说："后会有期。"

船上两个士兵发力拉绳，拉不动。又过来两个士兵，把柳灿灿拉上船。

管大人和刘将军已在船头坐等了好一阵子，柳灿灿刚一上船，就被带到他们俩面前。

管大人问："姑娘，你叫什么名字？"

"柳灿灿。我要去凤凰岛。"

"我们这就带你去。但去之前，你得让我们看看你的宝贝。"

柳灿灿伸手出来，说："你说的是这个吗？"

管大人看了看，说："请詹慕斯先生。"

两个人走了过去，一个身材极高，另一个身材矮胖。

詹慕斯来到柳灿灿面前，伸手要拿她手里的东西。柳灿灿缩回手去。

柳灿灿说："这是我男人的宝贝，我要去凤凰岛，把这个东西和他一起埋进冰里。你们要用它做什么？"

管大人说："我们看看，若是没用，就准你埋了。"

柳灿灿说："你们能拿得动吗？"

詹慕斯伸手扳了扳，对管大人说："安排人抬到实验室。"

四个士兵取来一个木板，柳灿灿把东西放在木板中间，四人抬着木板四角，进了船舱。

一个时辰以后，李杰克走了出来，表情严肃，说："请两位大人里面说话。"

进了船舱，李杰克说："两位大人，詹慕斯先生已经得出了结论。"

管、刘二位伸长了脖子说："什么结论？"

"据詹慕斯先生故国史书记载，数万年前，地上没人，悉是大龙。有颗星从天上一头撞了下来，这一撞不得了，把所有大龙全撞死了。据詹慕斯先生考证，这块东西正是撞击后残留之物。"

"那星星有多大？"

"詹慕斯先生说，有整个鱼南国这么大。"

"这么大的东西撞过来，就留下这拳头大一块？"

"詹慕斯先生说，也许地上还有，但到目前为止，这块是仅见。按另一种说法，后来又有别的星星撞来……"

刘将军一脸茫然，伸手制止道："我不听这些，只想知道，这块东西有没有用。"

"詹慕斯先生说，这块东西集合了世间所有金属的优点，能够用来铸剑。"

"早说啊，这不就结了吗？"

"但是。"李杰克说，"但是，詹慕斯先生说，按照他们祖先的说法，此物出现，是不祥之兆。"

"怎么不祥？"

"詹慕斯先生说，恐怕不敢动这块东西，担心带来大祸。他让两位另请高明。"李杰克翻译说。

"另请高明？这个节骨眼上，他让我们另外找人？你告诉他，我们请他来，银子没少花，到现在没一丝进展，我们还是一如既往地礼遇有加，他现在要撤，我现在就能给他大祸。"

李杰克翻译过去，詹慕斯想了想，说了几句。

"詹慕斯先生说，他可以一试。但这东西非金非银，非铜非铁，不是人间之物。虽仅有拳头大小，却重比巨石，即使锻炼成剑，也无人使得，总不能三四个人抬着用吧。"

刘将军想了想，说："怎么无人使得，外面那个胖姑娘就能使得。得了这块宝贝不容易，还请詹先生赶快研究铸剑方案，我们时间不多了。"

出了船舱，管大人坐下来，问柳灿灿："听初九说，你的丈夫被大罗国的人杀害了，我们很悲痛啊。"

柳灿灿掉下泪来。

管大人说："你想不想报仇？"

"我已经把杀我丈夫的人砸扁了。"

"哦，可是姑娘，你这报的是小仇而已。你有没有想过，你真正的仇人是谁？"管大人说得有些激动了，"姑娘，你把那个杀你丈夫的人砸扁就是报仇了吗？不是！你要砸扁的，应该是他所代表的那个集体。"

"我砸不了，我就砸了一个，他们就把我关起来了。"

"姑娘，不要气馁，你能砸得了。并且，这也是你死去丈夫的遗愿！"

"我听不明白。"

"不瞒你说，经过我们的外籍铸剑师傅鉴定，你丈夫的宝贝果然是一块宝贝，可惜在万恶的大罗，居然无人识得，害得你们夫妇二人身怀至宝，居然流落街头，居无定所，乞讨为生……"

"我们没有乞讨，我们不是要饭的！"

"身怀这样的宝贝，每日靠赌博下注挣些糊口之资，无异于抱着金饭碗讨饭！由此，也可见大罗国何其悲也！现在，你丈夫的宝贝有了用武之地！你也可以持此宝贝，报你丈夫的血海深仇了！"

柳灿灿一脸茫然。

"我们将把此宝打造成天下第一利剑，你更可以将其理解为你丈夫英魂不去，幻化为剑！待来年大罗天冷会之际，就由你代表鱼南手持宝剑，夺取天冷会天下第一，灭大罗气焰。再到大罗国王给你颁奖之时，取其头颅，待到那时，我鱼南齐拥而上，将其首脑一举拿下。天下安定，万民齐乐！待到那时，你和你的丈夫不但报了一己之仇，更是为解救黎民，造福苍生立了头功，岂不快哉！"

"我不想立什么功，我只想把他埋到凤凰岛的冰下，那时，我丈夫能再活过来，我还能见到他。"

"这不相干。等上了凤凰岛，你埋你的，到末日还远着，你不能干等，你有大作为，你丈夫在冰下也为你高兴。待到你们团圆之日，回首红尘，也不枉你们活过一遭。"

柳灿灿一脸茫然道："我只想安安静静陪着我丈夫，我没想过别的。你说得我有点晕。"

"初九和我都是你的朋友，朋友帮你一回，如你所愿，你丈夫一生宝贝，得其所用。你为朋友，为丈夫，舍把子力气而利天下，你岂能不为？你现在孤身在这大海之上，只有我能帮你，你想想，你还有别的选择吗？"

柳灿灿想了想，点了点头。

"这不就好了，姑娘，你舟船劳顿，先回舱里好生休息，我们都给你准备好了。不日就到，我们一同上岛。"

"到了凤凰岛，我要先找一个叫琴中秋的人，初九让我带个话儿。"

"可以，当然可以，他就在岛上等着你呢，柳姑娘，你赶紧歇息去吧。"

柳灿灿被带了下去。

管大人端来一杯茶给刘将军，说："将军口干了吧。"

"这胖姑娘，好费口舌。"刘将军擦汗，喝水。

"她那块黑东西真有用吗？那詹慕斯也没确定能做出来东西。"

"等到上岛，我们把全岛刁民的血都押在这块东西里面，不信打不出一把兵刃。"

2

柳灿灿上岛之时，凤凰岛民已被杀了大半。

初九离开凤凰岛后的这一年里，詹慕斯带领着他的铸刀团队，做了无数次试验。但结果令刘将军和管大人极不满意。好铁好钢不断从鱼南国送来詹慕斯的实验室，凤凰岛的男女老少不断押来。但一年过去了，没出来一把好兵器。

当然，刘将军最看重的是结果。投入大没关系，有关系的是只有投入没有收获。他也注意到了，詹慕斯和他的团队不可谓不辛苦，在他们的实验室里，到处都是忙碌的身影。可是，每每收到詹慕斯打造出来的兵刃，他就忍不住大发雷霆。

刘将军当年是参加过和大罗的战斗的。当时他作为副将，目睹过鱼南士兵被大罗人手中利刃轻而易举宰杀的情景。自己队伍所用的兵刃和他们的身体一样，在大罗国士兵的刀下，如同草芥。至今想起，他都忍不住心跳胆寒。他知道，詹慕斯交来的这些兵刃只会有一个结果，就是被轻轻砍断。

刘将军盛怒之下，又别无他法。只好找来詹慕斯和李杰克，语重心长地进行沟通。

他说："据我所知，大罗当年打刀的，就是乡下来的一个小铁匠。他们打刀也很简单，就是把铁烧红，打成刀形，砍我鱼南烈士脑袋，血泼在铁上，刀就成了，稍加打磨，削铁如泥。咱们按你的要求，耗费这等人力物力财力，打出来这样的东西，说不过去啊。"

詹慕斯总是说再等等，再等等，不是说铁不对，就是血不对，或者是水不对，再或者是燃炉子的木柴不对，没有对的时候。刘将军背地里大骂，拉不出屎来怨茅坑。

刘将军的压力也很大，每回一次鱼南都城，都被大王痛骂。大王骂的不是没有道理。全鱼南节衣缩食，花在凤凰岛上的银子铺天盖地并且与日俱增，鱼南最好的大夫、厨子都被带去岛上。大王有次气急败坏，用质疑的眼神看着刘将军说："你该不是找了个海外仙岛去疗养了吧？"

刘将军百口莫辩，只好给詹慕斯施加压力。他也不是没动过换人的念头，可转念一想，这么干，都出不来东西，找几个本国的铁匠，又怎么能保证做出来呢？

当然，好消息也不是没有。虽然几年前就派花梨去大罗偷刀，至今无果，但新去的初九令他非常满意。初九刚到大罗都城不久，就传来消息，说发现一块异物，并聪明地安排人送往凤凰岛。

在刘将军一筹莫展之际，这个消息的含金量大大增加。而更好的消息，是詹慕斯断定，这个名叫柳灿灿的胖姑娘带来的果真是个宝贝。

刘将军自然而然地把宝都押在了这块宝贝上面。可柳灿灿上岛快两个月了，詹慕斯仍旧没有动作。每当刘将军过问，李杰克翻译来的消息就是："过去废掉了太多好钢好铁好血。这次，詹慕斯先生非常慎重，需要等方案完全成熟之后再行动。"刘将军怀疑詹慕斯因祖先遗训说此宝乃不祥之物，迟迟不敢动手。可李杰克传话说，非也，事已至此，詹慕斯先生也顾不得祖先遗训了。

但这方案一等又是数月，所幸凤凰岛上四季如春，刘将军感受不到季节变换带来的压力。但他桌案旁的皇历一张一张掀过提醒着日月变迁，不用想也知道，大王每天跺着脚怎么样骂他。

好在这时，初九又传来好消息。消息说，她发现一把与万喜年宝刀不分伯仲的利刃。刘将军当即下令，命初九不择手段，把此刀搞到凤凰岛上。初九的回信是，在她的劝说下，持有此刀者业已归顺鱼南。待到天冷会召开之时，他将替鱼南参赛，一切听从鱼南国调遣。

两张牌在手，又多了几分胜算，刘将军备感安慰，他对管大人说，你看看，我亲手调教出来的人，就是不一样。

3

鹿惊蛰与琴中秋被软禁在刘将军的营房里。两个人至今毫发无伤。

虽然二人不能出营，但在夜半时分，总能听到来自岛民们的惨叫。

每次见到管大人，鹿惊蛰都请求一死，管大人每次都拒绝了他。

管大人说："好死不如赖活着，念你领我上岛，我和刘将军反复要求，才饶你一命，到现在完好无损。你应该谢我才对。"

鹿惊蛰只说："念我领你上岛，快快杀了我吧。"

几次被拒绝后，鹿惊蛰就想办法自杀。营房都是布包，撞墙不可能，裤带也被收走，无法上吊。绝食也不行，士兵进来不由分说，扳开嘴往里灌。

鹿惊蛰提出，凤凰岛上他最壮实，打刀用他的血比较合适。管大人说，詹慕斯先生说了，血好不好跟身体结不结实没有关系。

鹿惊蛰万般无奈，想起书上说过，咬舌可以自尽。他用尽全身力气，咬下了自己的舌头，疼痛让他昏迷了过去，可再醒来，他发现自己还没有死。现在，连请求杀掉自己的话也说不出口了。

从那以后，鹿惊蛰每日端坐地上，无声无息，目光呆滞，犹如行尸走肉。

琴中秋和鹿惊蛰完全不同。

在他的要求下，他家里的书和酒全部被搬了来。他每天看书喝酒，偶尔还大声唱歌。一日三餐，他吃得比谁都香。他还经常主动和士兵们聊天，渐渐地成了朋友。

在几个深夜里，他都听到不同女人的惨叫声，不用仔细辨，他也能够听出这些叫声来自谁。

第二天，他问看守的兵士："你们怎么连女人也杀啊。"

兵士说："没杀。要杀了倒好了，省得每天哭爹喊娘的听着闹心。那个黑洋鬼子的主意，今天砍腿，明天锯耳朵的，不知搞什么鬼。"

"那小孩子呢？"

"一样啊，不过小孩子还是扛不住，砍掉鼻子或者挖个眼睛，就死了。"

"那死了的人你们都怎么处置啊？"

"怎么处置？挖坑埋掉呗。大坑都挖了好几个了。说实话，你没看见，真惨，全是脑袋胳膊腿的，都分不清谁是谁的。"

听到这些消息，琴中秋照样大吃大喝。

这一天，管大人走了进来，说："中秋啊，有人看你来了。"

琴中秋往门外看去，一个胖姑娘走了进来。

管大人介绍道："这位是柳灿灿姑娘，打大罗都城来。"

柳灿灿走过来，说："你可是琴中秋？"

琴中秋点点头。

"初九姑娘托我给你带个话。她让我对你说，她还活着。"

琴中秋坐在了地上，只顾喝酒，没有说话。

管大人说："中秋你看，我们都是重承诺讲信用的人，你听到了，你的初九姑娘好好的。事实上，她不但活着，活得还挺好。等到事成之日，我保证你父女团圆。"

"另外，中秋，你得帮个忙。"管大人说，"柳灿灿姑娘有东西想埋到凤凰岛北边的寒冰下面，那边我们不熟，请你给她带带路。"

"过了界山就是。你们要去，自己去吧。"

柳灿灿说："琴中秋，我和我的丈夫丁火都是初九姑娘的好朋友。那日在都城，我丈夫被人一刀砍死，烧成了灰。我把那人砸扁了，被投进大牢。是初九姑娘搭救我出来，还帮我一路来到凤凰岛。她对我说，把我丈夫的骨灰埋在凤凰岛的寒冰下面，等到末日，我丈夫还能活过来。"

琴中秋说："等到末日，活过来又有何用？"

柳灿灿说："初九姑娘跟我讲，末日一过，就是极乐世界。再次活

277

过来，不一定还是人，但我和我的丈夫还会再在一起。"

琴中秋灌了一大口，站起，回身，说："好吧，我领你去。"

4

琴中秋领着柳灿灿，穿戴好厚厚的棉衣、皮靴、手套，在四个兵士的押送下，去往岛北。

太阳晒得柳灿灿满身大汗，琴中秋说："快点走，一会儿到了岛北，你就不会热了。"

以山为界，空气像被一刀切开，柳灿灿穿着棉衣迈过界山，像从火里走到冰中。天空一刹那暗了下来，回过头去，岛南明媚的阳光像一面镜子在对面闪闪发光。伸手可及，却又无比遥远。

琴中秋对士兵说："怪冷的，你们就在这里等着吧，你们也看到了，除了冰还是冰，我们跑不了。"他的声音好像变了一个人，异常寒冷。

士兵哈了口气，瞬间变成水，滴在脚上，冻结成冰。他们转身退回去，阳光温暖，再跳进来，他们大笑着说："太好玩了，过一条线，就好像从阳间到了阴间。老琴，你们快点，我们在这儿等着。"

琴中秋对柳灿灿说："快走，你再站一会儿，脚就会冻到冰里。"

琴中秋的身影在前面显得又瘦又高，他快步走着，柳灿灿有点跟不上。黑色的鸟成群在他们头顶飞过，发出凄厉的叫声。乌云阵阵越压越低，转眼，白色的棉絮飘了下来，落在脸上，丝丝冰凉。

柳灿灿显得异常紧张。

琴中秋扭过头来，脸色苍白，笑着说："姑娘你不要怕，这里是世界上最干净的地方。"

脚下全是冰，柳灿灿开始看见一个个人埋在冰里，有男人有女人，有老人有婴儿，一层一层，不知道有多深。

琴中秋说："他们，都是曾经在凤凰岛上活过的人。"

琴中秋拉起柳灿灿的手，走过一张张面孔。天地之间，好像只剩下他们两个，柳灿灿回头看去，岛南变成一面顶天立地的镜子，折射着蓝天白云绿树青山，越来越远。

走着走着，琴中秋停了下来。

柳灿灿看到他们的脚下，层层叠叠冻着好多人。

琴中秋说："脚下踩着的就是我们琴家的祖先。你等我一会儿。"

说完，琴中秋跪在了冰上。柳灿灿也跪了下来。

琴中秋大声说："祖先们，琴中秋来看你们了。后辈无能，致使凤凰岛大难，愧对祖先啊。"说完，在冰上连磕三个响头。

琴中秋接着说："祖先在下，中秋在祖先面前发愿，定当驱逐外虏，还凤凰岛一个干净。"

琴中秋把头在冰上"砰砰砰"再磕三响，把膝盖从冰里拔出，站起身来。

柳灿灿跪在冰上，寒气顺着膝盖传遍全身，很快冻住了她的膝盖。

琴中秋说："姑娘快些起身。"柳灿灿身上一努，从冰中把自己拽了起来。

琴中秋说："柳姑娘好大力气。"

琴中秋拉着柳灿灿的手往前走了几步，停住脚步，低头不语。柳灿灿顺着他的目光看了下去。在他的脚下，一个女人躺在冰中。

琴中秋说："她是树十七，初九的母亲。"

琴中秋跪在冰上，大声说："十七，我还活着，初九也活着。你不要着急，过些日子，我就来陪你。"

琴中秋站起来，对柳灿灿说："姑娘，你要愿意，就把你要埋的人放在这儿吧。"

柳灿灿摘了手套，从怀里取出一个黑色金丝锦囊，捧在手里，放声大哭："丁火，对不起你，你死了，就剩这一把灰。连具尸体都没有。"

琴中秋大声说："姑娘，别脱手套！别掉眼泪！"

说得晚了，柳灿灿眼泪如注，落在锦囊之上，两行泪迅速变成两根冰柱，粘连在柳灿灿的眼睛、锦囊和双手之间。

琴中秋一掌打来，打断柳灿灿的泪柱，泪柱从柳灿灿眼中剥落，她闭上眼，两道血从双目流出。

琴中秋夺过柳灿灿手中锦囊，双手捧着，轻轻放在冰上。给柳灿灿戴上手套，拽起她的胳膊就走。

两人的腿已被冰埋至脚踝，柳灿灿说："琴中秋，你走吧，我不走了。我在这里陪着他。"

琴中秋大声说："活人埋在冰中，永世不得超生，你若还想有相会之日，赶紧和我去吧。"

柳灿灿拔出脚来，血从眼中流出冻结在脸上，睁不开眼。

琴中秋拉着她的手，向着来时的方向，一路狂奔。

5

刘将军一声令下，五个大夫赶到柳灿灿所住营里。他们对刘将军摇摇头，说："只能先用药，养些日子看看。这对眼睛十有八九保不住了。"

刘将军大为光火，他对管大人说："你怎么搞的，去埋个东西，把眼睛也埋瞎了。简直要坏我的大事。你怎么让一个瞎子举着剑去参加比赛。"

管大人受了批评，转回头来责骂琴中秋。

琴中秋说："我有办法。"

管大人说："快讲。"

琴中秋说："凡去岛北，无非埋葬和祭拜亲人。岛北滴水成冰，所以祖先立训，不许落泪。但到伤心处，谁能免泪？这种情况不是没有发生过。据祖上讲，火乃至阳至刚，水乃至阴至柔。泪乃水中至柔，冻结成冰，阴上加阴。要解其阴，需用至阳。"

"你是说，用火烤她的眼睛？"

"不。祖上说，岛南黑河两岸，生长有一种草，名叫'燃露'，因其在朝露中生，日出露散，即自燃成灰，能自燃者必是至阳之物。而酒乃水中至刚。露散前，拔取燃露，泡在酒中，将酒敷在泪结冰处，或可治愈。所谓生如朝露，转瞬即逝。而这燃露草露生则生，露散则燃，很难采到。"

"那岂不好办，我们日出之前，提着酒去河边采来不就完了。"

第二天半夜，管大人带两个士兵抬着一坛子酒，随琴中秋来到黑河岸边采燃露草。

连守三夜，一无所获。

到第四夜，他们沿着黑河岸自下而上行走。天缓缓亮了，远处的海上，朝阳欲出未出。管大人猛然发现，岸边草中，似乎有细小火焰在跳动，接着，整片草中，这样的火焰连成了一条线，如同一条极细的火蛇在乱草丛中攒动。管大人大喊："拿酒来！燃露草！"

兵士抱着酒坛子狂奔过去，管大人扑在草里，在草中匍匐，但把把捏在手里，草已成灰。

琴中秋提起酒坛泼去，火蛇灭了，管大人抓起一把燃露，不顾浑身泼得是酒，跳了起来，扔进酒坛里，才看见此草比最细的针还要细上十分，在酒中转为黑色，沉入酒底。

自此，在士兵看守下，琴中秋每日夜半沿黑河两岸捕捉燃露，泡入酒中。

然后来到柳灿灿床前，取细长树枝，断为七寸长短，蘸酒，一滴滴点入柳灿灿眼中。

一月过后，柳灿灿说："琴中秋，我能看见你的影子了。"

6

两月过后，柳灿灿的眼中已经能滴出泪来。

她对琴中秋说："琴中秋，初九是丁火的妹妹，也是我的妹妹，你是初九的爹爹，也是我的爹爹，我的男人就埋在初九她娘的身旁。我从小无父无母，你能把我当成你的女儿吗？"

琴中秋说："从你到我面前，对我说初九还活着，我就把你当成我的女儿了。"

听见这句话，柳灿灿又掉出了眼泪。琴中秋说："你的眼睛不能再流眼泪了。你这样，一直好不起来。"

柳灿灿说："高兴的眼泪也不可以吗？"

柳灿灿对琴中秋讲起了她的故事：

"我生在大罗乡下穷苦人家，从小吃不上，穿不上。我爹娘都瘦小精干，偏我从小长得壮。我虽然长得丑，可我力气大。六岁能挑水，七岁能推磨，八岁就上山砍柴，比我爹砍得还多。村里的人笑话我爹娘，什么难听话都有，说他们生的不是女儿，是野猪投胎，生下了我。不管别人说什么，爹娘还是疼我。因为我，我爹和村里人没少打架。从我十岁开始，就没人敢惹我爹了。只要有人敢说我爹一句坏话，我能把他一把扔到房上。

"我十二岁那年，大罗开始闹饥荒，一闹闹了七年。第四年头上，实在没吃的了，但凡有点吃的，也先给我吃，我饭量大。那天，我爹拿着斧子上山，说山上可能还有野猪，杀一头回来。我娘说，你站都站不稳，还去打野猪？我爹不听，上了山。三天没回来。我上山去找，在一个山洞前找见了我爹尸体，他被野猪撕烂了，但我认得他的斧子。我拿着他的斧子，等了一夜，砍死那头野猪。挖了个坑，埋了我爹，扛着野猪下山让我娘吃。

"我娘知道我爹死了，一口野猪肉都没吃，两天就咽气了。我也没吃，把野猪送给了乡里人。挖了个坑，把我娘埋了。离了老家，在山上乱跑。我力气大，什么活物我也不怕，有一年冬天，我打死一群狼，整整吃了一冬天。

"后来，山上的活物越来越少了。我就下了山。山下的老人都被送到一个地方，饿死了。年轻男人挖坑埋人挣粮食吃，女人都到窑子里挣粮食。我也去窑子里，人家不要我，让我去和男人们挖坑。我不愿意，我说我是女人。他们说，你去随便问一个男人，他们要是愿意摸你一下，你就是个女人。结果没人愿意摸我。他们说我这辈子也不会有男人。

"我就一直往南走，越往南越好过一些。我去了一个地方，碰上了我的男人。

"他在那个地方和一帮人挖玉，可他身边的人都在骗他，只有他不知道。他挖出玉来，人家告诉他是块石头，他挖出石头，人家告诉他是玉，他就把银子赌进去了。他什么都没了，躺在地上快要死了。我可怜他，找来吃的先给他吃，他慢慢活了，又有了力气。那些人又来找他，说他怎么找了我这么个女人。他就不要我了，我不怪他，谁让我长得丑。可我还是跟着他，我怕那些人再骗他。他骂我，不让我跟着他。他说，你要是觉得救了我，等我挣了银子还你。我说我不要银子。他说，你不要银子，那就求你别跟着我了。

"他和那些人喝酒赌钱挖玉，那些人都知道他的眼光，他看有玉，肯定有玉，可等他挖出来，就都说没玉，给他点酒钱，就把玉骗走了。有的时候，我觉得他也知道他们在骗他，可他离不开。

"那天，他挖出来一个东西，黑乎乎的跟拳头一样大，可比一块大石头还重。他说，这是一个宝贝，别人都笑他。他说，这块东西能卖百两银子，别人说要是卖不出去怎么办？他看看我，说，十天内，卖不出去，我就要了这个女人。

"他们把这东西抬到市上，十天过了，没人买。别人笑他，他一句话，就让我跟了他。

"没人相信他，就我相信他。我力气大，正好能帮他拿着东西。我跟着他从南方到了北方，到了都城。一直到他死，东西也没卖出去。

"可他对我真好，我们俩在一起，没有人敢再骗他，也再没有人笑话我，因为我是个有男人的女人了。东西卖不出去，可我们有吃有喝，不比别人过得差。

"他老对我说，卖了宝贝，就买宅子，给我做好衣裳，然后堂堂正正地娶我。我也想给他生好多孩子，我们活到老。

"可是他死了，一把火烧成了灰，连尸首都没留下。"

说到这里，柳灿灿泪流满面。

琴中秋说："不要再哭了，你记住，往后再不要流泪。"

"嗯。"柳灿灿抹了眼泪，"我记住爹的话，再不流泪了。我现在高兴，虽然我男人死了，可我认识了初九，我男人埋在冰里，还能活过来。还认识了爹爹你。"

"初九如何救你？"

"我男人死了，我拿着他的宝贝把那个杀他的人砸扁了。我被放进大牢里。初九，认识都城的大官。她教我装疯，还说我怀孕了。就把我放了。"

"那你的宝贝呢？"

"来了凤凰岛，刘将军对我说，铸剑师傅看了，那果然是个大宝贝，他们要用它铸造一把天下最锋利的宝剑，到时候让我拿着，去大罗国，把那些坏蛋全杀掉，为我男人报仇。"

"是初九让你拿着宝贝来凤凰岛的吗？"

"是啊，要能再见她，我要好好谢谢她。"

"她在大罗都城做什么？"

"我不清楚。但她过得挺好的，爹爹你放心。"

"我现在不放心你，你好好养，别流泪。眼睛赶紧好起来，不然怎么报仇？"

7

刘将军又回了趟鱼南。两个月后回到凤凰岛，下面报上来说铸剑仍然没什么突破，刘将军心情非常恶劣。他吩咐左右："把管大人请来。"

管大人一路小跑，挑帘而入。

刘将军端起桌上茶，喝了一口，笑眯眯地问："胖丫头的眼睛什么情况？"

管大人说："很好，自从每天用燃露草泡酒滴眼睛以后，现在，能认出人了。"

刘将军说："不能再等了，你跟我走。"

他叫来左右，穿好战袍铠甲战靴，戴上头盔，斜挎了一把刀。对管大人说："走。"

刘将军尽管一身战衣，仍然健步如飞，管大人在后面跟着一溜小跑。两人直奔詹慕斯的实验室。

李杰克从里面奔了过来，说："将军，这是怎么了？"

"怎么了？你们看老子这身战衣，跟着我二十多年，老子穿着它杀人无数。老子今天来，就是要一句话，这事还能不能干，不能干就趁早滚蛋！"

"詹慕斯先生说，这几个月来，一直研究那块宝物的锻造方案。其他的实验就先停了。"

"停了？外面几百个人缺胳膊断腿，没鼻子没眼。你们说停就停。炉子燃着，你们还在研究。"

"詹慕斯先生说，经过反复的化验、比对、分析，现在基本确认，是水的原因。凤凰岛身处内海，岛上河水溪水，盐分比例超高，导致工艺出现偏差。詹慕斯先生考虑使用雨水，但这里天天都是春天，春雨贵如油，每每还没等支好盆子，雨已经停了。"

"他的意思是，我回鱼南把水给他拉过来是吗？"

"詹慕斯先生说，那是最好。"

"好，好。"刘将军胸口鼓了鼓，鼻子里长长出了口气，"第一，我们来岛上两年多了，你要什么，我就给什么。大船来往不知多少趟。可从鱼南到这儿，来回最快两个月，还得避着其他国的船，搞不好露了行踪，更麻烦。我刚从鱼南回来，我去之前，你为什么不提？第二，你说，水不好。这没什么，能找到原因也是好事，可我要问你，我若从鱼南运过水来，你能保证一定能成吗？"

"詹慕斯先生说了，第一，这个结论也是刚刚才下，以前一直在铁和血上面下功夫，没料到问题出在水上。第二，即使从鱼南运水过来，也不能保证万无一失。"

刘将军站起来，身子有点抖。他问："你们这里面是几个人？"

"将军所问何意？"

"没什么，好久没来，忘了。"

"詹慕斯先生带有助手四人，连在下六个人。"

"六个人，咱们几口炉子？"

"这个将军也忘记了。"李杰克满脸堆笑，"小炉十二座，大炉三座，超大炉一座。"

"让他们带我去看看。"

詹慕斯携他的助手陪着刘将军再次来到锻造室，先看十二座小炉，接着是四座大炉。

来到第一座大炉前，炉火熊熊，烤得人脸热。

刘将军回身笑着对李杰克说："让詹慕斯先生的四位助手分别给我讲讲这四口炉子。"

第一个助手过来，站在炉前。刘将军问："这炉子里面有多热？"

"他说已经很热了，但他不知道按我们的说法应该怎么说。"李杰克翻译道。

刘将军笑一笑，说："不知道，我来教你。"

众人还没有反应，刘将军手起刀落，助手的脑袋已被砍下，咕噜噜滚到刘将军脚下，身子扑通跌倒，血流一地，染红了他的金头发，还大睁着蓝眼睛。

刘将军伸手拽头发抓起这颗脑袋，扔进炉里。对李杰克说："你再问问他，知不知道这炉子里有多热。"

众人大张着嘴，没人说话。

刘将军对管大人说："我们走吧。"

走到门口，刘将军回过头来，对李杰克说："和詹慕斯先生说，水也好，血也好，我不管他有什么问题，让他赶紧想办法。我就方才那一个问题，每天来问一遍。三口大炉，一口超大炉，他们四个人，正好。"

8

回到营里半天，管大人都不敢说话，刘将军也不说话。坐了半天，管大人告了辞退出来。

他转头来到琴中秋营里，对琴中秋说："凤凰岛你熟，你办法多，帮我出出主意。"

管大人把铸剑遇到的困难和琴中秋讲了讲。

琴中秋想了好久，说："水有问题，我有办法。"

"快说！"

"凤凰岛北万年寒冰，取到岛南一些，融化成水，不就行了吗？"

"姓詹的说了，岛南的河水溪水不行，因为盐分高。岛北的冰是海水冻结而成，肯定也是不行。"

"不到极寒，海水不会结冰。到了极寒，海水结冰，但盐分随之减少，年代越远，盐分越少。凤凰岛北历经万年，早成纯水之冰。融冰为水，比世间任何水都要干净。"

管大人一拍大腿，冲琴中秋竖起拇指，想说话又没说话，扭头便往外走。走到门口又退回来，说："中秋，我有一事不明，我们来了，把凤凰岛搞成这样。你为何屡次帮我？"

琴中秋说："我是帮初九。"

管大人点点头，出门直奔刘将军处。

刘将军听了汇报，忙派兵士去往岛北，先取几块冰来一试。兵士穿戴严实，跨过界山，取刀剑撬开冰层，取了硕大一块冰，棉被包裹，带回军营，盛入瓷盆之中。刘将军和管大人眼睁睁看着这块冰渐渐消融为水。水满瓷盆，犹如无物。刘将军舀一勺喝下，顿觉满口甘冽，神清气爽，从上到下一片舒坦。

刘将军命人抬着这盆水去给詹慕斯看看。两个时辰后，李杰克跑来说："詹慕斯先生说，此水纯净无比，实属罕见。他已经决定，明天就开始铸剑。"

刘将军心里高兴，对管大人说："琴中秋立功不小，领他来，我请他喝酒。"

天黑的时候，三人围坐在刘将军营中，面对满满一桌子菜。

刘将军说："鱼南国最好的厨子都在岛上，我没有吃过一顿舒坦的饭，大王说我在这儿度假，真是冤枉。今天，心里踏实一大半。中秋兄弟立了大功，刘某粗人一个，不要拘谨，大口吃菜，大碗喝酒。"

琴中秋一点没客气，三人推杯换盏，相谈甚欢。

不免聊到铸剑之事。

管大人说："现在，铸剑的铁有了——不但有了，还不是地上凡铁——天上来的神物，水有了——不但有了，还不是凡水——万年寒冰所融，看这姓詹的还说什么？"

刘将军说："他要再打不出好东西，老子把他先炼了。"

琴中秋说："将军这么一说，我倒有一个想法。"

"快快讲来。"

"中秋就是个酸腐文人，刀剑的事我本不懂。听管大人刚才说，天外神铁，万年冰水，这两样是没问题了。可还有两样不够完美。"

"哪两样？"

"第一，是炼铁之火。取凡木烧火炼铁，岂能造出神兵？凤凰岛中有一棵数千年梧桐，我建议伐此木生火，必得不寻常之火。"

"这个我也想到过，实在是那棵树太大，听你的，明天就砍。第二呢？"

"第二，就是血。"

"血都是岛上人的血，不用这个，还能用什么血？山上野兽，海里鱼虾？"

"我不是这个意思。我想，血好不好，无非两点，第一，质。第二，数。数量不用说，血有的是。但血不在多，有质才行。凤凰岛和中原本属一宗，来岛上数百年，亲上加亲，连根错节，谁跟谁都沾点血缘。所以百人之血，跟一人之血没有质上的区别。凤凰岛民血全流干，那也只是数量。"

"那怎么办？"

"我看不一定只用人血。当然，猪马之类污浊之血断然不行。"

"那用什么？"

"据我所知，深海中有鱼名鲛，乃水中之王，齿如尖刀，皮如金刚，凶猛异常。如能捕鲛一条，取其血铸剑、取其牙做柄，定能锐其锋芒、容其锋芒、助其锋芒。"

"太好了，连剑柄都帮我想到了。可去深海里打鱼，我们都不行啊。"

"中秋知道，有一人可做此事。"

"谁？"

"鹿惊蛰。"

"这鹿惊蛰可不如你。念他带我们上岛，饶他一命，他不但不感激，整天寻死觅活的，前些日子刚把自己舌头咬了，每天面壁。"

"鹿惊蛰和中秋有些交情，如将军需要，中秋可以找他谈谈。也许奏效。"

"中秋，让我说什么好。都在酒里，都在酒里。"三人干杯。

"第二。"琴中秋接着说，"人血当然必不可少，但我前面说了，凤凰岛的血有量无质。这淬火之血中如能添加异族血脉，必然血性大浓。"

"异族，去哪里找异族？"管大人挠头。

刘将军一拍大腿，说："那姓詹的和他几个跟班不就是异族？"

"不好吧？剑铸完了，用人家的血淬火，这有点卸磨杀驴吧？"管大人说，"可别影响了鱼南和他们国家的关系。"

"老子早就看不下去了，要不是还有用，姓詹的脑袋早不在他脖子上了。什么毫无利己的动机，鱼南待他不薄。他一声令下，这凤凰岛上砸了多少银子。到现在没做出一点事，铁是咱们找来的，血是咱们提供的，水也是咱们发现的，要他何用？到时候，我一刀先把他脑袋砍了。这个事情就这么定了，大王那边我交代。就按中秋说的办——天外神铁，上古寒冰，千年梧桐，深海白鲛，加上异族混血。我们要再打不出一把神兵利刃，对得起谁？"

9

管大人和琴中秋来到鹿惊蛰的营房之外。

琴中秋说："大人在外面稍候。"

管大人说："你也小心，他恐怕有点疯了。"

琴中秋点点头，走入营房。

过了半个时辰，琴中秋出来说："妥了，他答应了。"

鹿惊蛰头发披散，胡子满脸走出营房。管大人问："你可有什么需要。"

鹿惊蛰张张嘴说不出话。管大人喊："拿纸笔来。"

左右拿过纸笔。鹿惊蛰提笔写：船、网、刀、三天的水和干粮。

管大人迅速备齐，鹿惊蛰驾着船出海而去，刘将军对管大人说："他不会跑了吧？"

"他能跑哪里去？死人当作活人用吧。"

鹿惊蛰出海之后，琴中秋忙活起来。他首先领着一众士兵带着刀锯去到密林深处，砍伐这棵千年梧桐。接着，他指挥士兵在詹慕斯实验室外用石头砌一个巨大的池子。下午时，他带领另一队士兵去往岛北，他说："我知道哪里的冰更纯净。"

第二天，池子砌好。士兵们在岛北深处，凿开冰层，将巨大冰块用绳绑好，一路拖回岛南，扔入池中。直到池中堆满，岛北已被挖出一个巨大冰坑。

第三天，梧桐树被砍倒，岛上所有人都感到了沉重的一震。士兵们取树主干，斫而为柴，绑在一处，背至炉外备用。到了晚上，炉外的柴已堆砌如山。

第三天的太阳快要落山时，鹿惊蛰回到了岛上。他躺在船上，遍体鳞伤，奄奄一息。但在他的身旁，躺着一只比他更奄奄一息的白鲛。数不清的牙齿在血红夕阳下闪着寒光。

第四天，琴中秋来到了关押凤凰岛民的营房。刘将军说："你去看看，谁的血还能用。"

进门时，血腥味和肌肉腐烂的味道混合在一起，差一点将他熏倒。

他走在他们中间，像走在地狱。尽管他知道，他们是曾经与他朝夕相处的同胞，但他已经很难从这些残破的面孔和破碎的肢体中将他们一一辨认。他边走边数，即使把只剩半个身子的也算作一人，这里也只剩八十六人。

他瞪着血红的眼睛，希望能从他们中间找到熟悉的眼神。可是，已经没几个有眼睛的了。即使有，眼神里也只剩下罕见的恐惧和陌生的绝望。

他一个一个地看，直到看到一具裸露的身体，这具肮脏的身体背对着他，他看到了背上那一颗血红的痣，他的眼泪掉了出来。他蹲下身子，在这具身体的耳边轻轻地说："天蓝，你背上的痣像冰上的一滴血。"

地上身体一抖，但已经没有力气扭过来了。只能将头偏过来，发出微弱的声音。琴中秋趴在地上，把耳朵凑在她的嘴边，听见她说："中秋，杀了我们，杀了他们。"

琴中秋也轻轻地说："我答应你。"

10

琴中秋笑眯眯地对刘将军说："将军，剩八十六人，都是青壮年。既然成败在此一举，不如把他们的血都用尽吧。"

刘将军爽快地答应了他。

第五天，一切准备停当。

这天清晨，刘将军为这座从未使用的超大炉举行了简单的开炉仪式。整个仪式始终充满了毕其功于一役的悲壮气息。

刘将军做了极为简短的讲话后，按照管大人的安排，柳灿灿一袭白衣拖地，头戴花环，在众人的注视下，捧着那块天外神铁缓缓放入炉中。

刘将军大声说："开炉。"千年梧桐木在炉中燃起，巨大的风轮卷起狂风吹进炉里，火愈燃愈烈。

大炉连烧三天三夜，詹慕斯率手下开始了持续三天三夜的锻打，神铁渐渐呈现剑形。

第八天早上，李杰克对刘将军说："詹慕斯先生说，准备淬火。"

岛北寒冰终于全部融化为水，刚好半池。

在此之前，鹿惊蛰将那条深海白鲛，剥皮去牙，砍掉脑袋，血积了满满一铜盆。

白鲛血先被倒入池中，接着，凤凰岛的八十六人被押来。士兵逐一砍去脑袋，将脖腔探入池中，等血流尽了，再换下一个。

八十六人的血流尽，池子满了。

詹慕斯指挥他的助手用铁架子抬剑来到池边，准备沉入这一池血水中。

刘将军说："且慢。"

詹慕斯扭过头来，刘将军将其脑袋砍下，一脚踢入池中。

詹慕斯的三个助手手足无措，刘将军用刀指着他们道："手脚快点。"

助手们赶紧将铁架推入池中。

满池血水瞬间翻滚，转而形成巨大漩涡，突然喷起一道血红水柱，直入天空。

与此同时，天上一声炸雷，暴雨如注，和池中水柱混在一起，分不清哪里是雨，哪里是水，哪里是血。

一个时辰后，好像被一剑从天地之间劈断，雨停了，池子恢复了平静。

所有的人重新聚集到池边。刘将军抹了把脸，说，放水。士兵跳进池子，潜入池底，打开池壁一边的放水通道。

池子中水面一寸一寸地往下降，直至见底。池中空无一物。

众人都吃了一惊，剑没了，铁架子没了，詹慕斯也没了。

刘将军脱下战靴，跳入池中，左看右看，还是没有，他觉得脑袋好像都大了一圈，不知道该做什么，说什么。

这时，一个士兵趴在池子中央大喊："找到了，在这里。"

刘将军赶忙过去，蹲在地上，仔细看，才发现，一把剑躺在地上，纯青，透明，像一条冰。

刘将军伸手摸过去，手碰到剑身，好像摸到了寒冷的冰雪，不由得弹了回来。他再次凝神观看，这把剑仅有一尺余长，看上去不见得怎么锋利，剑尖微圆，像一片韭叶。他看准了剑柄的位置，做好了迎接寒冷的准备，伸手抓着剑柄，想拿起来。可是他使足了全身的力气，这把剑纹丝不动。

他对左右说："请柳灿灿姑娘过来。"

柳灿灿很快来到池中。刘将军说："请持剑一观。"

柳灿灿四顾茫然，说："剑在哪里？"

刘将军努了努嘴说："在你脚下。"

柳灿灿说："我的眼睛刚好，看不清楚。"

刘将军说："你趴到地上仔细看。"

柳灿灿趴在地上，终于看到了这把剑。她伸手摸去，手碰到剑身，好像摸到了岛北的寒冰，不由得弹了回来。她再次凝神观看，看准了剑柄的位置，做好了迎接寒冷的准备，伸手抓着剑柄，提剑挥舞了起来。

太阳光似乎瞬间失去了光辉，只有透明的寒冷清光充满天地之间。

那剑就溶在这透明的寒冷青光中，看上去好像一无所有。

"别舞了，晕。"刘将军大喊。

柳灿灿停了手，太阳恢复了光芒。

两人出了池子，来到众人中间。众人急着看剑，却什么都看不见。刘将军说："别着急，把剑柄取来。"

白鲛牙剑柄装上，众人就只能看见柳灿灿手握一个剑柄。

刘将军说："试剑吧。"

他吩咐士兵们把腰里的刀剑都抽出来，让柳灿灿握好剑。对士兵们说："你们只管用刀剑往她的手前砍。"

士兵们感觉自己握着刀剑在空中虚舞，但他们的刀剑无一例外地在柳灿灿身前变为两截，甚至都没什么声音。每一个士兵都感到惊奇，都要过来一试，直到所有士兵只剩下半把刀剑，刘将军再也抑制不住得意的心情，哈哈大笑起来。

最后，他抽出了自己的刀，说："我这把刀虽算不得什么宝刀，可在鱼南，也是数一数二。你砍它试试。"

柳灿灿剑挥过来，刘将军只握着一个刀把。

这时，柳灿灿对人群中的琴中秋笑了笑，说："爹爹，我可以开始了吗？"

琴中秋点头示意。柳灿灿手握着这把透明的剑，一剑一个，刘将军的士兵在剑下像被收割的韭菜一样，纷纷断为两截。有的是从腰间，有的是从脖子，还有的是从胸口。

动作太快，士兵们几乎没有什么闪躲，即使后面的几个士兵意识到了想躲，甚至挥起手中的半把刀反抗，但显然都是徒劳。

直到柳灿灿把最后一个士兵砍为两段，第一个被砍断的士兵流出了血。

刘将军呆呆地看着柳灿灿，说："柳姑娘，你这是做什么？"

柳灿灿说："试剑啊。"

"我没让你砍人啊。"

"我听我爹爹的。"

琴中秋笑笑走上前来，说："刘将军，你铸的剑真不错。"

11

琴中秋、柳灿灿和鹿惊蛰绑好刘将军，来到停靠在海边的大船上。

管大人率领着一帮大夫和厨子正准备开船。柳灿灿拔出透明的剑，很快，只剩下管大人一人。

他们把管大人和刘将军绑好，封住嘴巴，衣裳扒光，挂在两棵树上。开始整理凤凰岛民的尸体。

除去刚刚被砍头的八十六人以外，更多早先死去的人被埋在六个大坑里。大部分已成为白骨，没有成为白骨的正在腐烂，没有见到一具完整的尸体。

三人分工：琴中秋整理尸体，鹿惊蛰把尸体装上鱼南士兵运送器物的推车，由柳灿灿运到岛北，摆放在冰上。

整整两天两夜，他们没有说话，没有睡觉，没有吃东西，终于完成。

最后，他们把刘将军和管大人放在车上，拉到岛北。

在凤凰岛民的尸体旁边，柳灿灿拔出透明的剑，在冰上挖了两个洞。一个洞塞刘将军，一个洞塞管大人。

刘、管二人嘴被封着，手脚在冰洞里挣扎，越挣扎，冰封得越快，直到没顶。

琴中秋对两人说："活着埋在这里，永世不得超生。"

这时，天空被岛南的火光照亮。远远看去，像一面着火的镜子。

柳灿灿说："我们没抓到詹慕斯的三个助手。"

琴中秋说："烧了好，烧了干净。"

在回去的路上，三人停下了脚步。在他们的脚下，树十七在冰中栩栩如生。

琴中秋对鹿惊蛰说："你把灿灿送到大罗。"

鹿惊蛰点点头。

琴中秋脱光衣裳，对柳灿灿说："动手吧。"

柳灿灿眼睛一红说："我也不想活。"

琴中秋说："不要掉眼泪。你要活着。见到初九，把我的话告诉她。把事情做完，我在凤凰岛等你们。"

柳灿灿点了点头，伸手，再收回来。琴中秋苍白的胸膛上出现一道鲜红。他面带微笑，倒在冰上。

12

鹿惊蛰和柳灿灿来到海边，上了大船，远远看见詹慕斯的三个助手正在扯着船上的大帆。

看着他们把帆挂好，柳灿灿拔出透明的剑，走了过去。

此时，天已大黑。鹿惊蛰和柳灿灿站在船头，看见凤凰岛南已经成为一片火海。大火顺势而上，就要烧到界山顶上的凤凰庙。

鹿惊蛰跪在甲板上，向着凤凰庙的方向磕了三个头，站起来，调整船帆的方向，起了锚，船帆随风鼓起，向着漆黑一片的大海深处驶去。

两月之后，大船到达大罗海岸。

柳灿灿对鹿惊蛰说："我们上岸吧。"

鹿惊蛰摇摇头。柳灿灿苦劝，鹿惊蛰只是摇头。

柳灿灿上岸，走入大罗的群山密林之中。

当她来到一个山头，回首海上。柳灿灿看到来时的船在海上燃烧，船帆片片燃尽，像一只在火中把最后一片羽毛烧成灰烬的凤凰，等待涅槃。

他必须死

他只说一句："我叫周小铁，我为我爹娘报仇。"说完，把刀插入万喜年的胸膛。

有人必须死

CHAPTER 9

1

　　这天早上，"天冷办"的官员们正在忙碌。一个姑娘走了进来。

　　姑娘说："我要报名。"

　　一个头目喝了口茶，从桌前站起，看了看这个衣衫褴褛披头散发的胖姑娘，说："天冷会不接受个人报名。"

　　"我代表凤凰岛报名。"

　　"凤凰岛？没听说有这么个国。"头目说，"你知道参加天冷会是做什么吗？"

　　"我知道，就是比刀比剑。"

　　"那你可有刀剑？"

　　"有。"姑娘把一把剑放在桌上，桌腿嘎吱嘎吱响，一条腿折了。姑娘拔出剑，剑身透明，好像一无所有。她弯下腰，挥了一下，桌子的四条腿被砍成一般长。她把剑再次放下。

　　头目赶忙拿来笔墨，边问边记。

　　"报名国家？"

　　"凤凰岛。"

"姓名？"

"柳灿灿。"

"人数？"

"一个人。"

"兵器。"

"剑。"

"姑娘，你的兵器需要有个名字。"

"就叫中秋剑吧。"

2

柳灿灿报名的消息马上传到右丞相赵海城这里。

此时，赵海城正陪着五位来自天下冷兵器大会组织的洋人官员参观刚刚落成的天冷会比赛场馆。

来人说："一个胖姑娘，带一把透明的中秋剑，代表凤凰岛，报名参加天冷会。"

赵海城问："查过这姑娘的来历吗？"

官员说："已到各部查过，此人名叫柳灿灿，一年前与另外一名叫丁火之人在大罗从事乞讨卖艺活动。丁火与人发生口角被杀害，柳灿灿用不明之物打死对方。被投入大牢，一月后因怀孕和疯病发作被释放。从此下落不明。"

"就这么多？"

"还有，该女系花满楼歌女琴初九表嫂。此事经都城统领万玉城亲自处理。"

"这姑娘现在何处？"

"暂且安排到天冷客栈住下，等您发落。"

"知道了。对外封锁消息，随后我来处理。"

翻译把两人对话翻译给了天冷会组织官员。这五位官员很感兴趣，说："这可是天冷会历史上的里程碑事件。一个人代表一个国家报名的情况还从未发生过。"

几位官员执意要马上到天冷客栈看看。赵海城不好推却，只好带他们转头去天冷客栈。

此时距离天冷会开幕只有几个月时间了，报名参加天冷会的所有参赛人员已全部来到大罗，入住天冷客栈。

天冷客栈为各个参赛人员分别提供了分门独院，除了柳灿灿。工作人员为了安排柳灿灿伤了脑筋。最后，柳灿灿自己说，我在外面住惯了，不用进房子里面。工作人员就在客栈边上搭了一个帐篷，安排她住进去。

赵海城领着洋官员们来到帐篷里，看到柳灿灿蓬头垢面坐在地上。

洋官员们皱起了眉头。通过翻译对赵海城说："怎么可以让参赛选手住在这么恶劣的环境中呢？"

赵海城说："原定参赛的人员都已安排妥当，没料到多出一个。我尽快处理。"

洋官员马上提出批评说准备工作还是不够细致，再次强调一定要尽快落实这个问题。赵海城连连称是。

洋官员通过翻译亲切地问柳灿灿："可爱的小姑娘，你从哪里来啊？"

"凤凰岛。"

"这可真是一个美丽的名字。那为什么只有你一个人来呢？"

"人都死了，就我活着。"

"原来背后还有着这么悲壮的故事，一个人为国而战，值得期待。

可你有兵器吗？"

"有。"柳灿灿把剑拔出，帐篷内青光闪动，可官员们看见她手上除了白色剑柄，空无一物。

"我们非常欣赏你的勇气。即使只拿剑柄来，我们也非常欢迎。"

柳灿灿伸手抓过脑后披散的长发，右手持剑，左手抓着头发横在剑上，张口轻吹，众人看到，她的头发在清冷的透明中齐齐断裂。

五位洋官员齐刷刷报以热烈的掌声。赵海城看得高兴，低声对手下说："那万喜年有把刀臭牛，看到时候能不能比得过这把剑。"

洋官员的头目兴致勃勃地提出亲手体验一下柳灿灿的这把剑。柳灿灿将剑头朝下，把剑柄递了过来，剑柄刚入官员手中，马上落在地上，没入青色砖中，只留剑柄在外。洋官员们又是一阵掌声。他们纷纷说，柳灿灿必将成为本届天冷会最大的一匹黑马。

在离去的时候，洋官员们对赵海城再次强调要尽快解决柳灿灿的居住问题。

正在赵海城为此事发愁的时候，消息传来，鱼南国大王突然驾崩，鱼南国决定退出本届天冷会。先期到达的选手连夜动身，返回本国。

不管对于大罗还是对于赵海城来说，这无疑都是一个绝佳消息。一来，鱼南国借大会生事的危险自动解除。二来，柳灿灿有了住处。

柳灿灿一个人住进了曾经属于鱼南国的院子。院外的木牌及时地更换，上面用各国语言刻着：凤凰岛。

3

初九已经很久没有从平安包子铺的包子里吃出纸条了。

她最后得到来自刘将军的消息是：东西收到，可堪大用。事后必赏。中秋平安，勿念。从此再没有消息。

她和花梨说起此事，花梨说："我也很奇怪，我干娘托人来信说，鱼南那边突然没人监视她了。"

两人不知道这种情况是好是坏，非常不安。

这晚，初九带着曹云鹏来吃包子。曹云鹏照例是两屉包子一头蒜。初九连吃两个包子，不见纸条，她来到掌柜霍平安面前，说："现在的包子怎么这么难吃？"

霍平安说："我也急，好久没有做包子的主料了，南边一直运不过来。"

"什么原因？"

"我打发人正问着，还没回来。"

让初九不安的事情不只这一件。自从那天晚上，谢小扇和黑狗出现在花满楼之后，她的心情就没有好过。那天晚上，周小铁把刀交给了她，头也不回地跟随另一个女人扬长而去。尽管冬天过去以后，这个男人又回到了她的身边，可那个雪夜中的背影在她的心里始终挥之不去。

初九的心没这么乱过。她知道，从她离开凤凰岛，踏上大罗土地的那一刻起，就注定她可能这一生都不会再过上那样简单的日子。但她现在所做的一切努力，就是为了回到过去。

她认为老天一直在不断地帮助她。刚来都城的第一天，她就遇到丁火和柳灿灿，她把丁火的宝贝当作老天送给她的礼物。当她得到这件礼物可以被刘将军派作大用场的消息后，她知道，离她完成任务，早日回到凤凰岛见到琴中秋又近了一步。

紧接着，她来到花满楼，万喜年恰逢其时地把刀传给了万玉城。虽然花梨仍在犹豫，但假以时日，二人盗得宝刀的目标不是不可以实现。

当她被屠熊会抓获，决心赴死时，那个名叫周小铁的男人向她走来。

她仍记得，她跪在坚硬的石头上，低着头，闭着眼睛，等待刀砍向自己的脖子。那一刻，她想起凤凰岛，想起琴中秋，凤凰岛的海水一浪一浪打在岸上，她心里默念：我就要回来了。可她听到一个声音：等等。这个声音、长相和神情都酷似琴中秋的男人把她救下。

她觉得，她所有的过去都是在为了等待那一刻。

这种强烈的宿命感在她发现周小铁也有一把绝世宝刀之后变得更加强烈。她坚定地认为，能够做出的解释只有轮回。她把自己给了这个男人，也以为她得到了这个男人。她记得那个清晨，她问周小铁能否在一切尘埃落定之后，和她一起回到凤凰岛，她忘不了周小铁做出回答时坚定的眼神。他的未来在那一瞬间变得清晰无比，一个两全其美的方案：周小铁在天冷会上夺得天下第一，完成她需要为鱼南国完成的任务，同时杀掉他的仇人。到那时，她将和这个男人远走高飞，她将骄傲地把周小铁领到琴中秋的面前。然后，在那个岛上终老一生。

她的梦想在那个雪夜里被瞬间打破。周小铁离她而去。

她不知道是不是应该调整自己的计划。当她和平常一样登台抚琴歌唱，或是和花满楼别的姑娘调笑打闹时，她心里想着的是周小铁和谢小扇在做些什么。当曲终人散，夜阑人静，她却一次次从梦中哭醒。没有人能明白她，即使花梨，也只是淡淡的一句："男人，都是这样，吃着碗里，看着锅里。"

周小铁只留给了她一把乌黑冰冷的刀。她曾经那么幻想拥有这样一把刀，她只要把这把刀交给刘将军，她在大罗的噩梦就可以结束。而现在，她已经和过去一刀两断。

她不是没动过这个念头，但她知道这把刀对周小铁意味着什么，而周小铁对她又意味着什么。

当周小铁再次出现在花满楼时，她对他说："这些天，我为你流干了所有眼泪。你只要告诉我，你答应我的事情，你对我说过的每一句话，是不是都在骗我？"

"我没有骗你，我对你的心你知道。"

"你对我的心，就是离开我。"

"我没有离开你，我和你说得很清楚，我把刀给你，我会回来的。现在，我回来了。"

"等再过些日子再回去是吗？"

"不回去，我回不去了。"

"你现在在做什么，你知道吗？"

"我不知道，我不知道应该怎么离开一个人。我不知道应该怎么离开一个为我付出那么多的女人和一个眼巴巴看着我叫我爹的孩子。"

"你离开我吧。"

"我离不开。在见到你之前，我从来没有相信自己能真正地报仇，更没想过能够成为天下第一。是你让我相信了自己，是你告诉我，我可以。"

"你和我在一起，就只是为了报仇，为了做天下第一吗？"

"不是，我喜欢和你在一起。"

每天如此。反复地争吵，她不知道有没有结果。她只知道，她离不开周小铁。

她尽自己最大的能力，忘掉那个雪夜。她和周小铁像以前一样，来到有凤来仪客栈，像初次偷情一样忘情云雨。她和周小铁像是共同埋下一个秘密，然后骗自己，骗对方，以为只要假装忘记，就永远只是一个秘密。

对于他们俩要做的事情，他们似乎比以往任何时候都更着急，但内心深处，却好像害怕那一天的来临。他们无数次幻想，在天冷会上，周小铁砍断所有对手的兵刃，成为天下第一。大王和万喜年走到他的面前，为他颁赏。那将是他此生中唯一带刀站在仇人眼前的时刻，他抽出刀，砍掉二人的脑袋。而那一刻过后，鱼南国和屠熊会要做的事情已和他们无关。

他们从来不敢问对方，这是不是一个幻想？周小铁的刀是否真的能在无数国家的利刃中披荆斩棘，直至问鼎？他和初九是否可以在此之后双双全身而退？如果这些真的只是一个幻想，怎么办？

而对于周小铁来说，需要面对的还不止这些。

当初九躺在他的胳膊上沉沉睡去时，他却睁大眼睛，看着窗外，不能入梦。

他想起他十岁时从爷爷的棺材中爬出的时刻，想起他在边城流落街头寻找父亲的每一天，想起他的父亲周阿铁和他在山谷里相依为命的那几年，想起父亲把刀插入自己胸膛的除夕夜。

他想起决意报仇时的冲动，在想象中，他持刀一路来到都城，走进帅府，直到万喜年的面前，只说一句："我叫周小铁，我为我爹娘报仇。"说完，把刀插入万喜年的胸膛，就像他多次把刀插进嗷嗷待宰的猪身上一样。

现在想来，那时的他是多么简单。他只想把刀插进去，甚至没想过拔出刀之后会怎么样。

到了都城，一切和他想象的都不一样。时至今日，他只在那个除夕转瞬即逝的烟花中远远看见过仇人的身影。

他明白，所有的想象只是自己在骗自己。为了继续骗下去，他不得不去骗所有的人。

他骗谢小扇，他说他抛妻弃子流落都城，是为了得到他其实根本不在乎的天下第一，是为了挣到更多他根本就不在乎的银子，然后把他们接来，更好地尽到一个丈夫和父亲的责任。

他骗初九，当他在屠熊会的刀下救了初九的时候，他只是想通过她见到万喜年。当他喜欢上这个姑娘的时候，却没有在一开始的时候就告诉她，他早已有了家。

而他自己到底想要什么，还是他什么都不想要？

此刻，千里之外的谢小扇可能刚刚睡去，黑狗突然醒来，没有缘由地哭泣。

此刻，初九正躺在他的身旁，带笑的脸，像窗外的月亮一样又白又亮。

他忘了自己是谁，来自哪里，要做什么。

他突然悲伤地意识到，这一生都将只是一个骗局，一个笑话，一场噩梦，或者根本就是另一个自己的幻想。

4

在一个夏天即将过去的午后，时常出现的噩梦把初九从午睡中惊醒，她再次梦见凤凰岛北的冰天雪地。一群人在梦中踏冰而行，排着整齐的队伍走到她的面前，他们只有身体，没有脑袋。她发疯一样摇着琴中秋的身体，大喊着问，你的脑袋呢？

和以往梦中不同的是，接着，无边无际的血海将凤凰岛淹没，再接着，血海退去，凤凰岛上燃起了熊熊大火。琴中秋不知去向，初九站在火中大声呼喊。

初九惊醒，感觉到了从没有过的空虚。她以为是刚从噩梦中醒来后的失落，或者是和以往一样，秋天快要来到时，温暖又略带清冷的阳光所带来的莫名伤感。

　　这空虚不离不弃，初九吃不下饭，喝不进水，不想说话。直到夜里，她像往常一样梳洗，上妆，抱着琴坐在后台等待时，她仍然觉得胸口像被人掏空，心里没有力气。

　　她走到周小铁面前说："小铁，我觉得不好。"

　　周小铁说："你脸色煞白。是不是病了？"

　　"没有，就是觉得胸口说不出的难受。"

　　已到了初九登台的时候。她咬了咬牙，上了台。

　　就在伸手抚琴的一瞬间，她对台下说："再有两个月就是中秋，初九新填一首《忆秦娥》，恭贺佳节。"

　　这个临时的变动让所有人感到奇怪，应节而歌是花满楼的传统，但这个时候唱中秋确实有一点早。

　　初九抚琴而歌："秋风骤，繁花竞谢人竞瘦。人竞瘦，月满中秋，泪落如豆。琴声催漏纱窗后，对月遥歌天尽头。天尽头，流冰似火，残月如钩。"

　　初九唱着，眼泪止不住地往下掉。指下琴弦接连弹断，直到七弦尽绝。她脸色煞白，突然栽倒在地上，花梨和周小铁赶忙上台，抱起她。初九张口，吐出一口血来。

　　躺了三天以后，才慢慢有了力气。

　　她起来的第一件事，就是去找霍平安。她问："凤凰岛是不是出事了？"

　　霍平安左右看看，幸亏没有别的客人。他说："你疯了，不要命了？怎么没了规矩。"

　　"我觉得不好，你告诉我，是不是有什么事？"

　　"不知道，咱们的信都是传到鱼南，鱼南再传到岛上。我今天接到消息，只说鱼南国参加天冷会的人已到大罗。"

"你传个信儿，就说我要回凤凰岛。"

"回岛？还有两月，天冷会就要开。你现在走，是什么意思？"

"我等不了了。"

"你别多想。再等几日，信儿该来了。"

几日之后，霍平安接到信，脸色大变。他拿银子分给几个伙计，对他们说："就地解散。"

说完，出门叫了一辆马车赶往花满楼。

进门遇到周小铁，霍平安说："快叫初九。"

初九出来，跟着他急急到了门外僻静处。霍平安说："大事不好。"

初九说："你倒是快说啊。"

"刚收到消息。三天前，我鱼南大王突然驾崩。鱼南不再参加天冷会。我来是和你说一声，我已把包子铺关了，要连夜赶回鱼南。"

"那凤凰岛有没有消息？那我呢？花梨呢？"

"其他情况我都不清楚。顾不了那么多了，你们好自为之。"

说罢，霍平安跳上马车，转眼不见。

5

初九赶忙回楼里找到花梨，把霍平安所说转述给她。

花梨听了大笑，说："鱼南完了！那我们岂不是就不用再烦恼了。"

"你说得轻巧，这几年，都为这一件事。现在凤凰岛没消息，这可如何是好？"

初九扭头出来，找周小铁。

她说："鱼南国大王死了，鱼南退出天冷会了。你跟我回凤凰岛。"

"这事儿来得突然，你先别急，我们从长计议。"

初九方寸大乱，连日来的异兆让她更加坚信凤凰岛和琴中秋恐怕不好。她一心要回凤凰岛。

夜里，万玉城到。他进门看到初九和花梨坐在屋里，神色慌张，好像发生了什么大事。

万玉城说："你们这是怎么了？"

花梨说："初九的琴弦断了，好几天登不了台，正着急呢。"

"我正要说此事。"万玉城说，"初九，这几日，我派人拿着你的断弦在都城各个琴行跑了个遍，都说你这弦不是人间物，补不了，配不上。你跟我说，到底是什么东西做的。"

初九说："琴中秋说，我那琴弦是万年冰蚕所吐之丝制成。"

"琴中秋是谁，怎么从来没听你说过？"

"他是我爹。"

"你爹？你爹在哪儿？再找他配几根不就行了。"

"我爹在凤凰岛上。"初九泪如雨下。

"你别掉眼泪啊妹妹，凤凰岛在哪儿，我带你去找你爹。"

"我找不回去了。"

"别哭了，你这一伤心，我也跟着难过。弦断了，没那么好的，咱可找都城最好的先配上用着。等我忙完了这阵子，咱找一艘最大的船，去海上好好找，我不信找不着凤凰岛。"万玉城摸摸初九的头，"有我在，没大事。"

"咱们都乐呵着点。"万玉城坐下继续说，"再倒霉，也没鱼南国倒霉。打仗，输了。据说卧薪尝胆，想在天冷会露脸。会还没开，大王死了。咱们大王下旨，派尚书于德山带黄金百两，白银千两，去鱼南吊唁。都说是大王胸怀广，我看，就是去看笑话。"

花梨听了，若有所思。等万玉城到了她房间，只有两人时，她说："玉城，我想让你帮我一个忙。"

"说。"

"这个尚书于德山去鱼南，能不能让他想办法带回一个人。"

"谁？"

"我干娘。"

"今儿是怎么了？刚初九蹦出一个爹来，现在你又有了干娘。"

"初九说有个爹，你张口找大船去海上。我说有个干娘，你这是什么意思？"

"不是，咱俩四五年了，我怎么就没听你说过？"

"我当初在边城，我干娘一手养我长大。后来失散，我才来了都城。后来上街，听见有边城口音，我就问起，他们说我干娘前几年流落到了鱼南。可鱼南那么远，提了伤心没用，不如不提。如今若能接来，我也让我干娘跟着我享几天福。"

"只要人在，这有何难？那于德山见了我一声声万哥。再说，鱼南穷得要死，咱们带着黄金百两白银千两过去，别说带你干娘，就是带他们大王的娘娘回来，他们也不能不答应——你干娘叫什么，干什么的？"

"我干娘名叫花晨，在鱼南都城的弥香楼里。"

"哦，你干娘也是干咱这行的啊——怪不得，我刚见你，就觉得你干这行有天分。"

花梨给她干娘写了封信，蜜蜡封好。万玉城转交给了尚书于德山，带去鱼南。

琴弦配不上，初九的演出暂时停止。

鱼南国的消息中断后，她一天也不想待在大罗。她一次次地找到周小铁，希望他能和她一起走。

周小铁说："我的事还没结束，要走，你自己走吧。"

初九说："万玉城都给我找船去凤凰岛。你却忍心让我一个人走。"

周小铁说："等我办完事，我和你一起走。"

"鱼南退出天冷会，我们也没办法参加。你和我走，去了凤凰岛，忘了这里发生的一切。我们重新开始。"

"能忘，我早忘了。我不能忘。鱼南靠不住，我有我的办法。"

"你有什么办法？"

"进大帅府，杀掉万喜年。"

"你能活着回来吗？"

"顾不了那么多了，在我来都城前，就没想过要活着离开。我浪费了这么多时间，现在，还是这么一个局面。"

"你是在怪我吗？"

"我只怪我自己。"

"你要死了，我怎么办？"

"你就当从来没见过我。"

"你可以不为我考虑，你替父报仇，没了性命。你要你的儿子长大了，再为你报仇吗？让他找谁报仇？"

"我还能怎么办？我活到现在，就为了这一件事。你现在告诉我，让我放弃，让我忘了。你就像是在告诉我，我到现在白活一场。"

"你好好想想，你到底是为了你父亲，还是为了你自己。你真想报仇吗？真想杀人吗？你杀了人，就果真报了仇吗？"

"别跟我讲这些，我不知道，也不想知道。我没有退路。"

"不是没有退路，是你不回头。"

7

初九决心独自离开。

她收拾着自己的东西。她想起两年前，独自一人抱着琴来到这里，在要走的时候，还是只有这把琴，只是琴没了弦。

她把衣裳细软齐整地留在房间，穿了一身布衣，抱着琴，走出门外。正是花满楼生意最好的时候，没人注意到这个不施粉黛的姑娘。

她低头穿过人群，看见周小铁站在那个熟悉的位置上，心里默念：小铁，我走了。出了花满楼。

初九一路狂奔，都城秋夜的景色一幕幕闪到她的身后。回忆一幕幕扑上心头。大街上的一块青石，路边买卖人的一声吆喝，天上突然滑落的一颗流星，陌生路人擦肩而过的一个眼神，都让她不由得想起，这每一个细节，都曾经不仅仅属于她一个人。

她路过平安包子铺，店门关着，黑黝黝的门板，像关起了曾经的一场梦。

她路过有凤来仪客栈，远远地看见客栈掌柜站在灯下。她想起她和周小铁的第一次，她突然想起，他们两个已经很久没有睡在一起了。

她走出了都城大门，一阵风卷着落叶刮来，初九回头，想起几年前来到都城那一刻的孤独，只有想着凤凰岛和琴中秋，她才走进了这座城的大门。

而现在，她心里只有想起那一个人，才知道自己离开后，将会多么孤独。

她想起了离开凤凰岛的最后一刻。

她对琴中秋说："我不想走，我想和你在一起。"

琴中秋说："留在岛上只有一死。"

"你说过，生死各有天命，我不在乎。"

"死没关系，只是你还没好好活过。"

"怎么才算好好活过？"

"你遇到了你爱的人，爱你的人，就算活过了。"

想到这里，初九抱着琴，再次走进都城。

8

没人注意到初九的去而复返。当她回到花满楼的时候，迎面碰上了万玉城。

万玉城上下看看，说："初九，今天怎么穿成这样？"

"又不演出，穿着舒服。"

"你还真是浓妆淡抹总相宜。"万玉城说，"待会儿散了场子，一块儿乐一乐。"

演出结束，万玉城叫花梨、初九、纳兰如若、曹云鹏和周小铁去顶楼喝酒。

曹云鹏说："万爷今儿这么高兴，大伙儿好久没一起喝酒了。"

万玉城说："还不知道能再喝几次。"

花梨说："丧气话，什么叫还能再喝几次？等那天冷会过了，你消停了，我们连喝一个月。"

"快别提天冷会这三个字。听着想吐。"万玉城说，"这半年，忙得跟孙子似的。真他娘的不知道是为了什么，来这么些个人吃着咱，住着咱，咱还得保护着。"

万玉城苦笑一声，说："今天，老爷子找我，说，要让别的人提着他的刀参赛，他不能接受。他说让我当选手。你们说，我堂堂都城统领。去跟那些乱七八糟的外国人比刀，真不知道这老爷子是怎么想的。"

初九说："万爷不愿意去丢人，找个人替你不就行了。"

"妹妹，你这倒是个主意。可你不知道我那老爷子，视这把刀如命，要他拿，要不我拿，别人谁来也不放心。总不能让老爷子自己下场比吧。"

"你找个能相信的人不就行了，再说，大帅也不能知道不是你。"

"这倒也行，可找谁替呢？这可得找个放心的人。"

"还用找，这不是有周侍卫吗？"

万玉城看着周小铁说："他我倒放心。不过，这可是个累活儿，不比在花满楼到处转悠，你愿意吗小铁？"

周小铁看看初九，对万玉城说："给万爷办事，什么活儿都一样。"

"好，喜欢你这句话。关键时刻，还是得咱楼里的人。"

花梨说："这事儿往后再说着。玉城，你得注意身子，事多事杂。"

"没什么事，鱼南国完了，就剩屠熊会捣乱了，三天两头闹点小事，不是偷东西，就是奸淫妇女，我的兄弟们尽为这事儿折腾了。"

"说起屠熊会，我想起来一件事，一直也没记得跟万爷说。"周小铁突然说。

"什么事？"

周小铁看了眼初九和曹云鹏，说："我们三人被屠熊会抓了那次，在山洞里，我好像听见看守我们的人说，屠熊会请人在屁股上文了字作为标志。"

"原先这帮孙子都在胸口刺个大熊，见一个杀一个。现在一个也找不见，原来改屁股了——刺的什么字？"

"没听清楚，只听见他们骂，屁股蛋子上刺字，搞得坐也不能坐，睡觉只能趴着。"

"好，明儿，我就让兄弟们脱了裤子检查。"

9

第二天，万玉城下令，凡见面目可疑者，就地脱裤检查。

头几个屠熊会会众正是在花满楼门口被抓获。当时正是下午，三个操外地口音的汉子无所事事在街上溜达，都城守卫军的士兵把他们拦下。三人说，又要检查是吗？说着熟练地脱了衣裳，光着上身，抖着肩膀前后让士兵过目。

士兵说："把衣裳穿好，把裤子脱了。"

三人面面相觑，说："人来人往，不太好吧。"士兵把他们团团围住，晃了晃刀。

第一个人脱了裤子，一边屁股刺着一个"者"字，另一边刺着一个"能"字。

士兵说："你屁股上刺两个字，是什么意思？"

那人说："我娘给我刺的，她说能者为师，能者多劳，这是我娘在鼓励我呢。"

另外两个人也脱下了裤子，士兵说："你们的娘还真能想到一块儿。"

三人被带走，当天晚上就被砍了脑袋。日后，陆续抓到数百屠熊会会众。

屠熊会中，只有两个人屁股上没字，那就是会主唐慕天和左使左昭阳。

唐慕天在都城摆摊算卦兼卖糖葫芦，左昭阳在大街上卖酱牛肉。即使这样，两人也因为来路不明被脱裤检查。

这天夜里，两人偷偷碰了个面。唐慕天说："昭阳，你的主意把兄弟们都坑苦了。"

左昭阳说："谁能知道，这么隐秘，居然走漏了消息。"

"事已至此，怎么向张福堂交代？"

"我们跑吧，天大地大，哪里容不下咱们二人。"

"天大地大，大不过张丞相的巴掌。"

两人硬着头皮趁夜色来见张福堂。门人说："丞相在后花园钓鱼呢。"

"劳烦通知一声，说铁嘴糖葫芦来见。"

过一会儿，门人来说："两位请进吧。"

门人领着走了很久，来到后花园，门人指了指门，扭头走了。

借着月色，二人看到后花园两侧低矮白墙围抱，连接处拱起一个圆门。进了圆门，后花园一片空旷，园中间平地凿出一个大圆池子，池中水满与地持平，池子正中竖着一根细长圆形石柱，只见一人盘腿端坐石上，身披蓑衣，头戴草帽。这个身影手持细长竹竿弯挑半空，竹竿尽头，一根渔线垂下，在月光下若隐若现。

唐慕天站在石下，大声说："丞相，铁嘴糖前来拜访。"

二人看见石上那人缓缓站起，收起鱼竿。在月亮中脱去蓑衣，纵身一跳，扎进水中。不一会儿，从水里露出头来，游到岸边。月光下湿淋淋亮闪闪白胖身子，正是左丞相张福堂。

"你们二人还有脸来见我？"

唐、左二人跪在地上，说："我俩前来谢罪。"

张福堂在前面走，唐、左二人低头跟着。

张福堂停下，唐、左二人看见地上一张小方石桌，桌上一块毛巾，四盘菜，一壶酒，三个酒盅。

张福堂捡起毛巾，擦了擦身子。左昭阳说："丞相好身体，时近中秋，风凉，别吹坏了身子。"

张福堂扔了毛巾，说："赤条条来去无牵挂，冬天我也这样。"

张福堂把毛巾平铺地上，一屁股坐下，对二人说："月朗星稀，人生几何。坐下，喝杯酒。"

二人盘腿坐下，张福堂斟酒，二人不敢端杯。

张福堂说："事情，我都知道了，先别说话。喝酒。"

二人端杯干了。

张福堂边伸手在身上打蚊子，边看着唐慕天说："小唐，你断生死，晓阴阳，料事如神。可这每回每次，你都没算出来？"

"回丞相，时至今日，我也不敢隐瞒了。我算卦准的事，都是我编出来骗人的。"

左昭阳看着唐慕天，瞪大了眼睛，说："会主，你如何说出这等话来，枉费昭阳跟你一场。"

张福堂死死盯着唐慕天，说："唐慕天，当日，万喜年当着大王和我，说你在他军中算了好几卦，卦卦都准，惊为天人，可有此事？"

唐慕天瞪大了眼睛，一脸茫然说："小的在老家，不想种地，捡了本古书胡乱翻了翻，给人算过几卦，也是运气好，碰对的多，碰错的少。乡下人愚钝，信了小的。后来越传越神，居然有人说小的是半仙，小的也不知如何是好。后来小的被人捧得不知天高地厚，上山造了反。

那姓万的派去大军，小的到处逃命。再后来，就是丞相您救了小的。小的无以为报，只愿为丞相卖命。依着丞相指示，小的四处召集人马，来到都城，原本想在天冷会上，杀了大王，宰了万喜年，也算报您一场知遇之恩。可惜，走漏了风声……"

张福堂厉声说："没问你这个，我只问你，万喜年说你在他军中号称半仙，还为他卜过一卦，可有此事？"

"没有啊，小的自小腿瘸，地都不想种，哪里还曾从军？那万喜年，别说给他算过卦，小的连面都没见过。"

张福堂猛地从地上站起，大声说："唐慕天，你为何没早说？"

"丞相也从来没问过啊。"

张福堂说："你们来我这里，后面没人跟着吧？"

"没有，只有我们二人。"

这时，园子外面突然乱了起来，众多人声嘈杂，越来越近。

左昭阳大喊："会主，肚子疼。"

唐慕天扭头看见左昭阳脸色发白，嘴角流出鲜血。他也感觉腹中好像有东西要炸开，从下往上蹿到嘴里，他张开嘴，一口血喷到地上。

他抬头找张福堂，说："这是怎么回事？"

张福堂早已光着身子跑在通往园外的路上。

他刚跑到门口，万玉城领着大队士兵闯了进来。士兵们人手一支火把，把园子里照得透亮，照得张福堂浑身闪亮。

万玉城走过来，笑眯眯地说："福堂伯伯，您能告诉我池子边躺着的两个人是谁吗？"

张福堂不说话。

士兵们押着一丝不挂的张福堂往外走，万玉城突然想起一事，问张福堂："福堂伯伯，小侄还有一事想不通。上回问您，您说是个秘密。"

张福堂一愣，说："很简单，柱上吊一个悬梯，我游到柱前，爬上去，上面有衣裳，穿好，把悬梯收起来就是。"

10

万玉城在他爹万喜年的指示下，一举抓获了和屠熊会私相勾结，意图谋反的宿敌张福堂。在感叹老爷子神机妙算之余，心里高兴，连着回花满楼喝了几天酒。

万玉城对花梨说："于德山从鱼南国传来消息，找到你干娘了，过些日子就回大罗。"

花梨听到这个消息，十分高兴。这天晚上，她亲自去厨房炒了四个菜，烫了一壶好酒。泡了一木盆子玫瑰花瓣，伺候万玉城沐浴。点了六根大红蜡烛，对着镜子把自己打扮得花枝招展，穿了一身大红细缎衣裳，坐在桌前，等着万玉城。

万玉城沐浴完，换上软罗小衣，提着刀，香喷喷地来到桌前，把刀放在桌上，看着花梨说："今儿是要洞房吗？打扮得跟新娘子似的。"

"玉城，你忘了今儿是什么日子了？"

"什么日子？"

"五年前的今天，我们两个第一次见面。"

"你这么一说，我想起来了。好像是在秋天。"

"你忘了，我可不敢忘。五年前，我第一次来都城，踏进这个楼里，第一眼，看见的就是你。"花梨端了酒，端到万玉城面前，继续说，"花梨从小没了爹娘，不知道自己的生日。我把今天当成我的生日。玉城，你对我好，我都记得，我敬你一杯。"

"好日子，高兴才对。"

"我高兴。七岁，我被一两银子卖到妓院。是我干娘疼我，把我养大。后来与我干娘失散，无依无靠，来了都城，是你，让我重活了一遍。现在，我们俩天天见面，我干娘也要来了。我高兴得不得了。"

"高兴，就多喝几杯。"

红蜡烛，红衣裳，花梨连喝三杯，脸上两酡红，眼中蒙了雾。

"玉城，有句话，我一直不敢说。"花梨掉下眼泪。

"你我无话不谈，有什么话就对我讲。"

"玉城，我知道自己命薄，能到今天，我此刻死了也甘了心。可这人，有了一，就想着二。我今天说了，好过死了也没说出口。"

"有话就说。"

"玉城，你娶了我吧。"

万玉城一愣，接着继续喝酒。

"玉城，我知道，我是接过客的人，你嫌我不干净。可我这几年来，一颗心都在你身上，我的身子只有你一个人。你我情意相投，比那真夫妻还真。"

万玉城喝了一杯，看着花梨说："你说的，我都知道。可你听说过那句话没？"

花梨愣愣地看着万玉城。

万玉城慢慢地说："一日为娼，终身为妓。"说完，继续喝酒。

花梨脸一下子白了，好半天不说话。

过了好久，花梨说："你是不是喜欢初九那个丫头？"

万玉城说："跟这个没关系。"

"有关系。谁的眼是瞎长在脸上？自打那丫头来了，你对我一天不如一天。"

"别说了，我跟你，和我跟别人没关系。"

花梨扶着桌子站了起来，说："你喜欢这个丫头。她比我好在哪里？不就是年龄小点没接过客还能弹几首曲子？可你知道吗，初九早和那周小铁明铺暗盖，勾搭成奸。她没你想的那么干净。"

"这个，我知道。"

"你知道吗？你不知道。那初九是鱼南国的细作。那周小铁为了什么来到这里，他是为了杀你爹。"花梨说到这儿，脸色煞白。

"这个，我也知道。"万玉城抬起头，看着花梨，"我还知道，你也是鱼南国的细作。"

花梨扑通坐在凳子上。万玉城端着酒站了起来。

"今天本来挺高兴，你非要搞成这样。"万玉城笑吟吟地说。

"梨儿，既然你把话都说开了，我就说几句。你刚才说了，五年前的今天，你进了这个门。没错，你一迈进这个门槛的时候，我就知道你是什么来头。初九是来都城干什么，我也知道。她三天两头去吃包子是为了什么，我也知道。初九被屠熊会抓了去，周小铁救下她来，还有那个草寇曹云鹏是想干什么，我也知道。这么说吧，你有什么不知道的，你来问我好了。"

"那周小铁也有一把和你一样的刀，你知道吗？"

"当然知道。周小铁的父亲，就是给我爹铸刀的周阿铁。不过，他也有一把，在他来之前，我还真不知道。"

"初九和他合谋，想在天冷会上杀了你爹，你知道吗？"

"我知道。他们本来想借鱼南国的名头参加天冷会。鱼南国倾全国之力，偷着在凤凰岛上铸剑，可不知为何，一夜之间，岛烧了，岛上的人全死了。鱼南大王接到消息，急火攻心，死了。你们也一夜之间没了依靠，你以为事情都过去了，才让我接你干娘过来，才敢对我说，要我娶了你。我说的没错吧？"

花梨的眼泪在脸上唰唰地流，咬着嘴唇不说话。

"你一定想问，我为什么都知道，还装着不知道。我来告诉你。

"一、你们都不是恶人，你们不是为了银子，不是为了想夺天下当大官，你们是为了自己的亲人被迫这样。除了曹云鹏是个草包，在乡下落草不成，来到都城想做件事情，可一见到你，魂儿都没了。初九为了他爹，你为了你干娘，周小铁是为他爹报仇。这一点，我敬重，换作是我，也是这样。

"二、我爹不是想杀就能杀的，要是谁想杀我爹就能杀了的话，我爹早死过千百回了。别说你和初九两个女流，那周小铁，以为有把快刀就能报仇，这太可笑了。鱼南国倾一国之力，到头来竹篮打水一场空。张福堂位居丞相，昨晚，刚被投进天牢，只等秋后问斩。我每天要抓多少人，杀多少人，你知道吗？

"三、我开这座花满楼，不只图挣些银子，更是图个高兴。在外面心操多了，回来这儿，我轻松。你跟着我，对我的心，我知道。初九、小铁包括曹云鹏，我心里也喜欢。后面那些事，只要我能控制，我就当不知道，看不见。楼里生意好，都有你们的功劳。你们能有这么个地方，乐乐呵呵活着，我看着也高兴。事情都会过去，要是能到了最后，我们都还好好的，没挑破这张纸，在我这儿，就真过去。"

"说到底，你知道是为什么吗？"万玉城看着花梨说，"那就是，你们弱小，我强。我们可以玩着，玩到有人玩不起玩不动了——你今晚真不该挑破这层纸，你尤其不该因为嫉妒，坏了规矩——你玩不动了。"

"如同这把刀。"万玉城看看桌上的刀，说，"知道你想偷，也知道你不愿意偷，但我比你更害怕，因为只要你伸出了手，我就不得不杀你。"

万玉城坐下来，停了一会儿，叹了口气，说："不过，梨儿，只要你愿意，只要你能当作今晚什么事也没发生，什么话也没说。我就当咱俩都喝醉了，说了些醉话，明儿醒了，都忘了。"

过了很久，花梨擦了脸上的泪，笑一笑站起来，端着酒对万玉城说："玉城，不说了，这辈子，我谢你。"

万玉城接过酒，一饮而尽。

花梨扭头出门，万玉城在后面哑着嗓子说："你去哪里？"

花梨回头，说："玉城，我以为这辈子能遇见你，是有缘，可我错了。下辈子，我干干净净地再来找你。"

说完，花梨出了门。万玉城干了两杯，还不见花梨回来，赶忙跑了出去，花梨不见踪影。

花满楼中一片寂静，万玉城大喊："都给我起来！"

各个窗户里亮起蜡烛，有人开门出来，夜宿的嫖客大喊："大半夜，怎么不让人睡觉？"

花满楼众姑娘老妈子并小厮们听出了万玉城的声音，纷纷出门，周小铁也忙穿好衣服，出门下楼，看见初九和曹云鹏站在人群里。

万玉城站在顶楼大声叫喊，众人点起灯笼火把，花满楼里亮如白昼。

这时，一个老妈子大喊："花姑娘，你这是做什么？"

众人顺着声音抬头望去，只见花梨，站在楼顶挑檐之上，一袭红衣，在夜色里随风飘荡。

万玉城急忙赶下楼来，随众人抬头望。

他大声喊："花梨，你快下来，我答应你，都答应你！"

几个老妈子领着小厮赶忙上楼，准备上楼顶。

天井里的人越聚越多，夜宿的嫖客和姑娘们衣衫不整地站在楼下。

众人齐声大喊："花楼主，你快下来。"

花梨身子一歪，从楼上直直坠下，众人惊呼着闪开，花梨摔在天井中的青石板上，万玉城的脚下。

楼里一下子没了声音，众人看见花梨脸朝下，头上金簪朱钗撒落一地，乌黑头发散开，大红细缎衣裳下，殷红的血慢慢洇出。

初九大喊花姐，扑了过去。

万玉城站在地上，脸色煞白，想动，动不了。

天井里的人都愣站着，没人动弹。一个身影闪到万玉城身后，从万玉城的腰间拔出一把刀，从万玉城的后背插进去，从胸膛前面插出来。万玉城仍旧站着不动，慢慢回过头，看见曹云鹏充满仇恨的脸。

曹云鹏一字一顿地说："花梨对你这么好，你让她从楼上跳下来。"

说完，曹云鹏把刀拔出来，万玉城晃了几晃，迎面倒下。

曹云鹏横刀架在自己脖子上，对着众人大声说："我曹云鹏，为花梨姑娘杀人。"说完斜拉一刀，血从脖子上喷出来。

11

都城守卫军迅速封锁了花满楼。当晚在场的所有人不得踏出一步。

十几名仵作围着地上的三具尸体仔细察看。所有在场人等被轮流带到一个房间，接受问话。

天亮时，问话刚进行到一半。负责问话的守备军头目接到命令：护送万玉城尸体至大帅府。并点名要求带上周小铁、琴初九两名重要人证。

万玉城白布蒙脸，被抬上马车，士兵提刀，押着周小铁和初九紧随其后，踩着秋天清晨的阳光，去往大帅府。

周小铁远远看见李三爷站在帅府门前，一把花白胡子。

众人从车里抬出万玉城，李三爷伸手揭开尸体脸上的白布，看了一眼，花白胡子抖了几抖。

士兵抬着万玉城一路向帅府深处走去，周小铁和初九被分别安排在两间小偏房里，士兵持刀守在门外。

中午时，士兵给周小铁端进饭食——四个菜，一碗汤，一碗米饭。晚上，士兵端进饭食——两个菜，一个馒头，一碗粥。如此反复，连过三天。周小铁坐在椅子上，没动筷子。

直到第四天中午，外面始终寂静无声，只有秋蝉鸣叫。又不知过了多久，有人进来，对周小铁说："跟我走。"

外面已是黄昏。周小铁随此人一路往帅府深处走，只顾走路，没留意路上景色。只记得不断走在青石板、白石子、黄土路上，忽长忽短，忽宽忽窄，或首尾相接，或纵横交错。路上满是秋叶。

圆门方门洞门扇形门垂花门，不知道穿过多少道门。前面那人突然停住脚步，说："到了。"

一座院子出现在周小铁眼前，青砖院墙，院前一块地，种着些蔬菜瓜果，绕院潺潺一条溪，溪上一座石桥，桥侧镌着两个字：有度。

过了桥，来到院门，院门木料老旧，颜色斑驳。前面那人轻叩门上铁环，没人应答。那人轻轻推开院门，对周小铁说："你进去吧。"

周小铁刚进院子，门从身后关上。他站在院子里，不知道该做什么。

院内青砖铺地，正中一间大屋，周小铁站了好久，左右无人。他径直向中间大屋走去。

推开门，周小铁看见屋子中间放着一口漆黑棺材，棺头一张黑木条案，无数支白蜡火焰跳动，万玉城躺在棺材里，白色绸缎蒙着身子，脸比绸缎还白。

一个人满头白发，背对着门坐在棺材旁边，听到周小铁走近，这个人站起身，缓缓回过头来。

世界方寸大乱

我出来，是为了杀一个人。没想到，
那个人没杀了，倒杀了这么多别人。

——周小铁

有人
必須死
CHAPTER 10

1

万玉城的死惊动了整个都城。大王亲自发令，一切娱乐活动停止三天，所有大罗国旗降至旗杆中央，以示哀悼。

凶手曹云鹏的尸体被挂在都城大门之上，无数只乌鸦盘旋叮咬，直至成为一架白骨。

万玉城和花梨死后的第二天，花满楼关了，所有人等一律遣散。

对于都城其他妓院来说，这是个莫大的好消息：一来，他们最大的竞争对手没了；二来，花满楼出来的姑娘们纷纷自投上门。

只有纳兰如若闷闷不乐。第一，他的三个朋友就这样在一个晚上几乎同时离去，无论如何，这都是一件悲痛的事情。第二，他没有演出的地方了。他知道，再找一个弹琵琶的地方易如反掌，可一来，他对花满楼是有感情的，二来别的地方他看不进眼里。

卓老六好言相慰："这样落得清静，你又何必非得给那么多人弹，又不是谁都像我这样知音。你就在家，给我一个人弹好了。"

"在家弹和在台子上弹，不一样。" 纳兰如若说，"我为什么去花满楼，还不是因为那里的人最多？看见那么多人听我弹琴唱歌时的样子，我心里欢喜。"

卓老六看着纳兰如若唉声叹气，不思茶饭，心里着急。他左思右想，对纳兰如若说："花满楼再大，也是用银子盖的。银子，咱有的是。这么多年，在这荒郊野外夜夜听着猪叫，我也早烦了。我把这猪场散了，这就去选地方，给你盖个比花满楼还大还好的场子。到时候，你想怎么弹怎么弹，想怎么唱怎么唱。"

纳兰如若坐在卓老六腿上说："就知道你对我好。"

卓老六说干就干。他广散消息，寻找愿意接手的富商巨贾，请来都城最有名的建筑工匠勾画图纸，研究方案。同时坐着马车整天满都城跑，找寻楼址，忙得不可开交。

听到老板要转产的消息，卓氏猪业的年轻屠夫们对纳兰如若的仇恨到达巅峰。

在纳兰如若出现之后，他们再没得到过卓老六的宠爱。曾经那些白天喂猪杀猪，晚上轮流接受卓老六宠幸的时光一去不复返。他们还能记得，清晨从卓老六香气扑鼻的房间里走出来的时候，怀里总是揣满了沉甸甸的银子。而现在，他们只是一群喂猪的。很多人早已愤然离去，剩下的还抱着幻想，幻想有一天，过去的时光再次出现。

而现在，他们的幻想被彻底粉碎。每当他们走过卓老六门外，总能听到充满着喜悦的琵琶声从里面传出。他们咬着牙说："这个骚货，做着给他盖楼的美梦呢。"

2

仅三天，卓老六就选好了一块地方。位于都城最为繁华之处，先前开着十数家酒馆赌场和当铺。卓老六托人，使银子，请客，主动抬高价格，花了大力气，终于和这十几家买卖的掌柜谈妥。

他站在大街上，想象着这块地全部抹平，再盖起一座大楼时候的景致。恨不得马上见到纳兰如若，两个人一起高兴。

天色已晚，他坐进马车，急急忙忙往回赶。

估摸着快到都城边上的时候，马车突然停了。卓老六掀帘子探出头去，问："怎么了？"

车夫还没作答，卓老六已经明白了停车的原因。他看见远远地，乌压压一片，无数头猪对着马车压了过来。很快，马车陷入了猪群。一头猪撵着一头猪，数不清的猪奔跑着，像潮水一样从马车两侧闪过，向着都城奔去。

面对猪群，车前的马扬起双蹄，连声嘶叫，车夫抽了几鞭子，马不前行。

卓老六跳下马车，往前跑，接连被猪撞倒，爬起来接着跑。

卓老六跑到猪场大门时，猪粪味已经代替了身上的浓香。他顾不了这些，跌跌撞撞进门。猪场里和往常一样，灯火通明，和往常彻夜喂猪杀猪的热闹景象不同，此时万籁俱寂。一头活猪也没有，一个活人也没有。他跑到屠宰场，一排排杀猪的架子上，头朝下挂着褪了毛，开了膛白花花的死猪。他在架子中左右穿行，突然睁大了眼睛，盯着其中一个架子。

纳兰如若脑袋冲下，头发拖在地上。他的两只脚挂在铁钩子上。浑身雪白精光，身体被剖开一个巨大的口子，脑袋下面正对放着一个盛满血的大盆，最后的血滴"滴答滴答"滴进盆里。他的怀里，紧紧抱着一把染血的琵琶。

3

那一夜，都城的人们在睡梦中被猪叫声吵醒。他们纷纷走出门去，看见，大街上到处是猪。都城守备军紧急集合，走上街头，捕捉或驱赶猪群。

三天以后，猪群才全部散尽。人们发现大街上多了一个疯子。尽管早已面目全非，但有人还是认出这个披头散发，浑身恶臭，抱着一把血迹斑斑的琵琶的疯子正是曾经的都城首富卓老六。

这个疯子在都城大街上漫无目的地游荡，嘴里总含混不清地重复喊着一句话："世间末日了啊，世间末日了啊。"

开始，人们把这句话当作一个疯子受到强烈刺激之后的谵妄之语。但很快，世间末日就要来到的传闻在都城蔓延起来。

这个可怕的消息从南方传来。消息说，在遥远的南方，海面以越来越快的速度不断升高。无数小岛消失，居住在海边的人不断往后退，眼睁睁地看着自己的房屋被海水掩埋。

还有人说，南方已经大乱，人们认为末日不可避免，都说，在死之前，要把想做又没做的事情都做一遍。于是，有的吃喝，有的杀人，有的抢劫，有的奸淫，有的自杀。在有些地方，银子变成废铜烂铁，想要什么，拿着刀子就行。

这个消息所带来的人心惶惶显然和天冷会即将召开的大好形势格格不入。来自南方的加急文书频频传到王宫，从这些文书上来看，民间的传闻尽管夸大，却显然不能称之为谣言。

在大王看来，这点事情与曾经的大灾相比，算不了什么。"不就是淹了些房子吗？潮涨潮落，有涨就有落，不过这次涨得大了点，再大，能涨到都城来吗？那样的大灾都能过去，不用说现在的大罗早不是当年的大罗了。"他说。

大王下令，严查谣言出处，凡造谣惑众者，初次口头警告，二次杖责三十，三次坐牢五年，四次砍头，五次灭九族。

显然，出现谣言的国家不止大罗。来到大罗参加天冷会的各国人员陆续接到本国的通知，他们接连宣布退出天冷会，要赶回自己的国家。他们之间一传十十传百，到最后，除了凤凰岛，全部要求退赛。

天冷会组织的官员找到赵海城，通过翻译说："如今天下大乱，人心惶惶，各国退赛，始料未及。我们提请停办本届天冷会。"

赵海城连夜入宫，拜见大王，转达了这个意思。

大王想了好久，说："叫老万来。"

万喜年应召入宫。正要磕头，大王说："免了。玉城刚没了，我也难受。要不是国事紧张，我也不想惊动你。"

万喜年说："是不是借刀的事情？我已经安排好了，不劳大王挂念。"

"借刀是小事情。借刀是为了跟他们比，现在的问题是，没人比了。为了这个会，我们给他们使了多少银子？整个大罗折了一大半，好容易准备好了。这帮乌龟王八蛋居然说不干了。欺人太甚。"

万喜年有点茫然。赵海城把情况讲了一遍。

"你说气人不气人？"

"大王要老臣怎么做？"

"简单。这帮孙子都还没走呢，你把你城外的大军拉进来，去把他们先围了。挨个问，是比呀还是不比，比就好好比，不比的先砍了再说。"

"吓唬吓唬倒也行，可万一他们就是不比了呢？"

"不比正好，全灭。横竖是咱大罗天下第一。"

"老臣这就去办。"

4

一夜之间，驻扎城外的两万大军并两千都城守备军迈着整齐的步伐进入都城，直奔天冷客栈。

万喜年披挂上阵，与赵海城双双骑马，走在队前。

队伍把天冷客栈团团围住，里面的人刚从睡梦中醒来，出门看见无数士兵，不知道是怎么回事。

天冷会组织的官员们和众国家的代表上前来问："这是什么意思？"

赵海城正要说话，万喜年先开了口。

万喜年说："看不出来吗？开天冷会，就是为了把你们聚到大罗，一起杀掉。"

官员和各国代表听到翻译，有的大声抗议，有的转头就跑。

赵海城睁大眼睛，看着万喜年说："没搞错吧万大帅，大王不是这个意思啊。"

万喜年说："我没搞错。"

赵海城看见天冷会组织的官员们都已跑远，跳下马，大喊："搞错了，不是这个意思，我们来就是先问问你们还比不比了……"

万喜年催马过去，抽出腰刀，一刀剁了赵海城的脑袋。

官员和各国代表们跑得更快了。他们纷纷回到自己的客栈，拿着参赛的兵刃，跑出来，站成一排，各种兵刃闪着寒光。

万喜年吩咐："击鼓。"

战鼓响起，大军齐齐压上。

各国虽来人也不多，但每个国家只有一件兵器，看到大军压过，都想抢过这件兵刃自保。有的把手伸向了别国的兵器，就这样，没等大军过来，先死了一大片。剩下来的人，个个手持兵器。

万喜年吩咐："敲锣。"

锣声响起，大军停步。万喜年立在阵前，叫来翻译，说了几句。

翻译高声喊："诸位莫怪，我率兵之人，奉大王之命行事。你们虽然兵器锋利，怎能敌得过我两万大军。你们看！顺着这条大路，正南方那座最高的屋顶就是王宫。快快放下兵器，带你们去王宫面见大王，兴许能恕你们无罪。"

各国众人已经红了眼睛，挥舞兵器杀了过来。所到之处，人头乱飞，兵刃断绝。

万喜年下令："传令，避其锋芒。"

大军闪开一条路，各国众人冲出大军，结队直奔都城。

万喜年骑在马上，远远看着这一队人马手持各类兵刃，向着王宫方向奔去。

他吩咐左右，说："去看看客栈里面，还有没有人。"

数百名士兵冲进了天冷客栈的七十二个小院，逐一勘察。

许久，士兵们领着一个胖姑娘来到万喜年马前，说："只剩她一个。"

万喜年看见这个姑娘一身布衣，手无寸铁。

他说："你是谁？"

"你又是谁？"姑娘问。

"这是我们万大帅，休得无礼！"旁边的士兵呵斥道。

"你就是万喜年？"姑娘问。

"万大帅的名字是你叫的吗？"士兵抬腿要踢这个姑娘。

"我是万喜年，姑娘你是？"

"我是柳灿灿，代表凤凰岛参加天冷会。"

"凤凰岛？没听说有这么个国家。你没有兵刃，怎么参赛？"

"我有。"柳灿灿说。

万喜年说："兵刃在哪里？"

柳灿灿伸手抓着剑柄，从背上拔出一把剑，挥舞起来。太阳光似乎瞬间失去了光辉，只有透明的寒冷清光充满天地之间。那剑就溶在这透明的寒冷青光中，好像一无所有。

万喜年大惊，胯下马接连后退几步。

柳灿灿说："我一直在院子里面等着，只为等着杀一个人。现在那个人来了，就是你。"

说完，柳灿灿冲到万喜年的马前，连挥三剑。第一剑，砍断了万喜年胯下马的两条腿。第二剑，砍下马首。第三剑，砍下了万喜年的脑袋。

万喜年身后的大军随即上前把柳灿灿团团围住。

柳灿灿挥舞着手上透明的剑，一个人与两万大军杀了起来。不知砍死了多少士兵，砍断了多少士兵手中的刀剑，砍开了多少面盾牌。她就这样砍下去，直到力气一点一点尽了，她再也砍不动了。士兵们的刀剑不断地刺进她的身体。她抬头喊了一声："丁火等我。"倒在地上，更多的刀剑插在了她的身上。

5

来参加天冷会的各国选手手持各种兵器，一路来到正南方那座最高的房子里面。

一路上，他们没有受到任何阻拦。都城守备军早被带到了天冷园。百姓们刚刚在清晨看到大军经过，现在又看到这样一伙人，浑身都是血迹，挥舞着带血的兵器，好多兵器他们以前只是在画上见过。大家纷纷夺路而逃。

不过他们很快发现，这伙人没有伤害他们的意思。他们中间好多胆大的人，甚至跟在这伙人的后面，一直跟到了王宫的大门前。

这伙人开始遇到阻拦，但是没有任何阻拦可以挡得过他们手中的兵器。

他们一路杀到了王宫深处，找到大王。

他们把大王绑到了王宫的门前。在都城百姓的围观下，他们排好队，轮流走过去，用手中的兵器把大王砍成碎块。

6

都城血流成河的时候，周小铁和初九正骑着马奔跑在去往北门镇的路上。

在路上，他们听到了有关末日的谣言。周小铁不信，初九信。但不久，周小铁也信了。

因为越来越多的人从南方逃到了北方。很多人拖家带口，一路向人讲述着他们遇到的灾难。他们不断向人描述着早晨醒来，发现门外已是一片汪洋的恐惧。他们很多人之前也没有见到过海，甚至有人半辈子攒银子，就为了去看一看大海。但他们没想到，不用银子，不用远行，他们就见到了。

他们中的很多人得到了同情，但更多人在躲避灾难的同时，带来了灾难。他们曾经的家园在一夜之间变成汪洋，等他们逃到另外一个地方，就开始怨恨这个地方的人居然还有家园。他们想，既然没了，那就都别有了。于是，他们开始烧杀抢掠。他们看到好吃的就抢到自己嘴里，看到好房子就把别人赶出去自己住下，看到好姑娘就走过去扒掉姑娘的衣裳。很多人因此死掉。但他们不怕，他们说："早死晚死都一样。"

周小铁和初九不断被人拦住，那些人说："我们都这样了，你竟然还能骑着马，马上还有个漂亮姑娘。"

他们扯着周小铁的马，要他和初九下来。周小铁只好拔出刀来，把他们的胳膊砍掉。但是，即使没有胳膊，他们还是会用脑袋顶着他的马，他只好把他们的脑袋砍掉。

周小铁就这样一手握刀，一手拉着初九，初九抱着琴，一路前行。只要有人过来动手，周小铁就是一刀。

周小铁对初九说："我出来，是为了杀一个人。没想到，那个人没杀了，倒杀了这么多别人。"

灾民越来越多，说明大海越来越近了。

灾民越来越多，周小铁和初九早已衣衫褴褛，脏头脏脸，样子比灾民还像灾民，好在也就没有人注意他们两了。

漫山遍野都是哭泣和嘶喊的声音，男人顾不了女人，女人顾不了孩子。

周小铁和初九和灾民一样，吃树叶，吃泥土，吃地上的枯草。

就这样，周小铁拉着初九，一直往前走。他知道，就要到家了。

这天夜里，周小铁说："看来，末日是到了。"

他问初九："你怕吗？"

初九说："跟你在一起，我不怕。"

7

周小铁拉着初九沿着河边走，河水正在结冰，他们俩的衣裳已经没有完整的地方了。风像刀子割在身上。

周小铁说："你看你，半个屁股都露在外面。"

初九说："别说我了，你的整个屁股都在外面。"

站在山梁上，周小铁和初九看见海水正在涌来，他说："你看见了吗，山下就是北门镇。"

周小铁拉着初九在这大街上走，只能听见自己的脚步声。街上到处都是死人，周小铁瞪着血红的眼睛，在这些尸体中认出了很多熟悉的脸孔。

他边走，边流下了眼泪。他流着眼泪，一直走到了自己的家门口。

他对初九说："初九，我进去了。"

初九点点头。

周小铁走进家门，大声叫喊，没有回答。

他冲出门，摇着头，流着眼泪对初九说："没了。"

他拉着初九，走上山坡，来到他的爷爷和父亲的墓前。

他跪下，把刀插在他们俩坟前，说："爷爷，爹，我回来了。"

突然，他好像想起来什么。他站起来，扭头向山下跑去。

海水已经漫到了脚下，初九跟在周小铁身后一路奔跑，一直跑到一个小院子门前。

周小铁推门进去，看见他小时候的棺材还在那里放着，放爷爷的那口棺材的长长的白印子还在。

谢小扇抱着黑狗坐在这个白印子里。

黑狗说："爹回来了。"

章 外

好像一无所有

第一夜

万喜年说："来了？"

周小铁点点头。

"早就知道你来了，一直想见，一直没见。"

"我也是。"

"你想见我是因为想杀我。可你知道，我为什么不杀你，还让你来见我吗？"

"我不知道也不想知道。"

"你想不想知道，我也得告诉你。"万喜年说。

"当年在边城，你爹周阿铁给我打了无数把刀，杀了无数人。后来，我让他最后再给我打一把刀，他不愿意，说只想回去。我说，打完就让他回去。他答应了我，但迟迟没动静。我知道，他是不愿再因此杀人。

"后来，我听说他在窑子里认识了一个姑娘——也就是你娘。就更没心思打刀了。我使了个心思，找到你娘。你爹知道了，果然来求我，跟我要一个人。我说，要人，我可以给，但刀得给我打出来。你爹答应我，一年以内，给我这把刀。如果没有，把脑袋给我。

"我拿银子，帮你爹赎出你娘，娶进了门。你爹开始很欢喜，后来又有了你，日子过得不错。可后来，期限快到，刀还没打出来。你爹以为是你娘害得他浪费了时间，害得他要掉脑袋。

"有天夜里，你娘突然来找我。她还怀着身子。她说，求我答应她一件事。她说，周阿铁就要打出刀了，但如果这把刀没达到我的要求，求我饶他一命。我说，打刀在人，成刀在天。他只要打出来了，好不好，我也不能杀他。她说，答应就好。便走了。

"后来我知道，你娘那晚回去，就跳进了打刀的炉里。

"你爹拿着刀给我看，他说这把刀天下无双。我说，凭什么这么说。他说，这把刀里有你娘和肚里孩子的血和肉。我说，你七尺男人，居然让自己女人和孩子跳了炉子。我把你娘来求我的事说了一遍。你爹当即让我拿刀杀了他。我说，我答应了人，不会杀你。你爹拿起刀来，砍了自己的一条胳膊，扔了刀走了。

"我和你说这些，并不是想告诉你，你爹娘不是为我所害。我心里一直以为，他们都是我害的。你找我报仇，没错。

"我这一生杀人无数，到头来遭了报应。我让你爹打的刀，杀了我的儿子。"万喜年看着棺材里躺着的万玉城说。

"周小铁，我找你来，只想对你说，自作孽，不可活。"

万喜年说完，回身，从万玉城的身旁拿出一把刀，递给周小铁。

"动手吧。外面我已安排过，从这个门走出去，没人拦你。"万喜年说。

周小铁接过刀，看了看万喜年，把刀放回棺材里，转身走出门去。

第二夜

老妈子说："初九姑娘，楼外面有人找你。"

初九出了楼，看见柳灿灿站在门外。

柳灿灿掉着眼泪说："琴中秋死了，凤凰岛全烧了。"

"琴中秋让我给你带两句话：第一，不要为了别人，哪怕是为了他，做自己不想做的事；第二、不要对不起相信你的人。他还说，他在冰里等你。"

"那你现在去哪里？"

"我也不想活了。我要去把他们都杀了，替丁火报仇。"

"得了机会，你帮我杀一个人。"

"谁？"

"那个人的名字叫万喜年。"

第三夜

夜幕降临，海水已经没到了周小铁的胸膛。

黑狗站在棺材里，棺材在海水中荡。

黑狗说："爹，娘，我害怕。"

周小铁把黑狗的双手，放在棺材的两侧，他说："儿子，不要哭，听爹的话，不管多害怕，不要松手。"

海水没到了脖子，周小铁松了手。

他看看谢小扇，又看看初九，三个人互相看着，笑了笑。

就在海水将要没顶的时候，初九听见夜空中传来声音。她抬起头，睁大双眼，看见两只色彩斑斓的大鸟左右顾盼，比翼齐飞。金灿灿的尾巴在无边的黑暗中闪动着灼人光芒。突然一声鸣叫，如箫似笙，如钟似鼓，海上一片宁静。

十年后记

开始写《有人必须死》，是2009年。

这是我写给我父亲的一本书。

2001年的秋天，我父亲死了。当时我二十三岁。

我从小喜欢看书，看了不少书，都拜我父亲所赐。他生长在农村，祖上几辈都不识字，生下个他，偏偏热爱读书，喜好文艺。不知道是哪里搭错了弦，不知道是他生错了地方，还是这地方出了Bug。

然后，他又生了我。我一直观察着他。

他很浪漫，很幽默，很有才华，字写得好，能画画，文笔也不错，还热爱摄影，年轻的时候还会拉手风琴。总之，在山西的一个小县城，"没用"的东西，他基本上都会。

越长大，我越知道他过得不快乐。因为，他跟他的世界格格不入。我听我妈说过，他有几次机会也许可以离开，但因为我妈，我，还有我弟弟，他放弃了。

我热爱我的家人和亲人，但我丝毫不热爱我的故乡。对于故乡，我从开始的潜意识，到后来非常明确的念头，就是：走得越远越好。

但人通常都是被动的。如我父亲，面对环境，面对周围的人，面对眼前的事情，不喜欢，也要接受；慢慢地，还要变得接受得欢欢喜喜。

要不然，对方不会接受你。那种情况，就容易出问题。

他去世的前三天，是中秋节。这也许就是我胡乱给琴初九的父亲取名叫琴中秋的原因。

父亲好酒，当然，我也好酒。酒是逃离当下的媒介，这个话题我们以后再深聊。

他炒好菜，切了月饼，拿出一瓶藏了多年的酒，跟我说，喝两盅。我说，我不喝，你也别喝了，你高血压你不知道吗？还瞎喝。

父亲脸上的笑容一下子就没了，他自己倒了两杯，喝得煞是无趣。

我其实不是不喝，也不是不想喝，是因为头天晚上和一帮狐朋狗友彻夜大喝，昨夜的酒还在胃里翻卷着。

三天后，我接到电话，赶回去时，父亲已躺在县医院太平间一个长方形水泥台子上，人和水泥一样硬。

我拿着刮胡刀给他刮胡子，他已经没有了弹性。

我尊重规矩，不能把眼泪掉在他的身体上，只好刮一刮，就侧过脸，抹一把泪。

那时候，我突然明白了，人是真的会死的，不但有人必须死，而且人人必须死。

通常，人会被时间杀死；个别情况，人会被别的什么或者自己杀死。

如果，亲人或者朋友被人杀害，现在我们会报案；在过去，要是有血性，我们应该会报仇。

但如果他是被时间杀死，会被认为是正常的。即使我们想报仇，又能找谁报呢？

我父亲死，我好多年缓不过劲儿来。我不知道能做什么，该做什么，但我总觉得自己需要做些什么。我必须替他报仇。

报仇，需要付出代价。我能做的，就是做自己。

是的，周小铁就是我，键盘就是我的刀、我的剑。我想跟我的过去，跟我不想要的一切绝缘。

我知道，我必须死，迟早。

但我至少做了几件想做的事情。

回到2009年，我下定决心，要写一本小说，送给我的父亲。

一直到2010年，我还没写完。我甚至要放弃了。我住在北京五环外的一个小村子里。夏天，房间没有空调，书写到一小半，已经快要把自己搞疯了。像当初信誓旦旦地跟我弟弟说"我决定写一本真正的长篇小说"一样，我认真地跟他说"我不想写了"。

但已经不由我了，醒着的时候，睡着的时候，周小铁、琴初九、周阿铁、柳灿灿、万玉城、花梨……他们老来找我。他们的事情没完，他们就跟我没完。

我必须认真面对他们，面对自己，也面对我的父亲，可能我们存在于三个不同的维度，但在某一时刻，是可以互相触及的。

那年是我父亲去世十周年，我的十周年报仇礼物还没有准备好，我得打起精神。

那年夏天，我用所有的钱，在三元西桥租了一个小房子，断绝所有联系，几个月中，我只和书里的人为伴。直到我把他们一一写死，挥手道别。

在中秋节前，父亲忌日前，我写完了。在书里，我把好人、坏人，把所有人都杀死了。我把世界杀死了，我把自己杀死了。我觉得我报仇成功了。书里的人都有武器，我没有，我自己就是武器。

父亲十周年忌日，我和我弟弟只有不到三千块钱。按照乡俗，我们俩要在全体亲戚的跟随下，在所有村民的注目下，在光天下，在化日下，在音乐的伴奏下，捧着父亲的灵位，穿过村庄，抵达墓地。

但我没钱，雇不起鼓乐队。他们想了一个主意，用一辆三轮车，拉着音箱，放着音乐，在前面带路，"效果不比真人差"，我同意了，便宜。

那天，我们的队伍就跟着这辆三轮车，唢呐的声音起，我们就走。我捧着父亲的照片，我弟弟跟在我的身后，再后边，是所有亲戚。他们很关注，这两个逃离故乡多年，也不知道混得怎么样的兄弟俩，怎么走这条路。

路刚走几百米，音箱坏了。所有人站着，寂静地等待音箱修好。音乐又起，接着走。没错，又过了几百米，音箱又坏了。问题是，路有好几千米。租音箱的人应该也感觉到了尴尬，很着急，手忙脚乱，迟迟修不好。

那是中国北方的仲秋，天气晴朗，太阳很高，喧闹一次一次结束，寂静显得尤其寂静。我捧着我父亲的照片，抬头看看天空，再看看周围，像一部升格的彩色默片。隐隐只有一句台词，不知道是谁在说：去他妈的。去他妈的。去他妈的。去他妈的。去他妈的。

我想，去他妈的。我走过去，拔掉了音箱线，把他们全部轰走。我带领着队伍，无声地穿过村庄，穿过田地，穿过山野，来到我父亲的墓前。

我拿出了我写的、我自己打印的小说，烧在他的墓前。

我跟他说，我写了书，送给你。去他妈的。

以上就是关于此书的全部。

后来，十年过去了。

我回头看了一遍这本书，我觉得写得好棒，不像是我写的，我写不出来。

后来，我写剧本，拍电影，再没写过小说。也不知道以后会不会写。

这不是个有志者事竟成的故事，这是个有志者事竟成了又怎样的故事。

写在又一个十年的后记。

这本书，是我写给我的父亲的。

现在的我，想跟他说，我终于知道，报仇的唯一对象，是我自己。

但我还没下手，我正在学着和解。

谢谢你，爱你，我的爸爸。

感谢我的妈妈，我的弟弟，我的家人。

谢我的儿子，我也做了十几年的父亲，等着你，来找我报仇。

感谢严歌苓、赵薇、徐皓峰、双雪涛。你们帮助了我。

谢谢高路，谢谢赵颖，谢谢刘音，谢谢雯倩，谢谢朱砂。你们让这本书白纸黑字实现。

我相信有永恒的东西存在，我继续努力寻找，即使徒劳。

李非

2019年6月21日

图书在版编目（CIP）数据

有人必须死 / 李非著 . -- 北京：作家出版社，2019. 11

ISBN 978-7-5063-9589-2

Ⅰ . ①有… Ⅱ . ①李… Ⅲ . ① 长篇小说 - 中国 - 当代

Ⅳ . ①I247.5

中国版本图书馆CIP数据核字（2019）第261701号

有人必须死

作　　者：李　非

责任编辑：丁文梅

特约编辑：姬雯倩　林雪微

装帧设计：一千遍工作室

出版发行：作家出版社有限公司

社　　址：北京农展馆南里10号　　邮　　编：100125

电话传真：86-10-65067186（发行中心及邮购部）

　　　　　　86-10-65004079（总编室）

E-mail:zuojia@zuojia.net.cn

http://www.zuojiachubanshe.com

印　　刷：三河市北燕印装有限公司

成品尺寸：145×210

字　　数：270 千

印　　张：11.375

版　　次：2019年11月第1版

印　　次：2019年11月第1次印刷

ISBN　978-7-5063-9589-2

定　　价：42. 00元